2
two

Yui's story

와타리 와타루 지음
퐁칸⑧ 일러스트

Contents

My Youth Romantic Comedy is
Wrong as I Expected.

역시 내 청춘 러브코메디는 잘못됐다.

결 My youth romantic comedy
is wrong as I expected.

등장인물 【character】

Yui's story 2

히키가야 하치만·········· 주인공. 고2. 성격이 삐뚤어졌다.

유이가하마 유이·········· 봉사부 부원. 하치만과 같은 반. 주위의 눈치를 보는 경향이 있다.

유키노시타 유키노·········· 봉사부 부장. 완벽주의자.

오리모토 카오리·········· 카이힌 종합고등학교에 다니는 고2. 하치만과 같은 중학교를 나왔다.

토츠카 사이카·········· 테니스부원. 무진장 귀염지만 남자.

히라츠카 시즈카·········· 국어 교사. 생활 지도 담당.

히키가야 코마치·········· 하치만의 여동생. 중학교 3학년.

유키노시타 하루노·········· 유키노의 언니. 대학생.

하야마 하야토·········· 하치만의 동급생. 인기인. 축구부.

토베 카케루·········· 하치만의 동급생. 하야마 그룹의 졸랑이.

잇시키 이로하·········· 고1. 학생회장이자 축구부 매니저.

일본판 오리지널 디자인
numata rina

interlude

헤드폰으로 모르는 사람이 만든 플레이 리스트가 하염없이 재생됐다.

공부용 책상에 달린 낡은 스탠드 조명은 관절이 살짝 느슨해져 고개를 늘어뜨렸다.

불이 깜빡깜빡하는 모습이 꼭 졸린 눈을 비비는 누군가를 닮았다.

스탠드 머리를 펜 끝으로 꾹 눌러 올려 본다. 스탠드는 마지못해 크게 기지개를 켜지만, 펜이 떨어지자 다시 살그머니 고개를 떨어뜨린다.

나는 그것을 보고 못 말린다며 웃고 말았다.

구부정한 스탠드가 약한 빛으로 비추는 것은 새로 산 일기장.

새하얀 페이지에 조금씩 조금씩 글을 적어 나간다.

오늘 먹은 음식, 오늘 봤던 영상. 라인에서 주고받은 말이나 기운 없이 처진 스탠드.

생각난 것, 생각한 것, 생각해도 말할 수 없는 것들까지도.

한 장을 글자로 빼곡히 채웠다. 평소에 안 하던 일이라서 중지 손톱 옆이 굉장히 피곤했다.

어찌어찌 글자를 채워 나가다 보니 드디어 일곱 장째.

신기록이다.

전에도 일기를 쓴 적은 있지만, 피곤하거나 졸리거나 외출해야 한다는 핑계로 오래 이어가지 못했다. 그러다 결국 부랴부랴 며칠 분량을 떠올리며 적어 보지만, 거기서 끝…… 항상 그런 식이었다.

딱히 내 일상이 재미없다거나, 그런 이유는 아니라고 생각한다.

일기에 남기고 싶은 마음은 많지만, 말로 조리 있게 풀어내기 어려워 매번 어디선가 막히고 만다. 그와 그녀라면 분명히 술술 썼겠지만.

하지만 나도 나름대로 열심히 했다.

익숙하지 않아서 뭘 써야 할지 여전히 갈팡질팡하지만, 열심히는 하고 있다.

사실 너무 열심히 한다. 의욕이 너무 앞선다고 해야 하나?

새해 첫날과 이튿날은 기록할 일이 많았다.

너무 신났던 건지도 모른다. 흥분했었으니까.

그래도 3일째부터 적을 내용이 확 줄었다. 어제 쇼핑할 때 이상한 표정을 지었다는 둥 전날 있었던 사소한 일까지 써 놓을 정도로.

다시 읽어 보니까 「누구한테 말을 거나?」 싶을 만큼 구어체로 적거나 「누구 가르치나?」 싶을 만큼 있어 보이는 말을 적기도 했다. 그러다가 뜬금없이 다테마키[#1]가 맛있다고 적거나 별

#1 다테마키 카스테라 형태의 계란 요리. 일본의 설음식 중 하나다.

생각 없이 틀었던 영상의 명곡을 메모하기도 하고…….

분명 같은 사람이 썼을 텐데, 다 다른 사람 같았다.

서로 어긋나고, 서로 따로 논다.

그런 탓에 적은 내용까지 거짓말처럼 보였다.

하다못해 펜은 통일하는 편이 나을까. 만년필로 쓰면 좀 멋 있겠다……. 그렇게 또 상관없는 얘기를 끄적거리고 있었다.

그런 식으로 두서없는 말들을 이어갔다.

그래도 정말로 하고 싶은 말은 찾을 수 없었다.

내가 쓰는 일기인데, 나밖에 읽지 않는 일기인데, 내가 정말 로 하고픈 말은 아직 나오지 않았다.

그래서 역시나.

서로 어긋나고, 서로 따로 논다.

말에 진심을 담기란 어렵다.

나는 그 방법을 찾으려고 일기를 쓰는 건지도 모른다.

……라고 쓰다가 황급히 거기에 선을 그었다. 그것으로도 모자라 펜을 빙빙 돌려 글을 덮어버리고 눈이나 꼬리를 그려 송충이 그림인 척했다.

오늘 일기는 여기서 끝.

내일부터는 학교에 가니까 쓸 내용이 늘어나겠다고 생각하 며, 아직 아무것도 쓰지 않은 내일의 페이지를 펼쳤다.

아참, 케이크 사야지. 생각난 김에 「케이크 사기」라고 큼지 막하게 적고 까먹지 않게 더 큰 동그라미를 쳤다.

이거, 일기가 아니라 그냥 메모장이잖아.

내가 생각해도 어이가 없어서 혼자 웃는데, 귓가부터 목으로 폭신하고 부드러운 감촉이 스쳤다.

흐엑?! 말로 표현하지 못할 비명을 지르고 돌아보려던 그 순간.

"에잇♪"

갑자기 헤드폰이 벗겨지고 신이 난 목소리가 들렸다. 놀라서 돌아보니 엄마가 내 헤드폰을 들고 서 있었다.

어휴, 깜짝이야……. 안도의 한숨이 섞인 탓에 본의 아니게 짜증스러운 목소리가 나왔다.

"아, 엄마, 뭐야……."

"미안, 노크했는데 소리가 안 나서."

엄마는 미안한지 헤드폰을 돌려주고 눈썹을 팔자로 뜨며 싹싹 빌었다.

"아…… 못 들었어. 이거 노캔? 인가 뭔가라서."

"와, 그 노캔? 이라는 거 성능 좋네~"

맞아맞아, 노캔은 좋은 거라구. 나는 속으로 맞장구치며 헤드폰 전원을 끄고 일기장 위에 뒀다.

그러다 아차 싶어 퍼뜩 일기장을 덮었다.

"……봤어?"

슬그머니 돌아보니까 엄마는 볼에 손가락을 대고 고개를 갸웃거렸다.

"응? 뭘~?"

나는 가슴을 쓸어내리고 일기장을 서랍에 넣어 버렸다. 그리고 의자를 엄마 쪽으로 빙글 돌렸다.

"근데 왜 온 거야?"

"아차, 그렇지."

엄마는 손뼉을 짝 치며 대답했다.

"엄마 장 보러 갈 건데 어떡할래?"

"우응…… 아, 나두 갈래."

어떡할지 한순간 고민했지만, 나도 마침 살 것이 있었다. 같이 가겠다고 대답하자 엄마는 기뻐하며 미소 지었다.

"그래? 그럼 차 몰고 갈까? 기왕 케이크 살 거면 맛있는 집에 가자. 뭐였더라, 저번에 아빠한테 들었는데. 르? 르 파티 어쩌고라는 곳이 맛있대."

"와아, 좋아."

그거면 생일 케이크로 좋겠다, 라고 생각했는데…….

잠깐만. 뭐? 방금 뭐라고?

"……봤어?"

내가 의심스럽게 눈을 흘기자 엄마는 앗, 하며 손가락으로 입을 막았다. 그러면서 아무 일도 없었다는 양 싱긋 웃었다.

"안 봤어, 안 봤어."

"봤잖아!"

"안 봤대두~"

엄마는 내 방에서 냉큼 도망쳤다.

분명히 거짓말이야……. 보인다고 부끄러운 페이지는 아니니까 괜찮지만…….

나는 짧은 한숨을 내쉬고 일어났다.

그리고 등 굽은 스탠드의 무뚝뚝한 머리를 수고했다며 쓰다듬고, 불을 껐다.

심술궂게 하야마 하야토는
히키가야 하치만에게
웃어 보인다.

연말연시 특유의 어수선함도 사흘쯤 지나자 깨끗이 자취를
감추었다.

시체처럼 뒹굴던 부모님은 업무가 시작되자 순식간에 평소
의 활기를 되찾았고, 코마치는 마침내 본격적인 입시 체제에
돌입했다.

덕분에 우리 집에서는 나와 애묘 카마쿠라만 할 일이 없어
뒹굴뒹굴 빈둥빈둥, 여유로운 연초(松の内, 마츠노우치)를 보
내고 있었다. 어찌나 뒹굴뒹굴 굴러대는지 마츠노우치! 마츠
노우치![#2] 를 외치며 뎀프시롤을 날릴 수준.

실제로 이번 신정 연휴는 평화롭게 지나갔다.

1월 1일과 2일은 나답지 않게 새해부터 사람을 만나러 나가
는 깜짝 이벤트가 발생했으나, 3일째부터는 세상 태평하게 집
에 드러누워 있었다.

#2 마츠노우치 만화 「더 파이팅」의 주인공 마쿠노우치 잇포. 복싱 기술 뎀프시롤을 쓸 때마다
관객석에서 「마쿠노우치! 마쿠노우치!」라며 응원을 보낸다.

하지만 평화로운 시간의 흐름이 곧 마음의 평화를 의미하지는 않는다. 오히려 손 놓고 놀다 보면 불안해지게 마련이다. 바쁠 때는 눈앞에 닥친 일들을 처리하는 데 급급해서 다른 데 신경 쓸 틈이 없다. 하지만 한가할 때는 자연스럽게 이정표 없는 미래를 머릿속에 그려보게 된다. 그리고 괜히 우울해지는 것이다.

길지도 짧지도 않은 시간제한이 있는 겨울방학은 더욱 그런 생각에 사로잡히기 쉽다.

아무 일도 없는, 아무것도 할 필요가 없는 시간은 마치 침상에서 죽음을 기다리는 시한부 인생처럼 언젠가 찾아올 끝을 상상케 한다.

이 평온하고 잔잔한 시간이 결코 길지 않다는 걸 우리는 경험적으로 알고 있다.

언젠가는 끝이 날 것이 뻔히 보이기에, 그저 헛되이 시간을 낭비하는 행위는 정신에 막대한 부담을 준다. 부모님 등골을 빼먹고 살다가 어느 날 문득 두 분 모두 연로하셨음을 깨달은 니트족이 이런 심정이려나……? 고타츠 안에서 고양이 배를 토닥거리며 그런 생각을 했다.

하지만 그 부담을 극복해야만 비로소 진정한 강자, 진정한 백수로 거듭나는 법이다. 궁지에 몰리면 그제야 「슬슬 전력을 다해볼까?」라고 하는 것이 백수와 라이트노벨 작가다. 이상의 사실을 통해 백수=라이트노벨 작가임을 알 수 있다. Q.E.D. 증명 종료. 혹은 스파이럴 추리의 띠.

그런 시답잖은 생각을 거듭하며 안방에 살어리랏다를 노래하던 사이, 어느샌가 겨울방학은 끝을 맞이하고 말았다.

오늘부터 다시 학교생활이 시작된다.

나는 사랑하는 이불과 작별을 고하고 세면대로 여행을 떠났다.

세면대 앞에는 두껍고 푹신한 러그가 깔렸지만, 발로 밟으니 싸늘한 냉기가 올라왔다.

휴우, 학교 가기 싫고 일하기 싫어서 미치겠네…….

거울을 보자마자 한숨부터 나왔다.

대청소를 해서 새것처럼 반짝이는 수도꼭지와 똑똑 떨어지는 냉한 물방울 소리, 거기다가 잠옷 대용으로 입은 저지 소매로 파고드는 차가운 공기. 체감 온도가 떨어질수록 내 머리도 부정적인 방향으로 굴러간다.

살짝 우울…… 아니, 이건 이미 우울(鬱, 우츠)을 넘어선 우츠노미야.[#3] TM 네트워크에서 리드 보컬 맡을 수준. 뭐야, 나 의외로 팔팔한가 봐~! 평소 같으면 우츠노미야 시 교자부터 떠오를 텐데 얼마나 신났으면 밴드부터 떠올리냐.

자, 헛소리 잡생각으로 얼추 정신상태도 확인했으니 다음 아침 일과, 세수를 시작해 볼까.

얼음처럼 차가운 물로 뻑뻑한 눈을 억지로 두들겨 깨우고, 물 묻힌 김에 뻗친 머리를 대충 쓸어 넘기며 거울을 들여다보았다.

그리고 아직 남아 있는 졸음기를 쫓아버리려고 가슴 앞으

#3 우츠노미야 밴드 「TM 네트워크」의 보컬 우츠노미야 타카시. 애칭은 UTSU(우츠).

로 두 주먹을 모아 쥐고 복싱 자세를 취했다.

　좋았어…… 오늘 하루도 힘내자오.

× × ×

　거울 앞에서 헛짓거리를 한 탓에 평소보다 집에서 나오는 시간이 늦었다.

　늦은 시간을 만회하려고 정면에서 불어닥치는 찬바람에 거슬러 열심히 페달을 밟은 지 약 20분.

　숨이 차도록 자전거를 몬 덕분인지 오히려 평소보다 일찍 학교에 도착했다.

　자전거 주차장에 자전거를 밀어 넣자 땀이 줄줄 흘렀다. 히트텍을 입어서 옷 안쪽은 더울 지경이지만, 칼바람에 노출된 뺨이 따끔거렸다.

　후아…… 숨을 고르며 길게 흰 입김을 내뿜은 뒤, 다시 목도리로 얼굴 절반을 칭칭 감았다.

　나는 안뜰을 빠른 걸음으로 가로질러 신발장으로 이어지는 계단으로 향했다.

　가는 길에 주위를 훑어보지만, 사람은 거의 보이지 않았다.

　조례까지 아직 시간이 남아서일까. 아니면 수험을 앞둔 3학년이 자유 등교[#4]를 하는 탓에 그렇게 느끼는지도 모른다.

#4 자유 등교 일본은 대학 입시가 1월 중순에 이루어지며, 고3은 수험에 집중하도록 1월부터 자유 등교를 시행하는 편이다.

내년 이맘때는 나도 대학 입시를 준비하느라 빌빌대고 있으려나……. 비참한 미래가 머리를 스친 탓에 소태라도 씹은 표정이 되고 말았다.

그렇게 찌푸린 눈이 살랑살랑 기분 좋게 흔들리는 경단머리를 발견했다.

유이가하마 유이였다.

정문 방향에서 걸어온 유이가하마도 나를 알아봤는지, 목에 느슨하게 두른 목도리를 내리고 입을 활짝 벌려 웃었다.

"앗, 힛키."

유이가하마는 벙어리장갑에 쏙 들어간 손을 흔들며 내게로 달려왔다. 폴짝폴짝 뛰다시피 달리는 탓에 손에 든 종이가방이 요란하게 흔들렸다.

나도 고개를 끄덕여 인사를 받고, 속도를 맞추려고 걸음을 재촉했다.

그리하여 우리는 거의 같은 타이밍에 신발장으로 이어진 계단 앞에 도착했다.

"야헬롱~."

유이가하마가 손을 흔들자 깊숙이 낀 벙어리장갑의 털실 방울이 앙증맞게 흔들렸다. 나는 그 구슬에 눈길을 빼앗긴 척 은근슬쩍 눈을 돌리고 목도리 안으로 어물어물 말했다.

"……어, 안녕."

흔하게 나누는 인사이건만, 이상하게 낯간지러운 기분이 들었다. 아니, 야헬롱이 흔한 인사인지 아닌지는 따지지 말자.

① 심술궂게 하야마 하야토는 히키가야 하치만에게 웃어 보인다. 21

사실 누가 봐도 평범하진 않지……. 봉사부나 학교 안에서는 그러려니 해도, 길거리에서 갑자기 당하면 솔직히 좀 창피해! 그래도 귀여운 인사라고 생각하지만!

그나저나 그 귀여운 인사말도 이제는 익숙해졌다. 해괴한 인사에 새삼스럽게 부끄러워하거나 쑥스러워하거나 하와와거리지 않는다.

그렇지만…….

교복을 입은 유이가하마의 모습이 기습적으로 심장에 타격을 주어 가슴이 콩닥거렸다. 하와와…….

물론 교복 자체는 특별할 게 없다. 1년 가까이 같은 반에 있었고 동아리 활동도 함께하면서 신물 나게 본 모습이다. 아니, 그렇다고 진짜 신물이 난다는 건 아니고. 신물은커녕 오히려 단물이 나올지도 모른다니까.

좌우지간 내가 하고 싶은 말은, 평소부터 구멍이 날 정도로 뚫어지게 훔쳐봤다는 뜻이다. ……와, 진짜 깬다. 하치만인가 뭔가 진짜 변태인가 봐……. 「야, 남자들~! 훔쳐보지 좀 마! 여자는 누가 쳐다보면 다 알거든?」이라고 내 머릿속의 날라리녀가 혀를 차며 주의할 정도로 많이 본 옷차림이 그 교복이다.

그렇기에 사소한 변화도 민감하게 알아차릴 수 있었다.

단추를 몇 개 푼 피코트와 늘 보던 교복 블레이저 안으로 보이는 베이지색 스웨터…….

얼마 전 둘이서 외출했을 때 산 옷이었다. 새 학기에 맞춰 새 옷으로 단장한 것일까. 무척이나 사소한 변화. 내가 아니면 놓쳐버릴걸?

하지만 알아봐 놓고 일부러 무시하는 것도 기분이 찜찜하다.

"……어울리네, 그거."

"응?"

뭐라고 말할지 고민하다가 주어도 목적어도 없는 말이 튀어 나왔다. 당연히 유이가하마는 전혀 이해하지 못하고 눈만 끔뻑거렸다. 그리고 고개를 갸웃거려 뭐라고 했냐고 무언의 질문을 던졌다.

어떻게 한 번 더 말해……. 부끄럽잖아……. 그래서 턱으로 그거그거 하며 스웨터를 가리켰다.

내 시선과 몸짓으로 상황을 파악한 유이가하마는 스웨터의 가슴 부분에 손을 올렸다.

"아, 이거? 그치그치? 괜찮지?"

유이가하마는 헤헤 웃으며 가슴을 활짝 펴고, 스웨터를 손가락으로 집어서 잡아당겼다. 으, 응. 괜찮기는 한데 눈을 어디 둬야 할지 모르겠으니까 반만 감고 볼게요, 죄송합니다.

나의 열없는 표정을 보고 깨달았는지, 유이가하마는 작게 앗 소리를 내고 블레이저 앞섶을 조심조심 여몄다. 그리고 눈을 떨군 채 멋쩍게 경단머리를 만지작거리며 나지막이 중얼거렸다.

"……근데 알아보는구나, 이런 거."

"알다마다. 사이제 메뉴에 실린 틀린 그림 찾기가 내 특기라고."

"뭐래."

내가 입에서 나오는 대로 나불대자 유이가하마는 어이가 없는지 웃음을 터뜨렸다. 새어 나온 숨결이 잠시 흰 꼬리를 끌다가 허공으로 사라졌다.

그것이 신호라도 된 것처럼 유이가하마는 계단 앞의 현관 신발장을 올려다봤다.

"갈까?"

유이가하마의 제안에 고개만 끄덕이고 우리는 거의 동시에 계단에 발을 걸쳤다.

평소라면 보폭이 넓은 내가 살짝 앞서가지만, 넓이가 균일한 계단에서는 자연스럽게 걸음이 맞춰졌다.

그랬더니 갑자기 어깨를 나란히 한다는 사실이 신경 쓰였다.

나는 언제나 홀로 걷는 외톨이 더 워크, 줄여서 외더워. 바로 옆에 사람이 있으면 긴장해 버리지…… 완숙 망고 박스라도 있으면 당장 뒤집어썼을 거다.

나란히 걷는데 입을 다무는 것도 어색하구만……. 나는 유이가하마를 힐끗 곁눈질했다.

하지만 유이가하마는 침묵이 아무렇지도 않은 것처럼 뚜벅 뚜벅 계단을 올랐다.

뭐라도 말을 꺼내야 하나 고민하는 사이 계단이 끝나고 우리는 신발장까지 와 버렸다.

실내화로 갈아 신으려고 유이가하마가 신발장 앞에 종이가 방을 내려놨다. 그 손길이 유난히 조심스러운 점이 마음에 걸렸다.

이거다! 이게 말을 걸 기회다!

"……근데 그건 무슨 짐이냐?"

"아, 이거?"

유이가하마는 내 말을 듣고 생각난 것처럼 종이가방을 앞으로 내밀며 내게 가까이 오라고 손짓했다.

손짓까지 할 거리는 아니지 않냐……. 이상하게 생각하면서도 나는 군말 없이 거리를 좁혔다.

그러자 유이가하마는 종이가방 손잡이를 천천히, 마치 비밀 보석함을 살짝만 보여주듯 벌렸다.

가방에 든 물건은 조그만 흰색 상자였다. 윗면에는 둥근 손잡이 두 개가 달렸다. 저걸 위쪽으로 접으면 운반하기 편리하겠지. 이런 형태의 박스는 대개 케이크용이다. 그렇다면 정답은, 케이크!

그러고 보니 함께 외출했던 날, 헤어지기 전에 유키노시타의 생일 케이크에 관해서 이러쿵저러쿵 말을 나눴다. 그걸 준비해 준 건가?

"아아, 케이크."

내 말에 유이가하마가 정답이라고 싱긋 미소 지었다. 그리고 콧김을 훅 뿜으며 자랑스레 가슴을 내밀었다. 반응을 보아하니 꽤 비싼 케이크인가 보다.

"왜? 좋은 케이크야?"

"좋구말구. 어제 엄마랑 쇼핑 나간 김에 샀어. 유명한 곳이래. 르파티시 어쩌고였어."

"그러냐……"

유명하면 이름이라도 제대로 기억했으면 좋겠지만, 나도 잘 못 외우니까 이해해! 카와사키 타이시의 누나를 아직 카와 어 쩌고 양이라고 부른다니까!

그렇게 카와 어쩌고 양을 생각하고 있노라니 유이가하마는 종 이가방 안을 들여다본 채 입매를 비틀고 무슨 생각에 빠졌다.

"고민하다가 결국 평범한 쇼트케이크루 골랐어. 근데 좀 작 으려나……?"

그러면서 유이가하마는 종이가방을 내 얼굴 가까이 들었 다. 그리고 아래에서 쳐다보며 고개를 기울이고, 눈빛만으로 어떠냐고 물었다.

난처하게 눈썹을 내리뜨고, 생각하듯 입술을 삐죽이며, 눈 동자는 촉촉하게 젖었다.

그런 표정으로 바라보면 반응하기 곤란하다.

"어디 보자……."

나는 그 눈빛에서 도망치려고 적당한 말을 중얼거리며 가방 에 고개를 처박다시피 안을 들여다봤다.

가방에 든 상자는 대략 가로세로 15센티미터 크기였다. 거 기서 유추할 수 있는 케이크의 크기도 확실히 크지는 않았다.

홀 케이크에는 5호니 6호니 하는 사이즈 규격이 있었을 거 다. 나야 이 케이크가 몇 호인지 모르지만, 박스가 그다지 크 지는 않았다. 오히려 일반적으로 보는 크기에 가까울까? 홀 케이크 업계에서 자주 듣는 사이즈는 4~6호로 기억하니까 아마 이것도 그쯤 되겠지. 그렇담 8호쯤 되면 그냥 괴수네, 괴수. 괴수 8호.

"이 정도면 충분하지 않나? 먹을 사람도 세 명밖에 없잖아."

내가 아무리 돌도 씹어 먹을 나이라지만, 홀 케이크를 3분의 1이나 먹으면 배는 불룩, 속은 더부룩. 포만감을 넘어서 속이 느글거릴 가능성까지 있다.

"그건 그런데 과일이 엄청 많이 들어가서 홀인데도 안 질리더라구"

"어제 벌써 드셨구만……. 그것도 홀을 통째로……."

내가 말한 순간 유이가하마가 돌처럼 굳었다.

하지만 곧 당황해서 붕붕 손사래를 치고 경단머리를 꽉꽉 누르며 변명을 늘어놓았다.

"앗. ……아! 아니, 그게 아니구! 맛만 봤어! 산 김에 가족이랑 먹었을 뿐이야! 정말루, 전부가 아니라 절반 정도라니까!"

"그, 그러냐……. 절반…… 대단하네……."

놀라움 반, 어이없음 반, 존경심 반이 담긴 눈빛으로 유이가하마를 빤히 보며 솔직한 감상을 말했다. 어떡해, 너무 솔직해서 감정이 1.5배가 됐어!

유이가하마가 내 시선을 어떻게 해석했는지 몰라도 으으 신음하며 힘없이 휘청거렸다.

"으, 응……. 생각보다 많이 먹었어……. 거의 물 마시듯이 마구마구……."

카레는 마실 것이라는 문구는 심심찮게 듣지만, 케이크도 그랬나…….

하기야, 작금에는 「돈가스는 마실 것」, 「햄버그는 마실 것」이라는 가게도 있으니까 「케이크는 마실 것」이라고 주장하는 가게가 나오면 유행할지도 모른다. 어떤가요, 『주식회사 노미모노』[5] 여러분. 저와 손잡고 크게 한탕 해 보지 않겠습니까? 귀사의 연락을 기다리겠습니다.

그렇게 내가 미래의 빅 비즈니스에 정신이 팔린 사이, 유이가하마는 과거의 실수에 정신이 팔려 있었다.

"으으…… 너무 많이 먹긴 했지?"

살며시 배를 쓰다듬었다. 그 표정에는 후회와 절망이 번져 있었다. 그리고 자기 배를 확인하려는지 스웨터를 머무머뭇 들췄다. 그 찰나, 블라우스 앞섶을 묶는 단추 사이로 살짝 보인 것 같았다. 어디까지나 그런 느낌이 들었을 뿐이다. 틈으로 새하얀 살이 보인 것 같지만, 정말로 느낌이 그렇다는 것뿐이다. 환각일 가능성까지 있다.

그나저나 이런 주제에서는 뭐라고 말을 꺼내기가 무서워. 칭찬해도 성희롱처럼 들리잖아! 결국 나는 숙고 끝에 현실과 유이가하마를 외면하고 적당하게 둘러댔다.

"어, 어어……. 그 뭐냐, 그렇게 맛있는데 오히려 절반으로 참은 게 대단하네……."

"그러면 내가 돼지 같잖아!"

#5 주식회사 노미모노。「카레는 마실 것」을 포함한 「~는 마실 것」 브랜드를 운영하는 회사.

내 대답이 너무 성의 없었는지 유이가하마는 크게 충격을 받고 두 손으로 얼굴을 확 덮었다.

"아니래두! 힛키두 먹어 보면 알아! 진짜진짜 물처럼 먹게 된다니까!"

"그, 그러냐. 알았다, 알았어……."

유이가하마는 아직도 설득을 시도하려고 내 팔을 잡고 마구 흔들었다. 닿은 부분이 신경 쓰이고 거리도 가깝고 샴푸인지 뭔지 은은하게 좋은 향기도 나는데 머리까지 흔들흔들……. 아니, 저기요, 알아들었으니까 놔줘요. 놓고 말로 해. 오히려 말로 해야 알아들어. 물론 말로 하면 알아듣는다고 말한 사람[6]은 다짜고짜 총 맞았지만…….

그렇게 심신과 함께 여러 부분이 흔들리는데, 뒤에서 난감한 숨소리가 들렸다.

"……아."

쥐어짠 듯한 소리를 듣고 무슨 일인가 돌아보니, 난처하게 웃으며 볼을 긁적이는 토베가 있었다.

"아, 토벳치. 안녕."

유이가하마도 뒤에 있는 사람을 깨닫고는 내 팔을 확 놓으며 토베에게 인사했다. 토베는 여전히 애매하게 웃은 채 당혹감 섞인 인사를 건넸다.

"안뇽……. 아니지, 새복많. 히키타니도 새복많."

#6 말로 하면 알아듣는다고 말한 사람 일본의 이누카이 츠요시 총리. 총을 들이댄 암살범에게 「말로 하면 알아듣는다」라고 설득을 시도했으나, 대화의 여지도 없이 살해당했다.

① 심술궂게 하야마 하야토는 히키가야 하치만에게 웃어 보인다. 29

"어, 너도 복많……."

새해 인사를 어떻게 받을지 고민하다가 괴상한 준말이 되고 말았다. 서로 안면은 텄지만, 친하게 말을 주고받는 사이도 아니니까……. 그런데 이 녀석은 내 이름을 평생 못 외울 테니까 아는 사이라고 해도 될지 의문이다.

그러나 토베는 나보다 더 고민스러운 표정이었다. 뒷머리를 잡아당기며 껄끄럽게 말을 꺼냈다.

"뭐냐…… 미안한데 내 신발장…… 거기거덩……."

그러고는 내 뒤쪽을 가리켰다.

"엇, 그러냐. 미안하다."

우리 학교는 출석 번호가 이름순으로 정해진다. 히키가야의 히와 토베의 토는 가까운 편이니까 당연히 신발장 위치도 가깝게 마련이다. 내가 신발장 앞을 점거한 탓에 토베가 실내화를 못 신고 기다리고 있었나 보다.

"미, 미안! 빨리 말해 주지……."

유이가하마는 사과하며 튕겨 나가듯 나와 거리를 뒀다.

"아니, 한창 얘기하는데 방해하기도 좀 그래서……."

토베는 어색하게 웃으며 나와 유이가하마를 번갈아 보고는 「뜨아……」라고 작게 중얼거렸다. 나와 유이가하마 사이를 불안하게 오가는 토베의 눈동자에는 미안한 기색이 역력했다.

"딱히 방해될 것두 없는데……. 별 얘기 안 했어."

유이가하마는 무안하게 꼼지락대다가 고개만 내게 돌려 뭔가 확인하듯 눈빛을 보냈다.

"그, 그치?"

"그, 그렇지……."

기어드는 목소리로 조심스럽게 물으니까 괜히 부끄러웠다.

어떡해어떡해, 방금 그걸 다 봤어? 나 몰라~! 너무 부끄러워!

부끄러움에 몸부림치고 싶은 마음을 꾹 참고, 대신 어깨를 빙글 돌리고 목을 우득우득 꺾으며 모른 척했다.

그런데 고개를 돌리다가 엉겁결에 유이가하마와 눈이 맞았다. 유이가하마는 민망한 마음을 숨기려는 것처럼 아하하 웃으며 경단머리를 더듬거렸다.

이게 무슨 상황이지? 창피해서 죽을 것 같다만.

어색한 침묵이 깔리고 이대로 수치사하지 않을까 싶던 그때, 토베가 크흠 기침했다.

"아냐! 다른 의미는 없어! 왜 있잖아, 그런 거! 식당에서도 점원이 바빠 보이면 말 걸기 힘들지 않아?"

토베가 애써 밝게 말하자 유이가하마가 단박에 알아듣고 고개를 열심히 끄덕였다.

"아, 맞아맞아! 나두 편의점에서 점원이 계산대에 없으면 그냥 기다려!"

"글치!"

토베가 맞장구치는 유이가하마를 손가락으로 척 가리켰다. 탈 수밖에 없다, 이 빅 웨이브에! 나도 편의점 알바하면서 겪은 썰을 풀자.

"그거 말이지……. 일하는 입장에서는 압박 주는 것 같아서 싫어."

"그런 식으로 생각했어?! 나름대로 배려한 건데……."

유이가하마가 은근히 충격을 받는 한편, 토베는 공감이니 뭐니 적당히 맞장구치며 후딱 실내화를 신었다.

"근데 슬슬 가봐야 하지 않어? 난 부실 들렀다 가야 하거덩."

말을 끝내기 무섭게 토베는 왠지 급해 보이는 걸음걸이로 떠났다.

그 뒷모습을 보던 내가 유이가하마 쪽으로 돌아섰다.

"난 얼굴이나 씻고 가련다."

"어? 아, 응."

나의 뜬금없는 말에 유이가하마는 한순간 당황스러운 반응을 보였지만 금방 대답했다.

아침부터 식겁했네. 뜨거워진 얼굴을 식히고 조금 시간을 둔 뒤에 교실에 들어가자.

나는 이만 가보겠다는 의미로 손을 들어 보이고 자리를 벗어나려고 했다.

그런데 걸음을 옮기기 전에.

"힛키."

유이가하마가 나를 불러 세웠다.

돌아보자 유이가하마는 가슴 앞으로 손을 살래살래 흔들고 있었다.

그리고 주위에 아무도 없는 것을 힐끔 확인하더니 그 손을 조심스럽게 입가로 가져갔다.

"나중에 봐."

입술을 달싹여 아무에게도 들리지 않을 은밀한 소리로 속삭였다. 그게 비밀스러운 정담을 나누는 것만 같아서 나는 머리가 멍해졌다.

내가 뭘 본 거지……?

이런 귀염요망한 행동은 잇시키 전매특허 아니었어? 요망하지 않은 사람이 하면 그냥 귀여울 뿐이잖아. 대체 뭐지……?

내가 가만히 굳어 버리자 유이가하마는 어리둥절하게 고개를 기울였다. 그리고 앗 하고 뭔가 깨달은 것처럼 또 입가에 손을 댔다.

아, 이 녀석 내가 못 들은 줄 아는구만? 아니야. 다 들었다고. 반응을 못 했을 뿐이라고.

들었다. 안다. 그렇게 말하는 대신 내가 고개를 끄덕이자 유이가하마는 안심한 것처럼 미소 지었다.

그 미소에 나는 한 번 더 가볍게 고개를 끄덕이고 빙글 돌아 급히 화장실로 갔다.

정말로 아침부터 식겁했네……. 지금은 마냥 얼굴에 찬물을 끼얹고 싶다…….

×　×　×

겨울방학이 끝난 교실은 웅성거림으로 가득했다.

오랜만이다, 새해 복 많이 받아라, 인사를 주고받는 반 아이들도 어딘지 모르게 들뜬 분위기였다. 오늘 아침에 나눠준 문이과 계열 선택 및 진로 희망 조사서도 처음에만 화두에 올랐을 뿐, 대화는 차츰 다른 주제로 옮겨갔다. 다들 수험 생각은 하고 싶지도 않겠지…….

시끌벅적한 분위기는 방과 후가 되어도 변함이 없었다.

아직 수다를 다 못 떨었는지, 교실 안에는 여전히 많은 학생이 남아 있었다. 그중에서도 가장 눈에 띄는 것은 하야마 하야토와 미우라 유미코를 주축으로 하는 익숙한 집단이었다.

조용했던 적이 없는 그룹이긴 하지만, 오늘따라 그들의 목소리 톤은 한층 더 높았다.

토베, 오오오카, 야마토 바보 삼형제도 평소와 다름없이 얼빠진 소리를 늘어놓았고, 하야마는 창가에 앉아서 턱을 괴고 바깥을 내다보고 있었다.

그 수심에 찬 모습을 본 사람은 「어떡해, 하야마 몽환적이야. 멋있어……」 같은 감상을 품겠지. 아니면 네 친구들 이야기 좀 들어주라고 생각하거나. 하지만 내가 걱정하지 않아도 하야마 하야토는 그런 점에서 빈틈이 없었다.

절대로 무시하는 게 아니라고 어필하듯 적절한 타이밍에 적절한 맞장구를 치고 미소까지 곁들여 보인다. 그게 정말 사실인가요? 와~ 대단하네요! 라는 소리가 들릴 것 같은 반응 속도다. 리듬 게임 잘하겠네.

반면, 여자들은 리듬 게임에 통 소질이 없어 보였다.

세 얼간이의 이야기에 그다지 관심이 없는지, 한 손에 폰을 들고 「아, 응, 어, 그거」라며 시시해서 죽고 싶어지는 말만 툭툭 던지고 있었다. 화면을 똑바로 보라고 주의를 주고 싶을 만큼 엉성한 폰질. 그리고 아예 맞장구조차 치지 않는 사람도 한 명 있었다.

그 한 명, 바로 미우라 유미코는 오늘도 나른한 분위기를 풀풀 풍기며 의자 등받이에 구부정히 몸을 기댄 채 금발을 빙글빙글 꼬고 있었다. 가끔 토베나 오오오카에게 정신 사납다는 듯 눈총을 쏘면서.

미우라의 눈길에 겁먹었는지, 오오오카가 화제를 바꾸려고 과장스럽게 기침했다. 그러다 뭔가 생각났다는 투로 맞다, 하고 하야마에게 물었다.

"그나저나 하야토, 유키노시타하고 사귄다는 거 진짜야?"

"뭐?"

미우라를 비롯해 그 자리에 있던 모두가 얼빠진 표정으로 입을 떡 벌렸다. 어쩌면 내 입도 벌어져 있었는지 모른다.

오오오카 저놈, 갑자기 뭔 소리를 하는 거냐.

그럴 리가 없잖아. 없어없어. 없다고 생각은 한다만……. 정말 없나? 없겠지……? 없지? 맞지?

예상치 못한 곳에서 날아든 일격에 모두의 시간이 멈추었다.

그러나 시간은 움직이기 시작한다.

"뭐어어어어어어어?!"

덜커덩 의자를 밀어젖히며 미우라가 벌떡 일어섰다.

도란도란 수다를 떨던 다른 애들도 무슨 일인가 싶어 그쪽을 돌아보았다. 교실 안이 찬물을 끼얹은 듯한 정적에 휩싸였다.

그 정적의 중심에 있는 하야마 하야토는 어떤 소리도 내지 않고 살짝 눈썹을 내리깔 뿐이었다. 조금 전의 온유한 표정과 특별히 다를 것도 없었다. 눈썹 끝이 불과 몇 밀리미터 움직인 정도의 차이. 그런데도 미세한 표정 변화 하나로 하야마는 자신의 감정을 오롯이 표현해냈다.

질투, 의심, 울분, 초조, 낙담, 비애, 혹은 체념.

저 정도로 이목구비가 단정하면 사소한 변화마저 크게 일그러져 보인다. 평소의 상쾌한 인상은 온데간데없이 가늘어진 눈 안쪽에서 어두운 감정이 흘러나왔다.

하야마의 험악한 분위기에 교실 전체가 숨을 죽인다.

"아냐아냐! 그건 절대루 아니야!"

일변한 분위기를 민감하게 느낀 유이가하마가 재빠르게 수습에 나섰다. 이어서 에비나 양도 싱글싱글 웃으며 가세했다.

"그치. 나도 그건 아니라고 생각해. 그야 하야토는…… 부후훗……."

에비나 양이 요상한 웃음을 흘리며 나를 힐끔 봤다.

야, 하지 마. 왜 날 봐? 「치바는 보수적인가 봐?」[#7] 같은 얼굴로 보지 말라고. 하지만 지금 막 하야마의 얼굴을 평가한 터라 강하게 반박할 수도 없군요, 죄송합니다. 으음, 그나저나 잘생기긴 했어. 얼굴은 국보급이야…….

#7 치바는 보수적인가 봐? 애니메이션 「기동전사 건담 수성의 마녀」에 나오는 대사의 패러디. 작품 내 세계관에서 동성 결혼이 일반적이라는 의미로 사용된다.

유이가하마와 에비나 양이 분위기를 장난스럽게 뒤집어 놓은 덕분에 긴장됐던 분위기가 이완되어 갔다. 일동에게 어렴풋이 미소가 돌아온다. 나아 양은 손가락으로 머리를 돌돌 꼬면서 다리를 탈탈 떨고 있지만.

분위기가 풀리자 그때를 노린 것처럼 또 한 명, 의외의 인물이 무거운 목소리로 뒤를 이었다.

"그렇지? 그럴 줄 알았어……. 내가 들은 이야기랑 다르기도 하고……."

덩치에 비해 눈에 띄지 않는 야마토가 느릿하게 말했다. 그 신중한 말투가 신경 쓰여 다들 이어질 말을 기다렸다.

하지만 야마토는 더 이상 말을 꺼내지 않았고, 대신 유이가하마를 빤히 바라보았다. 그 시선에 그룹의 시선도 덩달아 유이가하마에게 집중됐다.

"엥? 내, 내가 왜?"

유이가하마가 눈을 동그랗게 뜨며 자신을 가리켰다. 내 눈도 동그래졌을지 모른다. 야마토인가 뭔가 저 녀석은 또 무슨 뚱딴지같은 소리야?

나하하, 하야마와 유이가하마가 사귄대, 나하하. 그럴 리가 있나하하……. 정말 없나? 없겠지……? 없지?

아닐 거라고 생각하면서 하야마 그룹을 힐끔힐끔 훔쳐보니, 나와 비슷한 반응을 보이는 사람이 있었다.

"유, 유이……? 어? 어어?"

방금 안도의 숨을 푹 내쉬어서 산소가 부족한지, 미우라는 입을 빼끔거렸다. 그리고 유이가하마와 하야마를 번갈아 봤다.

"아냐아냐아냐아냐! 절대루 아냐! 정말루 아냐! 하야토는 진짜 아냐!"

유이가하마가 두 팔이 떨어지도록 손사래 치며 악을 쓰고 부인했다. 하야마가 픽 웃으며 농담조로 말했다.

"그렇게 필사적으로 아니라고 하면 상처받는데."

"앗, 미안! 그런 뜻이 아니라! 그래두, 난, 진짜루 아니라니까!"

하야마의 장난에 진지하게 사과하는 유이가하마. 흥분했던 목소리도 차츰 잦아들어 웅얼거리는 소리로 돌아갔다.

"······그, 그치만, 나, 나는 그런 거 아닌데······."

눈을 바닥으로 떨군 유이가하마는 경단머리를 만지작거렸다. 옆얼굴에는 희미한 홍조가 번졌고, 말투도 꼭 어린아이 같았다. 그 부끄러워하는 몸짓을 보고 있자니 왠지 나까지 창피해지는 기분이었다. 이게 그 공감성 수치인가 하는 그거냐?

이야기가 더 진행되기 전에 빨리 교실을 떠야겠다······. 나는 가방에 교과서와 학용품 따위를 대충 쑤셔 넣고 코트와 목도리를 챙겼다.

그러나 오오오카의 무신경한 목소리에 내 손은 다시 멈추고 말았다.

"내가 들은 건 다른 이야기였는데. 유이는 무슨 다른 학교 남자랑 사귄다는 얘기가 있더라?"

"무—."

엉겁결에 소리 지를 뻔했다. 간신히 참은 나를 칭찬해주고

싶다. 입 밖으로 나오려는 숨을 가까스로 삼키는 대신 「뭇, 후
아암…… 음냐음냐……」라며 하품하는 척 얼버무렸다.

에고고 잠이 부족한가, 라고 중얼거리면서 목을 돌리는 엉
성한 연기로 하야마 그룹을 쭈뼛쭈뼛 돌아봤다.

유이가하마가 맹하게 입을 벌리고 고개를 갸웃거리는 모습
이 보였다.

"우-응?"

굳어 버린 유이가하마 대신 미우라가 몸을 앞으로 쭉 내밀
어 아래에서 오오오카를 노려봤다.

"뭐어? 오오오카, 너 그걸 말이라고 해?"

어떡해, 나아 양 무서워……. 옆에서 보는 나조차 주눅들
정도였다. 면전에서 직시한 오오오카는 거의 공황 상태에 빠
졌다.

"아, 아니, 나도 야구부에서 들은 얘기라……. 그냥 우리 쪽
에 그런 소문이 있었다고……. 마, 맞지?"

오오오카는 쩔쩔매다가 결국 옆에 있는 토베에게 구원 요
청을 보냈다.

하지만 왠지 토베의 입이 좀처럼 떨어지지 않았다. 한참을
고민하며 대답을 찾는 것처럼 눈을 이리저리로 굴린다. 유이
가하마를 힐끔, 하야마를 힐끔, 미우라를 힐끔, 나를 힐끔,
에비나 양을 힐끔. 뒷머리를 쥐어뜯으며 우물쭈물 말을 꺼내
지 못했다.

"어…… 아…… 그게, 겨울방학 때 같이 있는 걸 봤다는 이

야기를 들은 것 같기도 하고⋯⋯."

"그래, 그거! 그런데 모르는 사람이라서 다른 학교 학생 아니냐는 얘기가 나왔어. 나는 딱히 관심이 없었는데 우리 부원이 물어보더라니까. 그래서 난 모른다고 했지."

소극적인 변호였지만, 오오오카는 하늘에서 내려온 동아줄이라도 잡는 심정으로 덥석 달려들었다.

"흐응⋯⋯."

미우라는 손가락으로 머리카락을 돌리며 오오오카와 토베를 미심쩍게 빤히 바라봤다. 그 옆에 선 에비나 양도 관심이 생긴 것처럼 이야기를 듣다가 문득 유이가하마를 슬쩍 봤다.

"유이, 정말이야?"

"뭐? 아니야~! 전혀 아니야! 그런 일 없어! 그나저나 누구야? 그런 소리를 하구 다니는 게."

유이가하마는 눈살을 찌푸리며 볼에 바람을 넣고 흥흥댔다. 화내는 모습이 미우라의 위협에 비하면 귀여울 따름이지만, 오오오카를 허둥대게 하기에는 충분했다.

"아니, 그냥 그런 소문을 들었다고⋯⋯."

오오오카가 진땀을 빼며 자기가 한 말이 아니라고 변명부터 늘어놓았다. 미우라는 작게 혀를 차고, 유이가하마는 뾰로통한 표정을 짓고, 에비나 양은 냉랭한 눈길을 보냈다.

어떡해, 여자들 무서워⋯⋯. 옆에서 보는 나조차 오금이 저릴 정도였다. 면전에서 쓰레기 취급받는 오오오카는 숨이 멎기 직전이었다.

① 심술궂게 하야마 하야토는 히키가야 하치만에게 웃어 보인다. 41

거의 빈사 상태인 오오오카는 여자들이 보내는 무언의 압박을 견디지 못하고 토베와 야마토에게 살려달라고 눈빛으로 호소했다.

그 신호를 캐치한 야마토가 무게 있게 고개를 끄덕이나, 그 이상의 반응은 보이지 않았다. 현명한 대응이긴 한데, 너 보기보다 도움이 안 된다……?

한편, 토베는 자기만 믿으라는 식으로 뒷머리를 쓸어 넘기고 하얀 이를 드러냈다. 오오, 믿음직한 사나이 토베…….

"어차피 소문은 소문 아니겠어? 본인이 아니라면 아닌 거지! 사실 나도 아니라고 생각했다고. 내가 이래 보여도 그런 팔랑귀는 아니거덩? 내 눈으로 본 것만 믿는 스타일이랄까? 그런 거에 휩쓸리고 싶지 않단 말이쥐."

하지만 토베는 손바닥 뒤집듯 친구를 배신하고 그 자리에서 손절했다. 그 신속한 판단력은 야수적인 투자에 필요한 스킬. 너 당장 가상 화폐나 알아봐라. 게다가 토베는 잘난 척하는 와중에도 에비나 양에게 점수를 따려고 여념이 없었다. 저 녀석, 이 꼴을 보아 트위터로 「나 같은 못난 자식도 아버지 정년 퇴직 때는 바카라 글라스를 선물했다……」라고 허세 멘트나 쓰고 다니겠구만. 조만간 문장 끝에 담배 이모티콘까지 붙이겠다.

"하야토오……."

바보 삼형제의 동지가 도움이 안 된다고 판단하자 오오오카는 지푸라기라도 잡는 심정으로 하야마에게 매달렸다. 거의 강아지가 낑낑대는 듯한 가련한 목소리였다.

하지만 정작 하야마는 입을 가리고 왠지 어깨를 부르르 떨고 있었다.

"……응? 하야토, 왜 그래?"

"아니, 아무것도 아…… 풉."

숨기려고 했으나 어지간히 참기 어려웠는지, 하야마는 결국 웃음을 터뜨렸다. 그리고 봇물 터지듯 폭소를 쏟아냈다.

보기 드문 모습…… 교실에 있는 아이들이 모두 놀라움을 감추지 못했다. 언제나 냉정하고 온화하고 상쾌한 하야마 하야토가 남들의 시선에도 개의치 않고 배를 부여잡은 채, 심지어는 눈가에 눈물까지 맺어가며 웃으리라고 누가 상상이나 했을까. 나도 「……쟤, 저런 식으로 웃는구나(두근……)」이라고 생각했다.

하지만 하야마 하야토는 역시나 하야마 하야토다.

"다른 학교 남자……."

의미심장하게 말하고는 떨어져 있는 나를 힐끔 봤다. 그 눈동자 깊은 곳으로 희미한 희열이 엿보였다.

야, 왜 난데없이 날 봐? 그 야릇한 웃음 집어치워. 돌려줘! 내 설렘을 돌려달라고!

하야마의 시선에서 벗어나려고 나는 다시 귀가 준비에 들어갔다. 시야 한쪽에서 하야마가 어깨를 으쓱이는 모습이 보였다.

"무슨 오해가 있었는지 대강 이해했어."

나직하게 숨을 내쉰 하야마가 눈에서 힘을 빼고 입꼬리를 끌어올렸다.

"안됐지만 그렇게 재밌는 이야기는 아니야. 겨울방학에 집 안일로 잠깐 나갈 일이 있었어. 거기서 우연히 유이랑 마주쳤는데, 누가 그걸 보고 오해한 거 아닐까?"

"앗, 응! 맞아맞아! 아마두 그거야! 확실해!"

하야마의 말에 유이가하마가 득달같이 동의했다.

"소문이란 게 다 그렇지 뭐. 곧이곧대로 믿으면 바보 돼. 안 그래? 토베."

그리고 하야마가 토베의 어깨를 가볍게 두드리자 토베도 엄지를 척 세웠다.

"고룸고룸! 물론이지!"

이어서 오오오카와 야마토도 동조했다.

"그, 그러게~! 사실 나도 개소리라고 생각은 했는데 말이야."

"그럼 이야기하지를 말든가."

하야마는 오오오카의 머리를 장난스레 쿡 찔렀다. 그런 투 닥거림은 어디로 보나 남자들끼리 까불대며 노는 것처럼 보였다. 머리를 찔린 오오오카가 너스레를 떨자, 교실의 긴장은 단번에 누그러들고 평화로운 방과 후 분위기로 돌아왔다.

그때를 노린 것처럼 하야마가 가방을 집어 들고 일어났다.

"이제 슬슬 부실로 갈까?"

"좋지. 지금 가면 딱 맞겠네."

"그럼 우리도 가볼까?"

저마다 한마디씩 하며 바보 삼형제도 자리에서 일어났다.

그리고 내일 보자며 미우라 일행에게 가볍게 손을 흔들어주고는 발길을 돌렸다.

미우라는 그들에게 고개를 끄덕이면서도 다른 생각을 하는 것처럼 입은 다물고 있었다.

그 침묵을 어떻게 해석했는지 몰라도 유이가하마가 미우라의 어깨에 살포시 손을 얹었다. 그리고 진지한 눈빛으로 미우라를 바라봤다.

"정말루 오해인 거 알지? 하야토랑 나, 진짜 아무 일두 없었어. 아, 유키농두."

"응? 아, 응. 그래?"

"응. 그날 힛키랑 쇼핑하다가 유키농네 언니랑 마주쳤는데, 유키농네 집하구 하야토네 집이랑 아는 사이라서, 일종의 새해 인사 같은 거랄까? 그 자리에 유키농도 불려왔구…… 대충 그런 느낌?"

설명이 너무 서툴러……. 꼭 어린애의 이야기를 듣는 기분이잖아……. 그때 에비나 양이 흠흠 고개를 끄덕이며 그 허술한 설명을 정리했다.

"아하~ 그러니까 집안일로 만났는데 그 장면을 목격당하는 바람에 구설수에 올랐다는 이야기구나?"

"응, 아마두."

"세 명 다 눈에 띄는 편이니까 인상에 깊이 남았나 보네. 게다가 얘깃거리로도 좋고."

스스로 말하면서 납득하는 에비나 양. 동조하며 고개를 끄

덕이는 유이가하마. 거기에 덩달아 고개를 끄덕이려던 미우라
가 우뚝 멈췄다.

"……응? 잠깐만. 거기 히키오도 있었어? 히키오랑 웬 쇼핑?"

"아."

유이가하마가 당황하여 외마디 소리를 냄과 동시에 에비나
양이 손뼉을 짝 쳤다.

"아하, 다른 학교 남자라더니 그런 거였어~?"

"으엥?!"

오호라, 이제 알겠군. 그래, 우리 학교 애들은 나 같은 인간
은 있는지도 모르니까. 그렇다면 다른 학교 학생으로 착각할
만도 하지~.

내가 아예 남의 일처럼 생각하는 사이, 미우라와 에비나 양
의 눈길이 나에게 꽂혔다.

"뭐야뭐야뭐야? 어떻게 된 거?"

"나도 궁금한걸? 썰 좀 풀어줘."

"우, 아, 으응~."

미우라와 에비나 양은 나를 은근슬쩍 보면서 유이가하마를
몰아세우자, 유이가하마가 곤경에 처한 강아지처럼 낑낑댄다.

위험하다……. 여기 계속 있다가는 언제 나에게 불똥이 튈
지 모른다. 재빨리 대피하자.

나는 자리에서 일어나 주특기 넨 능력 제츠로 기운을 차단
하고 교실을 빠져나왔다.

　　　　　✕　✕　✕

　방과 후의 소란스러움은 복도에까지 퍼져 있었다.

　새해, 혹은 새 학기 특유의 흥분이 학교 전체를 메운 느낌이었다.

　평소 같으면 인적을 찾아보기 힘든 특별관으로 이어지는 복도에도 학생들이 삼삼오오 모여 이야기꽃을 피우는 중이었다.

　"들었어? 하야마 얘기."

　"아, 그거? 진짜 뭔가 있는 거 같던데."

　스쳐 지나간 여학생이 갓 입수한 따끈따끈한 가십으로 운을 띄우자 다른 일행이 장단을 맞추며 키득거렸다.

　짐작건대 교실에서 에비나 양이 이야기한 것처럼 단편적인 정보들을 짜깁기한 결과물에다, 멋대로 추측하고 안줏거리로 삼는 풍조까지 맞물려 널리 확산된 거겠지.

　딱히 나와 직접 관련된 화제도 아니건만, 그 이야기가 들려올 때마다 고개를 움츠리고 싶어지는 불쾌감이 스멀스멀 등골을 타고 올라왔다.

　이 불쾌감의 정체는 무신경하게 낭설을 퍼뜨리고 다니는, 이름조차 모를 군중에 대한 혐오감일 테지.

　이런 뜬소문의 골치 아픈 점은 그 속에 악의가 개입되어 있다는 보장이 없다는 것이다.

　그냥 재미있으니까, 다들 관심을 주니까, 유명인들이니까. 그러니까 어떤 말을 해도 상관없다고 인식되어, 아무도 그 상황에 의문을 제기하지 않고 입방아를 찧어댄다. 진위를 확인해 보지도 않고, 잘못된 정보를 무책임하게 퍼뜨리고 다닌다.

그로 인해 누가 피해를 보더라도 「소문이니까」라는 말 한마디로 자신에게 면죄부를 부여한다. 평소에는 자기 과시에 안달 난 이들이, 불리할 때만 자기는 평범한 대중의 한 명이라고 주장한다.

그런 태도가 지독하게 역겨웠다.

이럴 바에야 차라리 내 험담을 듣는 게 마음 편하다. ……물론 정체불명의 다른 학교 남자라는 소문의 주인공이 된 현 상황도 썩 달갑지는 않지만.

"하……."

그런 생각을 하자 나도 모르게 깊은 한숨이 나오고 처진 어깨로 가방이 흘러내렸다.

난감하다. 망했다. 사고 쳤다.

새해의 번화가를 고등학생이 쏘다니는 것은 어찌 보면 당연한 일이다. 평소 쇼핑을 나가지 않아서 그쪽으로는 전혀 생각이 미치지 못했다. 새해 참배 때까지는 아는 사람과 마주칠지도 모른다고 주의했건만…….

스스로 깨닫지 못했을 뿐, 겨울방학부터 나는 꽤나 들떠 있었나 보다.

크리스마스, 연말, 새해. 일상에서 벗어난 이벤트가 연이어 발생한 탓에 주제에도 없는 착각을 한 것 같다.

그러지 않고서야 아침부터 남들이 다 지나다니는 신발장 앞에서 수다를 떨진 않았겠지.

지금 생각해 보면 토베가 우물쭈물했던 이유는 다른 학교 남자에 관한 소문을 들었기 때문이리라. 나와 유이가하마가 이야기 나누는 모습을 보고 토베가 무슨 생각을 했을지는 어렵잖게 추측할 수 있다. 교실에서 오오오카가 다른 학교 남자 이야기를 꺼냈을 때도 아마 우리를 생각해서 말을 흐린 것이다.

실제로 우리가 그런 관계는 아니므로 토베는 엉뚱한 친절을 베푼 셈이지만, 경솔하게 놀리거나 부추기지 않은 것만 해도 솔직히 고마웠다. 토베는 시끄럽고 짜증 나지만, 의외로 사람은 착하다. 짜증 나지만.

반면, 진상을 알면서도「다른 학교 남자」란 말에 나를 보고 웃은 하야마 씨, 거 성격이 너무 고약한 거 아닙니까? 적어도 그 웃음은 참았어야지…….

사실 토베와 하야마에게는 잘못이 없다. 오히려 아무 말도 하지 않고 넘어가 줬으니까 고마울 따름이다.

이제는 내가 다시 한 번 긴장의 끈을 조이면 될 문제다. 이상한 소문으로 피해를 주면 미안하니까.

새롭게 다짐하며 어깨에서 미끄러진 가방을 고쳐 메는데, 뒤쪽에서 허둥지둥 따라오는 발소리가 들렸다.

저렇게 호들갑스럽게 쫓아올 만한 사람이라곤 유이가하마 정도뿐이다. 약간 걸음을 늦추자, 유이가하마가 금방 나를 따라잡았다. 그리고 가방으로 내 허리를 퍽 쳤다.

"아야……."

전혀 아프지 않지만 예의상 반응하며 멈췄다. 옆에 선 유이가하마가 나를 불만 가득한 눈매로 흘겨봤다.

"왜 말두 없이 먼저 가구 그래?"

"아니 그게, 뭔가 할 말이 남은 거 같길래……."

애초에 같이 가기로 한 기억도 없다만……. 그러고 보니 작년 12월에는 약속을 해서 함께 부실까지 간 적도 있었다. 아무래도 유이가하마의 머릿속에서는 여전히 그때의 흐름이 이어지는 중인 모양이다.

일단 가면서 얘기하자고 턱으로 앞을 가리키고 걸어 나갔다.

옆에서 뚜벅뚜벅 걷는 유이가하마는 나를 곁눈질하며 할 말이 있는 눈치로 입술을 비죽 내밀었다. 내가 눈짓만으로 왜 그러냐고 묻자 유이가하마가 조심스럽게 입을 열었다.

"있지, 혹시 아까 우리가 한 얘기…… 드, 들었어?"

"뭐 그야 그렇게 소란을 피워댔으니까……."

안 그래도 시선을 끄는 그룹인 데다가 오늘따라 유난히 시끄러웠고, 하야마는 폭소까지 했으니……. 교실에 남아 있던 애들은 다 보지 않았을까.

"아, 아무 일두 없었어! 정말루!"

잰걸음으로 나를 추월한 유이가하마가 빙글 돌아서서 내 얼굴을 들여다봤다. 그렇게 간절하게 쳐다보면서 말 안 해도 알아…….

"나도 거기 있었는데 모르겠냐……. 뭐야, 너 설마 기억 안 나?"

"그건 기억나는데!"

내가 농담으로 받아치자 유이가하마는 내 어깨를 툭 쳤다.

하지만 그 손이 힘없이 내려가고 목소리도 시무룩하게 가라 앉았다.

"그런 게 아니구……."

그렇게 말은 꺼냈지만, 뒷말은 이어지지 않았다. 유이가하마를 보니 고개를 숙이고 경단머리를 만지고 있었다.

말소리가 사라진 복도에는 두 명의 발소리만 울렸다.

나는 오로지 이 침묵을 쫓아낼 목적으로 입을 열었다.

"어차피 소문은 소문일 뿐이잖아. 신경 써봤자 의미 없어."

"응, 그치만……."

유이가하마는 한 번 말을 끊었다가 곧 고개를 들었다.

"그치만 유키농두 하야토두…… 그, 그리고 나두. 언젠가는 진짜 그런 이야기가 나오게 되려나 싶어서……."

배시시 웃는 유이가하마를 보고 엉겁결에 그 미래를 상상해 보지만, 내 머리로는 그 그림을 완성할 수 없었다. 유키노시타는 물론이거니와, 하야마가 누군가 특정한 사람과 연인 관계가 되는 구도 역시.

다만, 유이가하마가 누군가와 사귀는 모습은 스스로 깜짝 놀랄 만큼 쉽게 상상할 수 있었다.

일전에 토베가 말했던가, 유이가하마는 남자에게 인기가 많다고. 그리고 체육 대회를 준비하던 때도 남자들이 유이가하마에게 끈덕지게 집적댔던 기억이 있다.

그런 사실을 생각하는 것 자체가 그다지 유쾌한 일은 아니다.

① 심술궂게 하야마 하야토는 히키가야 하치만에게 웃어 보인다. 51

그러니까 이런 대화는 빨리 끊어 버리는 게 상책이다.

"글쎄, 난 모르겠다. ⋯⋯그보다 이 이야기, 부실에서는 하지 마라."

"웅? 왜?"

유이가하마는 눈을 깜빡거리며 나를 빤히 쳐다봤다. 나는 그 눈길을 유도하듯 부실 문을 봤다.

"⋯⋯그 녀석, 화낼 게 뻔하니까."

"⋯⋯그러네!"

봉사부에 들어온 지 1년도 되지 않았지만, 매일 얼굴을 맞대며 함께 시간을 보낸 사이다.

유키노시카가 어떤 말에 화를 낼지 대충 상상이 간다. 무책임한 루머의 주인공이 되었다는 사실을 알면 노발대발할 게 틀림없다.

부실에 들어가기 전에 나와 유이가하마는 얼굴을 마주 보고 합의한 후, 오랜만에 찾아온 부실 문을 열었다.

2

당연한 것처럼
잇시키 이로하는
그곳에 있다.

태양이 떨어질수록 복도에는 조금씩 찬 기운이 돈다. 창이 많고 사람의 왕래가 적은 특별관은 특히 그렇다.

하지만 문 하나를 사이에 끼고, 봉사부 부실은 훈훈한 공기로 차 있었다.

물론 난방의 힘이기도 하다. 여전히 누구보다 먼저 부실에 온 부장, 유키노시타가 미리 히터를 틀어주니까 말이다.

하지만 단순히 온도의 문제를 넘어 이 따스함은 우리를 둘러싼 상황에서 오는 것이라고 생각한다.

그 온기의 상징이라고도 할 수 있는 것이 바로 눈앞 책상에 놓인 케이크였다.

유이가하마가 부지런히 초를 꽂고 성냥을 칙 긋자, 가하마양 왈 「과일 듬뿍, 물처럼 마실 수 있는 쇼트케이크」가 은은한 성냥불 아래서 촉촉한 윤기를 뽐냈다. 초콜릿으로 만든 팻말에는 「유키농 생축!」이라는 글자가 춤추고 있었다. 그것을 본 유키노시타가 쑥스럽게 미소 지었다.

원칙대로라면 나이만큼 초를 꽂아야겠지만, 갬성 넘치는 고급 케이크에는 그럴 자리가 없었다. 생일 초는 몇 개만 꽂고 나머지는 숫자 모양 초로 대신했다.

유이가하마는 마지막으로 1과 7 모양 초에 불을 붙였다.

이제 이걸 유키노시타가 불어서 끄면 다 같이 박수. 그 뒤에 「해피 벌스데이…… 투우우 유우우……」라고 마릴린 먼로처럼 노래하면 생일이라는 이름의 의식은 끝난다. 물론 미친 척하고 「해애애피! 버어얼스데에에에에이이이!」라며 스티비 원더 뺨치는 노래를 불러도 상관없다. 그 왜 있지 않은가, 술집이나 레스토랑에서 밥 먹는데 갑자기 조명이 꺼지더니 타닥타닥 터지는 희한한 폭죽 꽂힌 케이크가 등장하고, 다른 손님에게도 박수를 강요하면서 흘러나오는 그 노래다. 그런 건 제발 따로 방 잡고 주실래요? 다른 손님까지 끌어들이지 마세욧!

내가 사전 양해도 없이 깜짝 파티에 말려든 원한을 속으로 곱씹는 사이, 유이가하마가 생일 축하 준비를 완벽히 마쳤다.

지금은 촛불을 끄기 전의 포토타임이었다.

그래그래. 음식은 먹기 전에 인서트 샷을 찍어 둬야지. 케이크 단면이랑 포크로 든 구도까지 찍으면 잡지 한 권 뚝딱이야!

뒤에서 감독 놀이를 하며 촬영 현장을 지켜보는데 문득 유이가하마가 나에게 손짓했다.

"단체샷 찍자! 힛키두 여기 껴, 여기!"

"에이…… 난 됐어. 너희끼리 찍어……."

"히키가야…… 미안하지만 포기하렴."

이럴 때 유이가하마의 고집을 꺾을 사람은 없다. 유키노시타도 가늘게 한숨을 쉬고 마지못해 케이크가 놓인 책상으로 다가갔다.

"빨리빨리! 초 녹아!"

그렇게 보채면 미적댈 수도 없다.

그래, 1년에 한 번 있는 축하연이다. 아무리 나라도 사진 끄트머리에 서면 허전할 정도는 채워주겠지. 게다가 케이크가 촛농으로 덮이는 것도 미안하다. 나는 마음을 굳게 먹고 케이크 옆으로 다가가서 예이~ 하며 최선을 다해 웃었다. 심지어 아헤가오 더블피스[#8]까지 선보이는 미쳐 버린 서비스! 나, 웃음이 너무 어설픈 거 아니야? 내 딴에는 평범하게 웃었는데?

하지만 아니나 다를까, 나의 눈물겨운 서비스에 유이가하마는 만족하지 못했다.

"좀만 더 일루…… 더 안 붙으면 화면에 안 들어와."

폰 카메라를 든 유이가하마가 내 소매를 꽉 잡아당겼다. 허를 찔려 휘청거리다가 반사적으로 책상을 짚고 말았다. 앗, 거긴 안 돼……. 더블피스가 노 피스가 되어 버려. 이러면 그냥 아헤가오잖아!

그렇게 능청을 떨 여유는 금방 사라졌다.

어깨가 맞닿았다. 옷 너머로 느껴지는 온기는 맨살보다도 훨씬 현실적인 열을 띠었고, 희미하게 코를 간지럽히는 달콤

#8 아헤가오 더블피스 쾌감으로 맛이 간 표정을 일컫는 「아헤가오」와 일본어로 V사인을 말하는 「피스」의 결합표현. 성인용 동인지나 상업지 만화에서 자주 등장한다.

한 향에 나는 그만 호흡을 멈추고 말았다. 이런 거리감, 정말로 곤란하다.

찰칵찰칵, 두어 번 셔터 소리가 난 뒤에야 유이가하마의 팔이 훌쩍 떨어졌다.

그 틈에 나는 은근슬쩍 그곳에서 빠져나와 원래 자리로 돌아왔다.

거의 움직이지도 않았는데 피로감이 몸을 짓누른다……. 긴장으로 뭉친 어깨를 주무르려고 손을 갖다 대자, 거기에 아직 그녀의 온기가 남아 있는 느낌이 들었다.

유이가하마는 신경 쓰는 기색도 없이 여자끼리 사진을 몇 장 더 찍었다. 그러고는 싱글 웃으며 폰 화면을 조작하더니 만족스러운 콧김을 흥 뿜었다.

이로써 기념 촬영 시간은 끝.

마침내 촛불 끄기 의식이 시작된다.

유이가하마는 미끄러지다시피 자리를 비키고, 케이크 앞으로 유키노시타를 초대하듯 크게 팔을 벌렸다.

"유키농, 시작해!"

"으, 응……."

재촉받은 유키노시타는 어색하게 일어나서 케이크 앞으로 갔고, 촛불을 끄려고 상체를 숙이며 무릎을 짚었다.

그 순간, 유키노시타의 옆얼굴을 가리는 발처럼, 길고 윤기 흐르는 머리칼 한 다발이 흘러내렸다.

유키노시타는 가느다란 손가락으로 머리카락을 귀 뒤로 쓸

어 넘기고 조용히 눈을 감았다. 긴장했는지 긴 속눈썹이 사르르 떨렸다.

그리고 매끄러운 입술을 오목하게 내밀어, 후…… 속삭이듯 작은 숨을 불었다.

촛불은 잠깐 흔들리더니 이내 소리도 없이 꺼졌고 얇은 연기를 피워 올렸다.

"축하해~!"

유이가하마의 요란한 축하에 맞추어 우리도 박수로 호응했다.

무사히 의식을 마치고 유이가하마가 케이크 절단식에 들어갔다. 케이크는 정확히 4등분되어 종이 접시에 하나씩 올라갔다.

"그럼 다 같이 한 번 더……."

유이가하마가 목을 풀고 선창한다.

"유키농, 생일 축하해!"

"축하한다."

"축하드려요~."

돌아가며 축하하자 유키노시타는 쑥스러운지 멋쩍은 기색으로 몸을 꼬았다.

"고, 고마워……. 저기, 마, 마실 것을 준비하는 편이 낫겠지?"

말이 끝나자마자 벌떡 자리에서 일어난 유키노시타가 서둘러 홍차를 타기 시작했다.

달그락달그락 그릇 부딪치는 소리에 섞여 호오~ 하고 감탄하는 소리가 들렸다.

"유키노시타 선배님, 생일이 1월 3일이셨군요~. 참고로 저는 4월 16일이에요, 선배님."

"누가 물어봤냐……."

애초에 이 녀석이 왜 여기 있는 거냐고요…….

내가 빤히 바라보자 그 녀석은 뭐 문제 있냐며 고개를 갸웃거려 황갈색 머리카락을 찰랑거렸다. 살짝 멋을 낸 교복 밑으로는 카디건 소매가 빠끔히 드러났고, 조그마한 손에 쥔 포크는 도톰한 입술에 가져다 댄 채였다.

잇시키 이로하는 마치 당연한 것처럼 봉사부 부실을 점거하고 있었다.

4등분한 케이크 한 조각을 차지한 것도 모자라 종이컵을 받아들고 홍차까지 얻어 마시는 중이었다. 거참 적응력 한번 끝내주는구만. 생존왕 베어 그릴스냐. 무인도에서도 살아남을 것 같은데, 저 녀석…….

"그나저나 왜 너까지 여기 있는 건데?"

"왜긴요, 그야 이 시기에 학생회는 한가하니까 그렇죠."

"그래도 이것저것 있을 거 아냐. 자세히는 모른다만. 정 심심하면 축구부에나 가 보든가. 너 아직 매니저잖아?"

타박을 주자 잇시키가 내 어깨를 가볍게 토닥였다.

"에이, 너무 그러실 거 없잖아요~. 아, 맞다. 저 사실은 크리스마스에 맡겨둔 비품 찾으러 온 거예요."

"방금 생각해낸 티가 풀풀 나거든……?"

이유가 아주 얄팍한 게 바람이 술술 통하겠는데.

"휴우……."

유키노시타가 한숨을 쉬었고, 유이가하마는 그 옆에서 쓴웃음을 지었다. 하여튼 이로하스도 못 말린다니까……. 다들 어처구니가 없다 못해 비구니가 될 지경이었지만, 잇시키는 천연덕스럽기 그지없었다. 어찌나 천연덕스러운지 러버덕처럼 빵빵하게 바람을 넣어서 연못 위에 띄워놓고 싶을 정도다.

한참을 빤히 쳐다보자 천하의 잇시키도 민망해졌는지, 별로 뜨겁지도 않아 보이는 홍차를 후후 불며 딴청을 피우기 시작했다.

"아참, 그러고 보니……."

불쑥 입을 연 잇시키가 생긋 웃으며 폭탄발언을 던졌다.

"유키노시타 선배랑 유이 선배 중에 누가 하야마 선배랑 사귀세요?"

"으익?!"

"……뭐?"

유이가하마가 괴성을 지르고 유키노시타는 멈칫했다.

맙소사, 잇시키 저 녀석은 왜 거침없이 지뢰밭으로 걸어 들어가는 거냐……. 허트 로커라도 찍을 셈이냐고……. 게다가 예고도 없이 핵직구로 물어보질 않나. 도끼 투구법에서 뿜어져 나오는 노 사인 강속구로 유명한 거물 투수를 방불케 하잖아.

하지만 다른 사람도 아닌 잇시키 아닌가. 저것도 분명 일부러 물어본 게 틀림없다. 여기 온 이유도 그 소문의 진위를 확인하기 위해서겠지.

"이, 이로하, 그거 말인데……."

"잇시키……."

유이가하마가 애써 웃으며 말리려고 하지만, 몹시도 차가운 목소리가 말허리를 끊었다.

목소리의 발원지, 유키노시타를 보자 엷은 오로라 베일을 두른 듯한 미소를 짓고 있었다. 그 속에 깃든 것은 북극의 빙하 조각처럼 시리도록 투명한 눈동자.

그 눈을 똑바로 마주보고 말았는지, 잇시키의 어깨와 목소리가 와들와들 떨렸다.

"네, 네에……."

기어들어 가는 목소리로 대답한 잇시키가 슬그머니 몸을 빼서 내 뒤에 숨었다. 떼끼, 사람을 방패로 삼으면 못써요.

내 어깨너머에서 빼꼼 얼굴을 내민 잇시키를 향해 유키노시타가 비수처럼 날카로운 눈빛으로.

"……그럴 리가 없잖아."

딱 잘라 부정하는 말에 잇시키가 힘주어 고개를 끄덕였다.

"그, 그렇죠~! 그게, 저도 말도 안 되는 소리라고 생각했다고요!"

"그, 그래! 말두 안 돼!"

유이가하마가 기합을 팍 넣고 힘차게 동조했다. 하지만 잇시키는 손을 휘휘 저으며 정색하고 반박했다.

"아뇨? 유이 선배는 완전 그럴싸하다고 생각했는데요?"

"왜애?!"

유이가하마의 비통한 외침이 울렸다. 이런 말 하기는 그렇지만…… 굳이 말하면, 외모? 이미지란 게 이렇게 무섭습니다! ……농담이 아니라 진짜로.

혼자 씁쓸한 입맛을 다시는 나와 시무룩해진 유이가하마, 아직 화가 나신 듯한 유키노시타를 앞에 두고 잇시키는 저 혼자 하고 싶은 얘기를 떠들었다.

"물론 저야 유이 선배나 유키노시타 선배가 그럴 리 없다는 거 알거든요? 그래도 그런 소문이 돌면 신경이 쓰이는 법이잖아요~?"

"소문?"

그 단어에 반응한 유키노시타의 시선이 나와 유이가하마를 향했다. 이렇게 된 이상 숨기기는 글렀다. 나는 가능한 한 신중하게 말을 골라서 이야기에 끼어들었다.

"어, 뭐 그런 소리를 하는 녀석들이 간혹 보이긴 하더라만……."

"나두 깜짝 놀랐는데 들어보니까 그거 같아. 지난번에 같이 만난 날 있었잖아? 그걸 누가 보구 오해했나 봐."

유이가하마의 설명에 유키노시타가 지긋지긋하다는 표정으로 땅이 꺼지라 한숨을 쉬었다.

"그래. 이른바 저속한 억측이라는 거구나……."

하기야 고등학생한테 남의 연애사만큼 즐거운 화젯거리도 없을 테지. 하물며 하야마와 유키노시타, 유이가하마처럼 눈에 띄는 유명인이 주인공이라면 두말할 필요도 없다.

잇시키는 하야마를 좋아하니까 그 소문의 진위를 확인하려 드는 것도 이상하지 않다. 그렇게 생각하며 뒤돌아보니, 잇시키는 고개를 비스듬히 꼬고 뭔가 골똘히 생각하는 중이었다.

"근데 이거요, 상당히 위험한 거 아닌가요?"

"그래. 당사자 입장에서는 지독한 민폐야."

"아, 아뇨, 그런 뜻이 아니고요……."

잇시키가 조심스럽게 부정하자, 유키노시타가 고개를 갸웃했다.

"무슨 소리니?"

질문을 받은 잇시키가 집게손가락을 척 치켜세웠다.

"그게요, 하야마 선배는 여태까지 이렇게 구체적인 소문이 난 적이 없었거든요. 신기하게도 말이죠."

"아, 하긴……."

유이가하마도 짚이는 데가 있는지, 천장을 올려다보며 맞장구쳤다.

옳거니. 그러고 보니 정말 하야마 하야토의 연애 사정에 관해서는 들어본 적이 없다. 뭐, 나야 딴사람의 연애 사정도 들어본 적 없지만. 그런 정보를 알려줄 사람이 있어야 말이지…….

"그래서 여자들은 대부분 그 소문에 촉각을 곤두세우는 기색이거든요~."

잇시키는 팔짱을 끼더니 으음~ 하고 신음했다.

그동안 염문과는 거리가 멀었던 하야마 하야토가 특정인과 사귄다. 잘났기로 유명한 하야마니까 누구랑 사귀든 이상할 건 없다. 하야마에게 호의를 가진 여자들한테도 늘 그런 잠재적인 불안이 있었을 테지. 그런 불안감이 이번 사건으로 단숨에 표면화된 셈이다. 그 사실이 하야마를 둘러싼 인간관계에 어떤 영향을 미칠 것인가.

"……소문이라. 참 기구하구나."

유키노시타가 나직하게 중얼거렸다. 혼잣말에 가까운 말투였다. 시선이 꽂힌 찻잔의 수면이 희미하게 일렁였다.

"자, 자자! 그냥 내버려둠 머지않아 잠잠해질 거야! 남의 말두 49일이란 속담두 있잖아!"

"석 달이겠지……."

웬 49일이야. 누구 상 치렀냐.

"암튼! 신경 쓰지 말자구."

유이가하마가 유키노시타를 배려하듯 말했다.

옳은 의견이다. 어차피 지금 할 수 있는 일이라고는 그냥 침묵으로 일관하는 것뿐이다. 흥미본위로 있는 말 없는 말 퍼뜨리기에 바쁜 녀석들에게 항변해봤자 부질없는 짓이다. 바닥에 납작 엎드려서 조개처럼 입을 꾹 다물고 있는 수밖에 없다. 악의 어린 오해와 흥밋거리로만 여기는 풍조 앞에서는 침묵이 최선의 대응이다.

붉으락푸르락하며 반박하면 아픈 곳을 찔러서 정색한다고 비웃고, 찰거머리처럼 말꼬리를 물고 늘어진다.

단순히 즐기는 게 그들의 목적인 이상, 어떤 반응이든 공격의 빌미를 줄 수 있다. 게다가 뭇매질당하는 사람을 두둔하면 다음에는 그 사람이 불똥을 뒤집어쓰게 된다. 이런 식의 때리고 막기 게임에서는 이쪽이 무슨 짓을 하든 패배는 결정된 거나 다름없다. 침묵으로 일관하는 것조차도 비판의 대상이 되곤 하지만, 그래도 그편이 대미지를 최소화할 수 있다.

그 점은 유키노시타도 익히 아는 바인지, 가만히 고개를 끄덕였다.

"……그래."

"그렇게 되면 좋겠네요~."

둘 다 수긍하는 말일 텐데 왜 잇시키의 말은 뉘앙스가 전혀 다르게 들릴까……. 괜히 사람 불안하게 만들지 말았으면 좋겠다만.

창가에 앉은 할머니처럼 느긋하게 홍차를 마시던 잇시키가 나의 질책 섞인 시선을 알아차리고 생긋 웃었다.

"너무 심각하게 생각할 필요는 없지 않을까요? 아님 말고."

"말에 책임감이 없어……."

내가 불신의 뜻을 비치자 잇시키는 서운하다는 듯 불퉁하게 대꾸했다.

"밸런타인데이가 다가와서 그런 주제가 핫한 거예요. 만약 이게 하야마 선배랑 유키노시타 선배가 1대 1로 사귄다는 내용이었으면 묘한 현실성이 생겨서 조심했겠지만……."

"흠……."

오호라. 일리가 있는 의견일지도 모르겠다.

지금 항간에 떠들썩한 소문에는 하야마뿐 아니라 유키노시타와 유이가하마, 심지어 다른 학교 남학생까지 다채로운 인물이 등장한다. 심심풀이 땅콩으로는 적당한 주제다. 물론 그 입방아에 오르락내리락하는 입장에서는 전혀 즐겁지 않겠지만.

실제로 유키노시타와 유이가하마도 입을 웩 하며 일그러뜨렸다. 나도 일부 소식통에게 「다른 학교 남자」로 알려진 탓에 썩 기분이 좋진 않았다.

우리 셋은 삐뚤어진 입을 고치려는 양 홍차를 마셔 거의 동시에 컵을 비웠다.

유키노시타가 다시 빈 잔에 차를 따르는데 잇시키가 짝 손뼉을 쳤다.

"아참, 그러고 보니 뒤풀이로 갈 만한 가게, 어디 없을까요?"

"뒤풀이?"

잇시키의 종이컵에 홍차를 채워주던 유키노시타가 고개를 갸웃하며 되물었다.

"네. 이번에 마라톤 대회가 열리잖아요? 학생회도 일단 운영팀으로 참여하거든요. 그래서 끝나면 뒤풀이나 갈까 해서요."

"흠, 학생회도 생각보다 하는 일이 많네."

봉사부 부실에 눌러앉아 다과나 얻어먹는 탓에 한가하다고 생각했는데, 의외로 일을 하기는 하나 보다. 내심 감탄해서 말하자 잇시키가 자랑스럽게 가슴을 내밀었다.

"그렇다니까요. 사실 오늘도 그걸 상담하러 온 거거든요."

"엥…… 이로하, 아까랑 말이 달라……."

"너, 크리스마스 이벤트 때 맡긴 비품을 찾으러 왔다고 하지 않았니?"

유이가하마는 대놓고 어이없게 쳐다보고, 유키노시타는 두통을 참는 것처럼 관자놀이를 눌렀다.

하지만 두 사람이 싸늘한 눈총을 보내거나 말거나, 잇시키는 헤헷 머리 콩☆ 플러스 윙크♪

"그랬나요?"

잇시키는 비난을 대충 흘려버리고 마저 얘기를 이어갔다.

"아무튼 융통성 있고 편하게 쓸 수 있는 곳 없을까요~? 아, 그리고 싸게 먹히는 곳으로."

조건 한번 까다롭네……. 고등학생이 갈 만한 뒤풀이 장소라면 저렴한 고기 뷔페나 무한 리필 샤브샤브밖에 더 있냐. 걔네야 배만 부르면 장땡인데. 그냥 사이제나 가, 사이제. 사이제는 전국 모든 점포에 파티 메뉴가 있고 1인당 최소 천 엔부터 시작이야. 사이제 만세! 사이제 만세! 소부고 봉사부는 사이제를 극히 개인적인 사유로 응원합니다.

혼자 사이제 찬양에 빠져 있던 탓일까, 잇시키는 고개를 돌려 유이가하마만 보고 있었다.

"유이 선배님, 어디 없을까요?"

"잠깐만. 나랑 유키노시타한테는 기대도 안 한다는 그 태도, 너무하지 않아?"

나는 몰라도 유키노시타는 아마 잘 알 거다. 그렇지? 위키노시타 양? 나는 기대를 품고 유키노시타를 돌아봤다.

"뒤풀이…… 뒤풀이…… 뒤풀이는 뭘 하는 자리지……."

하지만 유키노시타는 생각에 빠져 중얼대고 있었다. 눈도 머리도 핑핑 돌리며 열심히 로딩 중이다. 위키농은 메모리 부담이 크니까 어쩔 수 없지. 가장 부담스러운 건 성격이지만.

잇시키의 예상대로 유키피디아도 히키피디아도 쓸모가 없는 상황. 그리고 마지막 남은 유이피디아도 난항을 겪는 듯했다.

"음…… 싼 곳이라면 많지만, 싼 곳은 싼 이유가 있으니까……. 깔끔한 가게를 고르는 편이 만족도는 높을걸?"

유이가하마가 숙고 끝에 내린 결론을 듣고 잇시키가 어깨를 축 늘어뜨렸다.

"아…… 아무래도 그게 낫겠죠~?"

그 목소리에는 강한 공감이 묻어 있었다. 거기서 물꼬가 트였는지 유이가하마도 맞장구치며 비판의 강도를 점차 높였다.

"응. 그리구 짐을 둘 곳이 없거나 뷔페용 음식이 적기도 하구……."

"그쵸그쵸."

"게다가 주변이 시끄럽거나 옆 그룹이 아는 척하기도 하구……."

"맞아맞아."

"또 샐러드가 좀, 뭐랄까 싸구려틱한 곳도 있구……."

"알지알지."

맞장구만 치다가 흔들머리 인형이 되어 버린 잇시키는 급기야 존댓말도 잊고 손가락질까지 하기 시작했다. 하지만 유이가하마는 후배가 반말을 한다는 사실에 의문도 품지 않고「그치그치!」 하며 수다 삼매경에 빠졌다.

그나저나 둘 다 대단히 여성스러운 관점에서 가게를 고르는 구만. 내가 또 쓸데없는 잡지식을 얻는 와중, 옆에서 유키노시타가 고개를 끄덕였다. 아마도 공감되는 부분이 있었나 보다.

"그래. 가격대가 일정 수준을 넘으면 고객층도 확연히 나뉘지."

"맞아요, 맞아. 정말 그렇다니까요! 그래서 마음 같아선 예산을 팍팍 끌어다 쓰고 싶은데…… 다음 달 행사까지 고려하면 우리도 주머니 사정이 여의치 않아서요."

잇시키는 볼에 손을 대고 한숨 쉬었다. 그 수심에 찬 몸짓만 보면 착실한 학생회장 같지만, 예산을 사적으로 쓰고 싶고 떠드는 착복하는 학생회장이다. 아니면 우리를 비리의 공범으로 착각하는 학생회장이거나.

그나저나 이제 잇시키도 학생회장 티가 제법 난다. 조직의 예산을 사적 유용, 횡령하려고 하다니, 권력자의 표본이다.

크리스마스 이벤트 때에 비하면 몰라보게 달라졌구나. 흑흑……. 감동의 눈물을 흘릴 뻔하다가 문득 떠올랐다.

편하게 쓸 수 있고 저렴한 가게……. 전에 갔던 그 가게라면 조건을 충족하지 않을까?

"……잇시키. 내가 좋은 곳을 알아."

"그래요?"

나는 겐도 포즈로 진지하게 말했지만, 잇시키의 반응은 싱거움을 넘어서 무미건조했다.

"아니, 저기요? 무슨 반응이 그래? 너 나 못 믿어서 그러지?"

"그야 뭐, 선배님이니까요……."

잇시키는 시큰둥한 눈으로 나를 봤다. 물론 근거 있는 의견이다만, 가끔은 믿어주지 않으련?

"내 지인이 알바를 하는데, 알아서 직원 할인으로 계산해 주더라. 인테리어도 깔끔하고 평범하게 맛도 있어."

거기까지 말하자 유이가하마와 유키노시타도 감을 잡았다.

"아……."

"그 가게 말이구나."

두 사람이 이해를 표하니 잇시키가 눈을 동그랗게 뜨다가 내게 의심의 눈길을 보냈다.

"그런 가게가 실존한다고요? 정말로요~? 그보다 선배님이 말하는 지인이란 게 실존하는 거였어요~?"

"아무렴, 있고말고. 있으니까 말 좀 골라서 할래? 나 상처받거든? 그리고 너도 만난 적 있어. 오리모토라고 알지? 걔가 알바하는 곳이야."

잇시키는 고개를 비스듬히 꺾다가 금방 그 이름을 떠올린 모양이었다.

"오리모토…… 아, 카이힌에 다니는 사람. 같은 학년이시죠? 어떤 가게예요?"

생각하지 못한 질문에 나는 말문이 막혔다.

"어떻기는…… 세, 세련된 곳……."

"에효."

적당한 표현을 알지 못해서 머리를 쥐어짰는데 잇시키는

「뭐래는 거야? 말도 똑바로 못 해? 오타쿠야?」라고 말할 듯한 얼굴로 나를 봤다. 사실 「뭐래는 거야?」까지는 실제로 말했다.

"우음……."

어떻게 설명할지 생각하는데 유이가하마가 스마트폰을 폰폰 두드려 오리모토가 알바하는 가게를 검색해서 잇시키에게 보여줬다.

그 화면을 본 잇시키가 고개를 끄덕거렸다.

"오, 괜찮네요? 여기 사전답사도 가능한가. 연락해 주실 수 있나요?"

"오케이. 고객센터에 문의할게."

나한테 맡기라고 웃으며 대답했는데 잇시키는 정색하고 손을 휘휘 저었다.

"아니, 왜 온라인으로 하세요?"

"오리모토 번호를 모르니까."

"그러면서 무슨 염치로 지인이라고 말했니? 뻔뻔한 것도 수준급이구나……."

유키노시타는 관자놀이를 누르며 한숨 쉬고, 유이가하마는 나를 불쌍하게 쳐다봤다.

"나, 나는 아는데……. 근데 같은 반이었으면서 몰라?"

"지웠어."

"지워……."

내가 지체 없이 대답하자 유이가하마가 폰을 든 채 돌처럼 굳었다.

"보통 중학교 졸업하자마자 싹 다 지우잖아? 어차피 평생 볼 일 없어. 메모리 낭비야."

"보통은 안 그래!"

내가 툴툴대자 유이가하마가 즉각 부인했다. 하지만 유키노시타와 잇시키의 반응은 미적지근했다.

"삭제……까지는 안 해도 연락은 안 하지……."

"먼저 연락이 오면 받기는 하지만…… 기본적으로는 필요 없죠?"

오히려 그치그치 알지알지 라며 나에게 동조하는 두 사람을 유이가하마가 두세 번 돌아봤다.

"응?! 내가 이상한 거야?!"

그러고는 머리를 부여잡고 끙끙댔다.

"근데 너, 오리모토랑 번호 교환했었냐?"

"……일단은. 크리스마스 때 연락 담당도 맡았으니까. 말은 별루 안 나눴지만……."

유이가하마의 목소리는 뒤로 갈수록 작아졌고 어깨도 힘없이 처졌다.

생각해 보면 그 당시 유이가하마는 주로 우리가 저지른 실수를 무마하거나 연락 및 회계를 중심으로 활동했다. 하지만 카이힌 종합고 남자들은 하나같이 말이 안 통한다. 그래서 오리모토를 비롯한 여자들과 교류했을 것이다.

"으응, 그래두 내가 갑자기 연락하면 이상하게 생각하지 않을까……."

유이가하마는 지친 것처럼 한숨 쉬고 폰과 눈싸움했다.

괜찮아, 괜찮아. 그런 고민은 세상 모든 남자가 겪는 일이니까. 어차피 무슨 짓을 해도 이상하게 생각해. 「언제부터 친했다고 갑자기 숙제 범위를 물어?」라면서 여자들은 다 기분 나빠한다고…….

하지만 오리모토가 일하는 가게를 제안한 사람도 나고 오리모토의 동창도 나다. 보통은 내가 연락하는 게 도리겠지.

그런 생각이 들어서 나는 소심한 목소리로 제안했다.

"연락처 알려주면, 내가 말해 볼게."

그러자 유이가하마는 아직 한 글자도 치지 않은 폰에서 눈을 떼고 나를 슬쩍 보더니 볼을 부풀렸다.

"힛키, 라인 안 하잖아."

윽. 바로 할 말을 잃었다. 역시 요즘 젊은 애들은 연락하는 법도 복잡해……. 물론 나도 프리큐어 이모티콘은 쓰고 싶지. 근데 연락하는 사람이 너무 적어서 라인을 안 써도 불편한 점이 없단 말이야…….

결국 연락은 유이가하마에게 맡기는 수밖에 없나. 내가 마음속으로 사과하는 사이에 유이가하마는 메시지를 톡톡 치기 시작했다.

"됐어. 내가 할게. 언제 알바하는지 물어보면 돼?"

"응. 그렇게만 해줘."

내용을 확인한 유이가하마가 스마트폰을 스맛스맛하게 조

작했다. 그리고 몇 초 지나지 않아서 폰이 진동하며 알람이 울렸다.

"앗, 답장 왔다."

"벌써?"

답장이 빛의 속도! 나라면 너무 빨리 답하면 괜히 기대한 것처럼 보일까 봐 두세 시간 묵혔다가 보냈을 것이다. 역시 오리모토는 오리모토라고 감탄했지만, 답장 속도는 유이가하마와 잇시키도 밀리지 않았다.

"다음 주 화목토래."

"그럼 시간 될 때 찾아갈까요?"

유이가하마가 말하자 잇시키는 즉석에서 폰에 메모를 끄적였다. 아마 스케줄을 확인하고 예정을 추가하는 거겠지. 물론 유키노시타는 당황하는 중이었다.

"혹시 우리도 가는 거니?"

"당연한 걸 물으시네요."

그렇게 일정이 잡히는가 싶더니 노크 소리가 들렸다. 그리고 우리가 대답도 하기 전에 문이 드르륵, 거침없이 열렸다.

"……지금 시간 돼~?"

반사된 저녁 햇빛을 받고 반짝이는 금발 롤헤어. 그리고 실내의 난방으로 김이 서려 눈이 보이지 않는 빨간 테 안경.

부실 입구에 선 사람은 미우라 유미코와 에비나 히나였다.

"유미코, 히나…… 웬일이야?"

눈을 깜빡거리는 유이가하마에게 에비나 양이 손을 살랑살랑 흔들었다.

"헬로헬로~. 이야기 좀 나누고 싶은데, 괜찮을까?"

"글쿠나. 암튼 일단 안으루 들어와."

유이가하마의 제안에 에비나 양은 미우라의 어깨를 밀며 부실로 들어왔다. 하지만 미우라는 수상하다는 듯 잇시키를 흘끗 곁눈질했다. 쟤는 왜 여기 있는 건데? 라고 말하는 듯한 시선에 나는 어느 쪽이냐 하면 대찬성!

"아, 그럼 전 학생회 일도 있으니 이만 실례할게요."

심상찮은 분위기를 감지했는지, 잇시키가 그렇게 말하며 황급히 부실을 나섰다.

"그럼 또 봬어요~."

조심스러운 인사말을 끝으로 살며시 문이 닫혔다. 그것을 확인한 유이가하마가 미우라와 에비나 양에게 의자를 권했다.

그 결과 자연스럽게 나, 유이가하마, 유키노시타가 나란히 앉게 되었고, 미우라와 에비나 양이 우리와 마주 보는 위치에 앉았다.

"무슨 이야기 땜에 왔어?"

"그냥…… 그 뭐야, 딱히 별 건 아니고…… 그냥 좀."

유이가하마의 질문에 미우라는 뭔가 껄끄러운 기색으로 말문을 흐리며 고개를 돌렸다. 하지만 이내 크게 심호흡하더니 유키노시타, 그리고 유이가하마를 힐끗 봤다.

그 안절부절못하는 태도가 평소의 미우라와는 다른 인상을 줬다. 보통은 대쪽 같은 수준을 넘어서 대나무를 구두룡섬으로 쪼갠 느낌인데.

　미우라가 우물쭈물하며 좀처럼 입을 떼지 못하자 에비나 양이 그 등에 부드럽게 손을 올렸다. 그 격려로 힘을 얻었는지, 미우라는 짧게 심호흡하고 고개를 들었다.

　"……너희 둘, 하야토랑 뭔가 있어?"

　그 소문에 대해 묻는 게 틀림없었다. 하야마와 유키노시타, 그리고 유이가하마를 둘러싼 무책임한 루머는 이미 교실을 떠나 전교생의 입에 오르내리는 상태였다.

　동아리 활동을 재개한 첫날, 잇시키가 불쑥 쳐들어온 시점에서 깨달았어야 했다. 그 밖에도 유키노시타한테 직접 확인하러 올 사람이 존재할 가능성을.

　하야마와 가장 가까운 곳에 있을 터인 미우라 유미코.

　그녀가 그 이야기를 듣고 그냥 넘어갈 리 없다는 것을.

3

안 좋은 시기에 히키가야 하치만은 하야마 하야토에게 말을 건다.

손님에게 대접하기 위해 새로 끓인 홍차로 부실에는 차분한 향기가 감돌았다.

하지만 김이 피어오르는 따스한 풍경과 달리 실내 온도는 어렴풋이 떨어진 느낌이 들었다. 정갈한 솜씨로 홍차를 우리는 유키노시타의 동작 때문인지도 모르겠다.

유키노시타는 미우라와 에비나 양 앞에 종이컵을 두고 자세를 바로 했다.

"……정확히 무슨 말이 하고 싶은 거니?"

여유로운 태도를 보이는 유키노시타의 말에 미우라가 발끈하여 반문했다.

"소문, 몰라?"

"아아, 그 얘기……."

유키노시타는 피곤한 것처럼, 혹은 질린 것처럼 한숨을 쉬었다. 그러자 긴 머리카락이 몇 가닥 내려왔다. 지긋지긋한 기색으로 그것을 걷어내고 미우라에게 날카로운 눈빛을 보냈다.

"부모님이 서로 아는 사이셔서 옛날부터 알고 지냈을 뿐이야. 그래서 새해 인사 자리에서 만났을 뿐. 네가 생각하는 그런 관계는 아니야."

"응. 나두 그때 우연히 만난 거뿐이야."

유키노시타는 사실만 열거하듯 무덤덤하게 말했다. 유이가하마도 난감하게 웃으며 거기에 말을 보탰다.

실제로 그게 사건의 진상이다. 1월 2일, 우연히 치바에서 아는 사람들끼리 마주쳤을 뿐. 문제는 그 사실을 미우라가 어떻게 받아들이냐다.

"흐응……."

미우라는 진위를 판별하려는 것처럼 눈을 가늘게 뜨고 빤히 유키노시타와 유이가하마를 바라봤다. 그런데 그 눈길이 갑자기 나에게로 향했다.

"히키오도?"

"어? 아, 응……. 그렇, 지……."

갑자기 화살을 내 쪽으로 돌려서 더듬더듬 대답하고 말았다. 긍정했는데 오히려 수상하게 들리잖아! 그 탓에 미우라의 눈빛에 의혹이 짙어졌다.

"……뭐, 어차피 믿을 수밖에 없긴 해."

하지만 미우라는 의외로 순순히 물러났다. 그리고 체념한 것처럼 한숨 쉬었다. 그 반응에 놀랐는지, 유키노시타의 눈이 커졌다. 아마 나도 똑같은 표정을 짓고 있으리라.

너무 뚫어지게 쳐다본 탓일까, 미우라는 거북하게 머리카락

끝을 손가락으로 빙빙 감으며 작은 목소리로 중얼댔다.

"그냥 뭐랄까, 신기해서. 하야토가 그렇게 웃는 거. 즐거워 보이기도 하고, 지금까지 못 보던 반응이잖아? 그래서 괜히 신경 쓰이길래……."

하야마의 그 웃음은 굳이 따지면 비웃음이나 악의적인 폭소에 가깝다고 생각하는데…….

그 장면을 떠올렸는지, 유이가하마가 아하하 하고 쓴웃음을 흘렸다.

"아…… 그건 나두 살짝 놀랐어……. 그래두 아냐아냐, 절대루 아냐."

"응. 유이는 정말로 아니라고 생각해."

"그치~."

미우라가 즉시 수긍하고 에비나 양이 싱긋 미소 지었다. 친구들의 반응에 유이가하마는 머쓱한 웃음을 지었다. 한편, 유키노시타는 살짝 못마땅한 것처럼 입술을 내밀었다.

"나도 아닌데……."

그 말에 미우라는 어색하게 머리카락을 빙글빙글 돌리며 툴툴댔다.

"알겠다고. 그건 이제 됐어. ……그래도 그런 소문이 나는 것도 싫고, 거기에 아무런 행동도 안 하는 것도 솔직히 열 받아. 무책임하잖아."

마치 혼잣말 같은 말이었다. 그런데 그 한마디 한마디에는 특정인을 향한 명확한 의지가 담겨 있었다. 미우라는 나를 힐끗 보고는 귀찮다는 투로 한숨 쉬었다.

"……그러니까 확실히 좀 하지? 그거뿐이야."

마지막으로 쏘아붙인 뒤 미우라는 고개를 확 돌려 버렸다. 그리고 이야기가 끝났다는 어필인지, 나른하게 다리를 바꿔 꼬고 또 손으로 머리를 만지작거렸다.

미우라가 하고 싶은 말은 알았다. 하지만 반대로 그것밖에 알지 못했다. 일방적으로 자기가 할 말만 했으니까 이해하지 못하는 게 이상하다.

하지만 그 메시지는 구체성이 없고 너무나도 모호했다. 그래서 나는 기어코 빠져나갈 구멍을 찾고 만다.

"그거뿐이라니……? 아니…… 너 뭐 하러 온 거야? 성명 발표 하러 왔어?"

"뭐?"

내가 빈정거리며 묻자 미우라는 매섭게 고개를 들어 혀를 차면서 나를 쏘아봤다. 에비나 양이 미우라의 어깨를 잡고 쓴웃음을 지으며 달랬다.

"유미코도 걱정돼서 그래. 그건 이해해주면 좋겠어."

"걱정?"

그 한마디에 유키노시타가 고개를 갸웃거렸다. 그러자 에비나 양은 그렇다며 대답했다.

"하야토한테 이런 소문이 나는 건 어쩔 수 없다고 생각해. 지금까지는 본인이 잘 조절했나 보지만."

에비나 양이 고개를 숙이고 중얼거렸다.

표정은 보이지 않지만, 그 차갑게 식은 목소리로 보아 렌즈 너머에는 틀림없이 싸늘한 눈동자가 자리 잡고 있을 것이다.

　어쩌면 이 딱딱한 느낌이야말로 그녀의 본질인지도 모른다. 그건 수학여행 사건에서도 느낀 바 있다.

　에비나 양의 말은 아마도 옳을 것이다. 지금까지 하야마 하야토는 잘 조절해 왔다. 자기 자신을 다스리고 주변을 제어하여 그 환경을 고정하려고 노력했다.

　하지만 교실에서 소문을 들었을 때, 아주 잠깐이라고는 하나, 거기에 구멍이 생겼다. 격정을 보이고 폭소를 터뜨렸다. 사소한 변화라도 그 작은 차이가 마음에 걸렸다. 완벽에 가깝게 행동하던 하야마 하야토이기에 그 미세한 변화가 언젠가 큰 파탄을 불러오지 않을까 하는 생각마저 들었다.

　논란의 중심에 선 하야마의 행동 여하에 따라 사태는 변할 수 있지 않은가.

　그런 생각을 하는데 에비나 양이 고개를 번쩍 들었다. 그 얼굴에는 생글생글한 미소가 떠올라 있었다.

　"하야토는 신경 안 쓰는 눈치였지만, 그래도 유이나 유키노시타는 조금이나마 피해를 봤잖아? 유미코 엄마는 그게 안타까워서 그래."

　"에비나, 너 웃긴다? 누구더러 엄마래."

　에비나 양이 놀리듯이 미우라의 볼을 찌르자 미우라는 그 손을 찰싹 쳐냈다. 하지만 쌀쌀맞은 태도에도 에비나 양은 히죽 웃고 있었다.

이해한다. 나도 무심결에 웃음이 나올 것 같다. 유미코 엄마, 좋지……. 내가 50대가 됐을 때 마담 유미코의 스낵바에 다녔으면 좋겠다. 평소에는 굉장히 쌀쌀맞게 대접하지만, 가끔 건강 진단 결과를 걱정해줬으면 좋겠다. 그리고 거의 맹물 같은 미즈와리[#9](바가지요금)를 내줬으면 좋겠다…….

그렇게 있을 리 없는 미래 예상도Ⅱ를 머릿속에 그리는 도중에도 에비나 양은 빙그레 웃은 채 몸을 앞으로 숙여 미우라의 얼굴을 들여다봤다.

"그래도 걱정되지?"

가만히 응시하는 따스한 눈빛에 미우라는 말문이 막히고 말았다.

"그건…… 걱정이라기보다, 신경은 쓰인다고……."

"글쿠나……. 유미코가 마음 써주는 거…… 좀 기뻐."

드문드문 끊기는 미우라의 목소리는 평소보다 훨씬 순수했고, 대답하는 유이가하마의 목소리는 평소보다 다정했다.

"뭐래……."

직설적으로 드러난 호의가 쑥스러운지, 미우라는 발그레한 얼굴을 홱 돌리고는 머리카락 끝을 빙빙 감았다. 그 반응을 보고 유키노시타가 픽 웃음을 흘렸다.

소리를 귀신처럼 알아듣고 미우라가 유키노시타를 확 노려봤다. 하지만 그 시선에는 조금 전처럼 날 선 느낌이 없어 괜히 창피해서 화를 내는 것으로밖에 보이지 않았다.

#9 **미즈와리** 위스키나 사케를 찬물로 희석해서 마시는 방식.

어쨌거나 미우라가 여기 온 이유는 유이가하마와의 우정을 확인하기 위해서는 아니었다.

미우라는 직접 의뢰나 상담을 요청하지는 않았지만, 의도는 대강 짐작할 수 있었다.

나는 일부러 들리게끔 헛기침하고 미우라에게로 돌아앉았다.

"그러니까 정리하면, 소문을 어떻게든 하라는 말이야?"

"뭐어? 어떻게든이 아니라……."

미우라가 귀여운 표정을 싹 거두고 내게 눈을 부라렸다. 이번에는 창피한 게 아니라 진짜 위협 같은데…….

나는 큼큼 기침하며 눈길을 피하고 좀 더 그럴싸하게 말을 포장했다.

"알았어, 알았어. 사태가 수습되도록 노력해 볼게. 그러면 됐지?"

"음…… 뭐, 결론만 말하면 그런 셈인가?"

에비나 양은 뭔가 석연치 않은 표정이지만 일단은 이해해줬다. 그 눈동자에서 어딘지 모르게 체념과 비슷한 감정이 엿보였다.

군더더기가 많은 대화였지만, 우리는 일단 합의를 끌어냈다.

소극적이나마 사태 해결 내지 해소를 목표로 활동한다.

하지만 나도 뭔가 구체적인 대응책이 떠오르지는 않았다.

소문 확산을 막는 확실한 대책이 세상에 어디 있을까. 불특정 다수의 호기심과 관심을 완전히 차단하는 것은 불가능하고, 사람 입에 자물쇠를 채울 수는 없는 법이다.

그건 유이가하마와 유키노시타도 잘 아는 눈치였다.

유이가하마가 난처한 듯 길게 신음했다.

"나두 어떻게든 해야겠다고는 생각하지만……."

"이런 문제는 그것들이 관심을 잃을 때까지 기다리는 수밖에 없어."

뾰족한 방법을 떠올리지 못하는 나와 마찬가지로 유이가하마와 유키노시타도 고민하는 표정이었다. 특히 유키노시타의 말에는 확고한 불신이 서려 있었다.

"그렇긴 하지……."

남의 말도 49일…… 잘못된 속담이지만, 소문에 신선도가 있는 것은 엄연한 사실이다. 신선함이 떨어져서 사람들이 알아서 떨어져 나갈 때까지 침묵을 고수하는 것이 논란을 잠재우는 정석적인 방법이다. 불을 잡겠답시고 섣불리 정보를 끼얹으면 그게 새로운 장작이 되기도 하니까.

물론 사회인이나 기업이라면 다른 대처법이 있을지도 모른다. 요즘 트렌드는 오보나 루머, 가짜 뉴스가 발생하면 첫 입장 발표로 단호하게 부정한 뒤 「법적 대응 고려하겠다」로 이어지는 패스트 고소 빌드가 아닐까.

하지만 학교 공동체라는 좁아터진 정보 사회에서는 철저한 방어, 입도 벙긋하지 않는 것이 최선의 전법이다. 그 말인즉, 친구가 없으면 누구와도 대화하지 않고 개인 정보도 유출되지 않으니까 정보 사회에서 절대적인 방어력을 갖춘다는 뜻? 탱커 무적이네, 이번 인생은 안 봐도 이겼다.

그렇게 IT 사회를 살아가기 위한 스탠드 얼론의 유용성을 고찰하는데, 유이가하마가 끙끙 앓는 소리를 내고 있었다. 그나저나 요즘 IT 사회라는 말을 잘 쓰지 않는 건 정말로 IT 사회가 되었기 때문이라는 가스펠러스[#10] 같은 이유 때문인가…… 그건 그렇고 가스펠러스 노래를 따라 부르다 보면 언제부턴가 야마시타 타츠로[#11]처럼 되지 않아? 아니라고?

앓는 소리를 내던 유이가하마가 곧 뭔가를 떠올린 것처럼 중얼거렸다.

"처음에 소문을 퍼뜨린 사람이 누군지 알면 뭔가 방법이 생길까……?"

"글쎄……."

유키노시타의 대답은 회의적이었다. 그 의견에는 나도 동감이었다. 역시 유키노시타는 본인 말대로 이런 사태에 익숙한가 보다. 나는 감탄하며 유키노시타를 돌아봤다.

그러자 유키노시타는 턱을 잡고 허공을 응시하고 있었다.

"대부분은 말을 꺼낸 범인을 몰아세우거나 물어뜯으면 자기가 피해자인 척하면서 문제가 더 커지니까……."

응?

으음…… 그거 네 경험담이지……? 몰아세우고 물어뜯었구나…….

그 발언에 충격을 받은 사람은 나만이 아니었다.

#10 **가스펠러스** 일본의 아카펠라 그룹. 「혼자」라는 곡에 「요즘 사랑한다는 말을 하지 않게 된 건 정말로 사랑하기 시작했기 때문」이라는 가사가 있다.
#11 **야마시타 타츠로** 일본의 가수. 혼자서 다중 녹음으로 아카펠라 음반을 낸 적이 있다.

"…………."

"…………."

"…………."

유이가하마는 입을 쩍 벌렸고, 에비나 양은 딱딱한 미소를 짓고 있었다. 미우라는 뭔가에 위축된 사람처럼 어깨를 움츠릴 정도였다. 나아 양, 왜 그래? 여름방학 치바 마을에서 유키노시타한테 호되게 깨지고 질질 짠 트라우마라도 되살아났어?

아무도 말을 꺼내지 못하는데, 유키노시타도 분위기를 파악했는지 볼을 붉히며 목을 가다듬었다.

"아무튼…… 적극적으로 나서지 말아야 한다고 생각해."

"그건 맞아. 실제로 소문의 출처를 확인한다는 것부터 현실적인 방안은 아니지. 정확히는 의미가 없다고 해야 하나……."

"그래?"

그래도 확신이 서지 않는 듯한 유이가하마에게 나는 고개를 끄덕였다.

다른 곳은 몰라도 학교 내에 퍼진 소문은 출처를 캐내기 어렵다.

말했다는 명확한 증거도 없고, 첫 유포자가 거짓말을 해도 처벌할 수 없다.

게다가 가령 유포자를 찾아내더라도 엎지른 물을 주워 담을 수는 없는 노릇이다. 특히 남의 악평이나 스캔들은 쉽게 퍼진다. 설령 정정해 봤자 사람들은 딱히 올바른 정보에 관심을 가지지 않는다.

③ 안 좋은 시기에 히키가야 하치만은 하야마 하야토에게 말을 건다. 87

자극적이니까, 재미있으니까, 다른 사람의 악행을 폭로하는 건 정의로운 일이니까. 정의로운 시민은 악한 개인을 여론으로 제재할 권리가 있으니까.

그래서 소문이나 유언비어, 스캔들은 신선함이나 누군가의 정의감이 떨어질 때까지 사라지지 않는다.

절대적인 안전지대에서 언어의 총탄과 화살로 일방적으로 공격할 수 있다.

만약 그 소문이 잘못된 정보여도 그것을 재미로 퍼뜨린 사람은 책임을 지지 않는다.

왜냐면 나쁜 것은 「소문」이니까.

경우에 따라서는 자신도 악성 루머에 속은 피해자라며 되레 역정을 낸다. 더 심하면 소문의 주인공에게 잘못을 떠넘기는 상황까지 나온다. 행실을 똑바로 하지 않아서 그런 소문이 나는 것 아니냐는 논리다.

세간에서는 오늘도 자칭 정의의 팡파르가 울려 퍼진다. 세상은 언제나 샌드백을 원한다. 쉽고 간편하게, 웃으면서 팰 수 있는 대상을 바라 마지않는다.

아쉽게도 자의적으로 조작되어 확산된 루머를 뒤집을 방법은 사실상 존재하지 않는다. 해명도 설명도 정정도 철회도 의미가 없다.

"이럴 때는 태풍이 지나가기를 가만히 기다리는 게 정석인데⋯⋯."

말을 흐리며 미우라의 눈치를 살폈다. 미우라는 고개를 푹 숙이고 있었다. 표정은 보이지 않지만, 받아들이지는 못했겠지.

그야 그렇다.

왜 잘못한 것도 없는 하야마와 유키노시타, 유이가하마, 그리고 미우라까지 이런 무책임한 소문으로 불쾌한 경험을 해야 하는가.

이건 불합리하다.

"……다른 방법을 생각해 볼까."

그래서 그런 말을 하고 말았다.

아마 무난한 방법으로는 이 문제를 해결할 수 없다. 지금도 다양한 가능성을 생각하고 스스로 퇴짜 놓기를 반복하는 중이다.

아마 내 방식으로는 아무것도 바꾸지 못한다. 그저 발악한다는 액션만 취할 뿐.

그래도 역류성 식도염처럼 올라오는 신물을 삼키며 이 하찮은 소문을 듣고만 있는 것보다는 낫다.

그렇게 생각해서 중얼거린 말에 여자들의 이목이 모였다.

저기, 기대하는데 미안하지만, 이번에는 정말로 아무 계획도 없어…….

하지만 역시 나를 오래 본 유키노시타와 유이가하마는 어딘지 모르게 불안하게, 혹은 미심쩍게 나를 보고 있었다.

"무슨 생각이라도 있니?"

"사실 없어."

유키노시타의 질문에 당당하게 대답했다. 유키노시타는 허

③ 안 좋은 시기에 히키가야 하치만은 하야마 하야토에게 말을 건다. 89

탈한 한숨을, 유이가하마는 쓴웃음을 지었다.

"아하하…… 그, 그럼 앞으루 어쩌지?"

"어떻게 대응하든, 이번 일에 관해서 하야마하고 대화를 해봐야겠지……"

이번 소문의 중심인물은 누가 뭐래도 하야마 하야토다. 어떤 방향으로 진행하든 향후 상황을 통제하기 위해서는 하야마의 입장과 의지를 확인하고, 가능하다면 협력을 얻어내고 싶다.

그렇다면 교섭 창구가 필요한데……. 나는 여자 셋을 봤다.

그러자 미우라가 고개를 홱 돌렸다.

"아, 그게, 나아, 그런 얘기는 좀……. 뭔가, 나아, 뭐라도 되는 것처럼 나대는 느낌이고……."

볼을 붉게 물들이고 머리를 빙글빙글 꼬며 난색을 드러냈다.

그야 그렇겠지. 파스타에도 감동할 법한 소녀[#12]인 항구의 유미코 요코하마 요코스카[#13] 양이 「……너, 그 애랑 무슨 관계야?」라는 소리를 듣게 둘 수는 없다.

그럼 유키노시타나 유이가하마를 보낼까 싶었지만…… 소문의 장본인인 두 사람이 하야마에게 접촉하는 것도 좋은 수가 아니다.

그렇다면 남은 사람은 한 명……. 내가 시선을 보내자 에비나 양이 왠지 호들갑을 떨었다.

#12 파스타에도 감동할 법한 소녀 일본 노래 「소녀, 파스타에 감동」.
#13 항구의 유미코 요코하마 요코스카 일본 노래 「항구의 요코 요코하마 요코스카」. 「너, 그 애랑 무슨 관계야?」라는 가사가 나온다.

"내가 하야토랑 히키타니 사이에 난입한다니, 어떻게 그러겠어! 앗, 천장에 붙어서 지켜보는 것 정도라면 협력할게. 아니, 하게 해줘."

"됐다, 필요 없어. 그리고 절대로 하지 마……."

부후후, 라며 기묘하게 히죽대는 에비나 양에게 확실한 거부 의사를 밝히자 굉장히 실망한 듯 물러섰다.

이렇게 되면 정말로 싫지만, 소거법으로 내가 할 수밖에 없다.

"……일단 내가 얘기해 보마."

내가 싫은 티를 팍팍 내며 한숨 쉬자 에비나 양은 좋은 티를 팍팍 내며 침을 츄릅 삼켰다.

×　×　×

향후 활동 방침이 잠정적으로 결정되면서 오늘의 봉사부 활동은 종료됐다.

미우라와 에비나 양도 부실을 떠나서 우리도 해산……했으면 참 좋았겠지만, 나에게는 무임금 잔업이 남아 있었다.

하야마 하야토에게 이야기를 듣는 것. 그것이 내가 할 일이다.

보통은 문명의 이기 스마트폰으로 고민 없이 해결할 문제지만, 안타깝게도 나는 하야마의 연락처를 모른다. 유이가하마에게 연락해 달라고 부탁하는 방법도 있지만, 화제의 주인공들이 서로 연락하는 모습을 보여줘서 소문에 악영향을 미친다면 불난 집에 기름 붓는 격이다.

그런 고로, 내가 나서서 그 녀석이 돌아가기 직전에 번호를 따는 것이 가장 확실하고 안전한 방법이다.

하지만 안타깝게도 상대방은 축구부 부장님. 더군다나 동아리 활동이 끝나는 시간도 예상되지 않는다. 우리 학교는 운동장이 좁아서 축구부, 야구부, 럭비부, 육상부가 한데 섞여 자리를 양보해 가며 활동하는데, 활동 범위도 활동 시간도 동아리 간 합의에 따라 그날그날 달라진다. 재수 없으면 해가 떨어질 때까지 기다려야 한다.

그래도 달리 방법이 없어서 나는 운동장이 보이는 안뜰 벤치에서 잠복 수사에 들어갔다.

쌀쌀한 바람이 안뜰 나무들의 가지를 흔들었다.

해가 지자 기온이 뚝 떨어졌다.

소부고는 바다에 인접한 탓에 커다란 건물에 가로막히는 일 없이 세찬 겨울 바닷바람이 거침없이 몰아친다. 게다가 치바는 전국에서도 가장 평탄한 지역이다. 개방적인 지역인 셈이다. 덤으로 가족적이고 젊은이들이 활약하는 곳이기도 하다. 뭐야 이거, 꼭 악덕 기업의 구인 광고 같잖아. 치바가 도쿄의 베드타운으로서 사축의 보금자리 노릇을 하게 된 것도 납득이 가니 신기할 따름.

그래도 17년이나 치바 시민으로 살다 보면, 이 칼바람에도 어느 정도 적응이 되는 법이다. 덕분에 세상의 매몰찬 냉대에도 이골이 났다.

그렇지만 방금 전까지 머물렀던 부실이 따스했던 터라, 급격한 온도 변화에 몸이 으슬으슬 떨렸다.

허나 이럴 때를 위하여 신은 치바에 MAX 커피를 내려주셨다! 어떤 추운 겨울에도 핫하고, 이가 썩을 만큼 스윗한 MAX 커피를 마시면 혈당치 대폭발! 혈당치가 너무 높아져서 급격한 졸음이 몰려오고, 그대로 잠들었다가는 동사까지 가능하다. 신은 때때로 잔혹한 법……

뭐, 안 자면 그만이다. 나는 신이 내린 음료, MAX 커피로 추위를 달래려고 중앙 현관 쪽 자판기로 갔다.

HOT이라고 적힌 버튼으로 손을 뻗는데, 뭔가가 내 손을 덥석 잡았다.

고양이 손이었다. 몽실몽실하고 분홍색 젤리가 있는, 마치 인형옷 같은 고양이 손.

"괜찮으면, 받으렴. ……하야마 것도 있어."

그러면서 고양이 손은 MAX 커피 두 캔을 건넸다. 이 고양이 손은 뭐야? 친구 집에 갈 때 선물을 들려주는 엄마인가?

고개를 들자 유키노시타가 가슴 앞으로 든 고양이 손 장갑을 쥐었다 폈다 하고 있었다. 그 장갑, 정말 끼고 다니시는군요……. 마음에 드신 것 같아 다행입니다…….

뒤에 있는 유이가하마도 유키노시타가 선물을 좋아해서 기쁜지 방긋방긋 행복한 표정이다. 뭐야, 이 행복 스파이럴? 페이 잇 포워드?

어쨌거나 지금 중요한 건 고양이 손보다 이 MAX 커피다.

"굳이 커피까지 살 필요 있어? 잠깐 말만 나눌 뿐인데……."

그러자 유키노시타는 손가락을 까딱까딱 흔들며 자신의 의도를 밝혔다.

"이런 성의를 보이면 상대방도 보답하고 싶어지잖니."

반보성의 원리라는 개념인가. 거창한 협상은 아니지만, 나와 하야마의 관계를 고려하면 이 정도 윤활제는 필요할지도 모르겠다.

일단 주니까 고맙게 받을까……. 나는 고양이 손이 내민 MAX 커피를 물끄러미 바라보면서 생각했다.

하지만 고민하는 나의 시선을 가로막듯 유이가하마가 한 발짝 앞으로 나와서 그 캔을 휙 들었다.

"됐으니까 들구 가."

그러고는 내 손에 올려놨다.

"……그, 기다리는 동안 추울 거 같아서."

그리고 양손으로 내 손을 꼭 감싸서 캔을 쥐게 했다. 열이 아릿하게 피부를 파고들었다.

기습적인 행동에 내가 당황한 사이, 유이가하마는 냉큼 손을 뗐다. 그리고 한 발짝, 두 발짝 물러나더니 원래 위치로 돌아가서 눈길을 돌리고 목도리를 끌어 올렸다. 하지만 여전히 쌀쌀한 바람을 맞는 귀는 빨갛게 물들어 있었다.

"그, 그래……. 그럼 받아가마……."

나는 목도리로 입을 가리지도 않았는데 흐리멍덩한 목소리로 대답하며 아직 열기를 품은 캔을 손난로처럼 주머니에 꽂아 넣었다.

"……하야마한테는 내가 말해 둘 테니까 너희는 이만 가봐도 돼."

"그치만 힛키한테 다 떠넘기는 것두 좀……."

유이가하마가 우음~ 하고 말꼬리를 흐리며 동의를 구하듯 유키노시타를 흘끗 곁눈질했다.

하지만 유키노시타는 고개를 살며시 저었다. 나도 유키노시타에게 찬성이었다. 애초에 이 둘을 빼고 혼자서 이야기하겠다는 건 내가 직접 제안한 의견이었다.

"이상한 소문이 더 퍼지면 귀찮잖아. 내 걱정일랑 말고 마린피아든 치바든 가서 바보도 알 수 있게 친구라고 어필하고 와."

소문 속에서 두 사람은 하야마를 둘러싼 경쟁 구도를 그리고 있었다. 이 둘이 친하게 지내는 모습을 보이면 상황이 호전될지도 모른다. 지나치게 낙관적인 전망이지만, 이대로 세 명이 하야마를 기다리는 모습을 보이는 것보다는 낫다.

내 의도를 파악하려는 것처럼 유키노시타는 턱을 잡고 잠시 생각하다가 곧 고개를 들었다.

"그래……. 미안하지만 그렇게 할게."

"우음, 힛키한테 전부 맡기려니까 미안한데……."

"됐어. 일이니까 별수 없지."

미안한 얼굴로 나를 보는 두 사람에게 시원스러운 말투로 대꾸했다. 그러자 유키노시타도 미소를 지었다.

"어울리지 않는 대사구나."

전적으로 동감이다. 무심코 자조적인 미소를 지으며 고개를 끄덕이자, 유이가하마도 미련을 떨쳐버렸는지 웃차 가방을 고쳐 멨다.

"그럼 내일 봐."

"오냐, 잘 가라."

두 사람을 보낸 후 나는 다시 운동장으로 시선을 돌렸다.

운동부는 하나둘씩 연습을 끝내고 뒷정리에 들어간 참이었다.

얼마 안 있으면 축구부도 해산하겠지. 축구부원들의 동향을 주시하며 학교 건물로 돌아오기만을 초조하게 기다렸다.

그나저나 춥다…….

아무리 일이라지만 어째서 내가 하야마를 기다려야 하냐고. 굳이 실제로 물어볼 필요 없이 하야마의 수호령 인터뷰로 끝내면 되는 거 아냐?

의욕은 꺾인 지 오래다. 몸은 얼음장이고 다리는 통나무…….하염없이 기다려도 아무도 나타나지 않는 데다가 줄곧 혼자다 보니 무슨 고유결계라도 발생했나 싶었다고…….

나는 미적지근해진 캔 커피를 따서 찔끔찔끔 마셨다.

그렇게 홀짝이던 캔이 부쩍 가벼워졌을 무렵, 마침내 축구부가 우르르 몰려왔다.

하지만 그 속에서도 하야마의 모습은 찾을 수 없었다. 어디로 간 거야, 그 녀석…….

벽에서 몸을 떼고 사방을 두리번거리는데, 축구부원 중 한 명이 나를 불렀다. 멀리서도 한눈에 알아볼 수 있는 갈색 머리와 촐랑대는 말투. 토베였다.

"얼라리오~? 히키타니잖어. 뭐 해?"

살갑게 손을 흔들어 보이기에, 나도 가볍게 손을 들어 인사를 받았다.

"하야마는?"

"하야토? ······아, 그게, 걔가 지금 좀 바빠서리."

대답하면서도 토베의 눈은 정신없이 허공을 배회했다. 그 시선을 따라가 봤지만, 하야마는 눈에 띄지 않았다.

"없냐?"

"아니, 없다고 할까, 있긴 있는데 있었다고나 할까?"

토베의 대답은 어눌했다. 그래서 있다는 거냐 없다는 거냐. 거 참 성가시구만······.

"없으면 할 수 없지······. 그럼 난 이만 가보마."

오랫동안 기다렸는데 이런 허무한 결말이라니 솔직히 좀 불만이지만, 얻을 게 없다면 얼른 철수하는 편이 낫다. 빠른 손절은 도박의 기본. 인생이라는 도박판에도 그 원칙은 어김없이 적용된다. 근데 내 인생은 왜 항상 손절 구간이냐?

나는 토베에게 작별을 고하고 주차장으로 향했다.

"······앗!"

뒤에서 토베의 부르짖음이 들려온 것 같았지만, 무시하고 그대로 걸음을 옮겼다.

그러다 건물 뒤편에서 하야마의 모습을 발견했다. 뭐야, 있었잖아. 아무래도 정문이 아니라 쪽문을 통해서 나가려고 했던 모양이다.

뭐라고 운을 떼야 하나 고민하면서 몇 걸음 다가가다가, 그 자리에 우뚝 멈춰 서고 말았다.

오렌지색 가로등 불빛이 어슴푸레 드리운 공간에서, 하야마 아닌 다른 사람을 발견했기 때문이다.

반사적으로 건물 뒤에 몸을 숨겼다. 벽에 등을 딱 붙이고 서 있으려니, 콘크리트의 냉기가 등골을 타고 올라왔다.

주변이 어두컴컴한 탓에 하야마와 함께 있는 사람이 누구인지는 알 수 없었다. 그래도 실루엣으로 보아 여자임은 분명했다. 그리고 바람을 타고 띄엄띄엄 들려오는 "갑자기 불러내서 미안해." 등등의 말투로 미루어 볼 때, 같은 학년 여학생이라는 사실은 대충 짐작이 갔다.

남색 피코트를 입은 소녀는 가슴까지 내려온 빨간 목도리를 꼭 움켜쥔 채, 눈만 살짝 들어 하야마의 얼굴을 올려다보았다.

긴장했는지 먼발치에서도 그 가녀린 어깨가 희미하게 떨리는 것이 보였다.

—아하, 그런 거였나.

어쩐지 토베가 말을 흐리더라니.

여자애가 조용히 숨을 고르더니, 결심을 굳힌 기색으로 코트 자락을 꼭 움켜쥐었다.

"저기…… 친구한테 들었는데. 하야마, 지금 사귀는 사람이 있다는 게 진짜야?"

"아니, 없어."

"그럼 나랑……."

"미안. 지금은 그럴 마음이 없어서."

목소리는 작았지만, 그 정도는 가까스로 알아들을 수 있었다.

하지만 그것을 끝으로 대화도 끊겼다.

틀림없이 둘 다 말문이 막혀버린 거겠지.

그렇지만 말하지 않아도 알 수 있었다.

팽팽하게 조여드는 독특한 긴장감, 상쾌함과는 동떨어진 절망감. 어둠 속에서 흘러나오는, 차디찬 겨울 공기와도 잘 어울리는 그 분위기는 얼마 전에도 피부로 느꼈던 감각과 닮았다.

작년 크리스마스 시즌, 디스티니 랜드에서 잇시키 이로하와 하야마 하야토가 연출한 장면과 지독하게 흡사했다.

이윽고 작별 인사로 추정되는 짤막한 대화가 오간 후, 힘없이 손을 흔들어 보인 여자애가 발걸음을 돌려 총총히 사라져 갔다.

멀어져가는 여자애의 뒷모습을 바라보던 하야마의 어깨가 살짝 처졌다. 그리고 장탄식을 하며 고개를 드는데, 우연히 그 시야에 내가 들어온 모양이었다.

하야마는 웃었다. 무안해하지도 쑥스러워하지도, 당연하지만 기뻐하지도 않고. 그저 체념한 것처럼.

"묘한 장면을 들켜버렸네."

"어, 아니, 그 뭐냐. ⋯⋯미안하다."

먼저 말을 걸어오는 바람에 페이스가 흐트러지고 말았다. 덕분에 제대로 반응하지 못했다. 물론 말을 걸어오지 않았더라도 뭐라고 운을 떼야 할지 갈피를 잡지 못했을 테지만. 차인 사람 상대로는 어설픈 위로의 말이라도 건넬 수 있지만, 차 버린 사람 상대로는 뭐라고 해야 좋을지 감이 잡히지 않았다.

하지만 그런 내 속내를 꿰뚫어 봤는지, 하야마는 피식 웃은 것처럼 보였다.

"그럴 필요 없어."

"……고생이 많네."

솔직히 그 정도밖에는 할 말이 없었다. 하야마 하야토의 연애 사정에 특별히 관심이 있는 것도 아니거니와, 저렇게 두루두루 갖춘 인간에게는 질투조차 나지 않는다. 별일 아닌 척 너스레를 떨며 놀려주는 것도 일종의 친절일지 모르지만, 공교롭게도 그럴만한 관계는 못 되었다.

내 말에 하야마의 표정이 순간적으로 확 일그러졌다. 숨이 막히는 것처럼, 어딘가 고통을 억누르는 것처럼.

하지만 곧바로 가볍게 고개를 젓더니, 평소와 다름없는 미소를 지으며 주차장으로 가자고 턱짓을 했다. 나도 그 뒤를 따라 걸음을 옮겼다.

"동아리, 이제 마쳤어?"

"그건 아니고…… 잠깐 할 얘기가 있어서……."

내 대답에 하야마는 놀란 것처럼 고개를 갸웃거렸다.

"나랑?"

고개를 끄덕이는 대신 캔 커피를 던졌다.

어두워서 조준이 조금 어긋났지만, 하야마는 그것을 아무렇지 않게 받아냈다. 그런데 손에 쥔 MAX 커피를 보고는 표정이 살짝 떨떠름해졌다. 뭐야, MAX 커피 싫어해? 마 함 무바라, 쥑인다.

빼지 말고 그냥 마시라고 턱을 까딱이자 하야마는 어깨를 으쓱이고는 커피를 가방에 넣어 버렸다.

하지만 이야기를 들을 생각은 있나 보다. 다시 내게 시선을 돌리고 내 말을 기다렸다.

나는 어떻게 운을 뗄지 고민하고 입을 열었다.

"······그 소문, 어떻게 대처할 거야?"

단도직입적인 물음에 하야마는 질린다는 얼굴로 한숨 쉬었다.

"그거 때문이구나······. 그냥 내버려 둬야지. 괜히 풀어보겠다고 건드리면 더 꼬여 버리니까."

하야마의 말투는 꼭 경험자의 지론처럼 들렸다.

실제로 하야마에게는 경험이 있을 것이다. 과거에 비슷한 사건을 겪었고, 아마 그때 뼈아픈 실수를 저질렀으리라.

그래서 하야마 하야토는 움직이지 않는다.

하야마의 그런 선택은 충분히 이해할 수 있었다. 나도 이런 문제는 내버려 두는 게 최선이고 적극적인 개입은 잘못된 대처라고 생각한다. 정확히는 개입해 봤자 할 수 있는 일이 없다.

하지만, 그래도 나는······.

그 생각이 표정에 드러났는지, 하야마는 의외라는 얼굴로 나를 봤다.

"너는 어떻게 해볼 생각이야?"

"······뭐라도 해보려고. ······뭐, 업무의 일환으로."

대답이 궁해서 이것도 일이라고 변명처럼 답하자 하야마가 네 속을 모를 줄 아느냐는 듯 피식 웃었다.

　"간과할 수 없나 보네. 『다른 학교 남자』는."

　"그게 누군데? 이래 봬도 엄연히 이 학교 학생이다만."

　적당히 시치미 떼며 받아쳐도 하야마는 즐겁게 웃을 뿐이었다. 그건 오늘 아침에 들은 폭소보다 작은 소리지만, 거기에 담긴 악의는 차원이 다르게 거대했다. 이 자식, 진짜 성격 고약하네…….

　하야마는 한참을 어깨를 들썩이며 키득대다가 억지로 헛기침하며 진지한 표정을 지었다.

　"의욕 넘치는데 찬물 끼었어서 미안하지만, 내가 할 수 있는 일은 거의 없어. ……미안, 못 도와줘서."

　비아냥거리며 말문을 뗀 것치고는 하야마의 낯빛은 어두웠다. 아마 그건 스스로 떳떳하지 못한 감정이 있기 때문이리라. 이토록 무력감에 찌든 목소리로 사과하면 나도 빈정거릴 마음이 들지 않는다.

　"아니, 됐어. 네가 가만히 있겠다는 스탠스를 밝힌 것만으로 충분해."

　"그래……?"

　그 말을 끝으로 우리는 묵묵히 주차장 앞까지 왔다. 그때 불현듯 하야마가 걸음을 멈추더니 쪽문을 가리켰다.

　"난 전철이라서."

　"어, 그래……. 그럼 간다……."

작별 인사를 대신해서 한 말이었지만, 하야마는 그곳에서 움직이지 않았다.

하야마는 가만히 하늘을 올려다보고 있었다.

뭔가 보이나 싶어 나도 덩달아 고개를 들었다.

하지만 눈에 들어오는 것은 불 꺼진 학교 건물과 유리창에 반사된 가로등 불빛뿐. 그곳에는 달도 별도 없었고, 오로지 인공적인 불빛의 거울상만이 비칠 따름이었다.

이윽고 하야마가 문득 생각났다는 투로 입을 열었다.

"어떻게든, 할 수 있으면 좋았을 텐데……."

그 말만 남기고 하야마는 걸음을 옮겼다.

어둠이 짙게 드리운, 가로등 불빛조차도 닿지 않는 곳으로. 그 길이 쪽문으로 이어진다는 사실을 알면서도, 불현듯 하야마가 어디로 향하는지 모르겠다는 생각이 들었다.

이곳에는 없는 누군가를 향해서 했을 터인 말.

하지만 이상하게도 그것은, 그 누군가를 향한 말이 아닌 것처럼 느껴졌다.

언제 어디서나
토베 카케루는
토베 카케루다.

그 소문이 나돌기 시작하고 며칠이 지났다.

새 학기의 흥분이 거의 가시면서 학교생활은 점차 일상의 모습을 되찾아갔다.

그런 상황에서도 하야마 하야토를 중심으로 한 가십은 사라질 기미가 없었고 알음알음 퍼져나갔다.

귀찮기 그지없다.

그런 와중에 설상가상으로 마라톤 대회까지 겹쳤다. 대회 자체가 싫은 것은 말할 필요도 없지만, 체육 수업이 오래달리기로 바뀐 것을 생각하면 온몸에서 기운이 쭉 빠진다.

그렇다고 수업을 빼먹을 수도 없는 노릇이라서, 나는 겨울바람 쌩쌩 부는 운동장으로 터덜터덜 걸어 나갔다.

운동장에는 세 학급의 학생이 한자리에 모여 있었다. 다른 종목과 달리 오래달리기는 남학생과 여학생이 따로 수업을 받지 않는다. 남녀별로 코스는 다르지만, 어쨌거나 그냥 죽어라 뛰는 거다.

올려다보면 무한히 펼쳐지는 푸른 하늘……. 펼쳐지는 스카이! 날씨는 청명하고 가만히 보고만 있어도 마음이 차분해진다. 참으로 프리티하고 큐어큐어한 하늘이다.

하지만 운동장에 모인 학생들의 숙덕공론은 내 마음에 먹구름을 드리웠다.

"그 이야기 말이야, 어디까지가 진짜일까?"

"그치? 궁금해 죽겠어~! 역시 사귀는 사이려나? 어떻게 생각해?"

"에이, E반 애가 물어보니까 아니라고 했다던데?"

"그야 굳이 사실대로 말해서 확인사살을 하진 않겠지. 역시 자상하다니까~!"

"그건 자상한 게 아니잖아! 하여튼 너도 웃겨."

직접적으로 콕 집어 말하지는 않았지만, 십중팔구 하야마에 관한 염문이겠지.

영양가는커녕 맛도 없는 가십. 다만, 곤란하게도 씹는 재미가 있다. 그래서 입에서 떨어지지 않고 재미로 씹어댄다.

무릇 열일곱 살 여고생이란 수다 사랑 수다쟁이 멜론[#14]인데다. 화제의 주인공이 자기들과도 친숙한 학교의 유명인이면 화젯거리로 삼기도 편할 테지.

이름 모를 여자애들이 수군대는 소리는 계속해서 이어졌다.

"그치만 뭔가 의외야. 유키노시타, 안 그래 보이는데 얼빠

#14 수다 사랑 수다쟁이 멜론 개그맨 효도 다이키의 DVD 타이틀 「수다 사랑」과 성우 이노우에 키쿠코가 진행하는 라디오 프로그램 「매혹의 수다쟁이 멜론」에서 따온 것.

기질이 상당한가 봐."

"아, 알 거 같아. 별로 접점도 없어 보이는데 사귀다니, 딱 봐도 얼굴을 밝힌단 느낌이지?"

"어? 근데 그럼 하야마도 얼빠란 소리잖아."

"얼빠 맞지 않아?"

그렇게 쑥덕거리며 키득키득 웃는 소리는 작았다.

하지만 작아서 더 귀에 거슬리는 소리도 있다.

짜증이 나서 견딜 수가 없었다. 막 잠들려는 찰나 귓가에서 앵앵대는 모깃소리나 잠 못 이루는 밤에 들려오는 시계 초침 소리처럼 불쾌한 잡음. 듣다가 저도 모르게 혀를 차고 말았다.

이 상황과 전혀 무관한 나조차도 짜증이 날 정도다. 그러니 루머에 시달리는 당사자들은 오죽하겠는가.

잘 알지도 못하는 녀석들이 갖가지 억측과 추측, 희망 사항, 시샘을 버무려 소설을 써대고, 자기들 입맛에 맞추어 자극적인 방향으로 이야기를 부풀려 나간다.

그런 족속들에게는 사실 특별한 악의가 없는 경우가 대부분이다. 그 인간들이 입을 놀리는 이유는 오직 하나, 그편이 더 재미있기 때문이다. 정색하고 부정하거나 항의해 봤자 「장난인데 뭘 그래?」라는 식으로 딱 잡아뗀다.

이번 사태가 가시화되면서, 아니, 그들에 대해 알게 되면서 비로소 깨달았다.

유키노시타 유키노, 그리고 하야마 하야토는 줄곧 이런 환경 속에서 살아온 거다. 빼어난 외모와 능력으로 많은 기대와 주목의 대상이 되고, 또 그만큼 실망과 질투도 한 몸에 받아가며.

사춘기의 감시 사회에서 학교는 감옥 그 자체다. 인기인은 항상 대중의 시선에 노출되고, 그 밖의 대다수는 시킨 적도 없는데 선의와 흥미 본위에서 감시를 시작한다. 그리고 때로는 징벌까지 가한다. 날마다 스탠퍼드 감옥 실험이 이루어지는 거나 마찬가지다. 부탁받은 것도 아니건만, 그들은 사명감에 사로잡혀 점차 공격적으로 변해간다.

그리고 유이가하마 유이 또한 그런 사회 속에서 살아왔다.

이름 없는 교도관들의 치졸한 잡담은 내 뒤에서 끝을 모르고 계속되었다.

그러다 문득 그 소리가 뚝 그쳤다.

무슨 일인가 싶어 돌아보자 인파를 가르고 미우라 유미코가 오고 있었다. 미우라는 수다를 떨던 여학생 2인조를 지나치며 눈을 흘겼다.

미우라의 화려하고 단정한 이목구비는 정면에서 봐도 사람을 위축시키는데, 눈을 흘기자 사나운 눈매에서 오는 박력이 대폭 증가했다. 솔직히 무섭다. 평소의 세 배는 무섭다. 나를 째려본 것도 아닌데 반사적으로 시선을 피하고 말았다.

그렇게 옮겨간 시선 끝에서, 수다를 떨던 여자애 두 명이 급히 자리를 피하는 모습이 보였다.

"아까 엄청 살벌하지 않았어? 혹시 들렸나?"

"몰라. ……근데 미우라는 어떻게 생각하는 걸까? 유이가하마랑도 친구잖아?"

"어우, 교실에서 아침드라마 찍지 말았으면 좋겠는데."

"그러는 자기도 기대하는 얼굴이면서. 진짜 웃겨."

스쳐 지나갈 때 귓속으로 흘러든 대화는 못 들은 셈 치고, 나는 서둘러서 집합 장소로 이동했다.

아쉽지만 이 개똥같은 현실에는 무한히 펼쳐지는 푸른 하늘의 히어로 걸이 나와줄 것 같지 않다……. 나는 꿈도 희망도 없는 현실에 혀를 차며 똑바로 앞을 봤다.

내 시선이 향한 곳에는 하야마 하야토가 있었다.

하야마는 토베 일행과 잡담을 나누느라 내 시선을 눈치채지 못했다.

어쩌면 알고도 모르는 척하는 걸지도 모른다. 그 밖의 많은 일들과 마찬가지로.

생각에 잠겨 우두커니 서 있자니, 체육 교사 아츠기가 점호를 마쳤다.

"좋아, 그럼 각자 원하는 사람과 짝지어 준비 운동을 해라."

아츠기의 고압적인 지시에, 제각기 파트너를 찾아 준비 운동을 하는 분위기가 되었다.

그럼 난 토츠카랑 준비 운동을 해보실까~? 설레는 마음으로 주위를 둘러보는데, 어디선가 나를 부르는 소리가 들려왔다.

"하치만~!"

반사적으로 고개를 돌렸다. 그리고 눈이 딱 마주치고 말았다.

함박웃음을 띤 채 쿵쿵 지축을 울리며 나에게 손을 흔드는 사람은 바로 자이모쿠자였다. 저 녀석, 뭣 땜에 저렇게 신난 거냐…….

"하치만~! 준비 운동 하자!"

"뭐냐, 갑자기……. 무슨 야구 하자[#15]도 아니고……. 그보다 오늘은 사정상 딴 사람하고……."

점잖게 거절하려고 했지만, 자이모쿠자는 들은 척도 하지 않았다. 그것도 모자라 혼자 제멋대로 지껄여대기 시작했다.

"이크, 제아무리 원하는 사람과 짝지으라고 했다지만 딱히 그런 의미에서 네놈을 간택한 건 아니다. ……그, 그 점 명심하도록?"

"얼굴 붉히면서 눈 돌리지 말라고, 밥맛 떨어지게……."

자이모쿠자한테서 시선을 떼고 주위를 돌아보는데, 아앗! 토츠카가 이미 짝을 지어 버렸잖아! 이걸 핑계로 토츠카의 관절을 부드럽게 풀어주고 싶었는데…….

"어쩔 수 없구만……."

포기하고 자이모쿠자와 함께 준비 운동을 시작하기로 했다. 팔다리를 쭉쭉 늘리며 근육을 풀어준다. 일련의 과정이 끝나고 이번에는 자이모쿠자를 앉혀놓고 등을 꾹꾹 눌렀다.

최대한 힘을 실어 꾹꾹 누르는데, 자이모쿠자는 두꺼운 뱃살 때문인지 좀처럼 상체가 숙여지지 않았다. 그 탓에 나와 자이모쿠자의 얼굴이 가까이 붙어서 지방 낀 숨소리가 귓가에서 들렸다.

"하치만, 겨울 신작이 시작됐다! 이번 분기 최고 기대작은

#15 야구 하자 만화 「사자에 씨」에 등장하는 캐릭터 나카지마가 친구 이소노를 불러낼 때 자주 하는 말.

무엇이냐?"

"……아직 가을 애니도 다 못 봤어. 일단 쌓인 거부터 봐야지."

요즘 들어 공사다망했고, 코마치가 수험 공부에 열을 올리는 마당에 거실에 죽치고 애니메이션을 볼 수도 없는 노릇이라 못 본 작품이 제법 쌓였다. 그 결과, 우리 집 하드디스크 레코더는 배가 터지기 직전이었다.

그에 반해 자이모쿠자는 애니 시청이 순조로운지, 어째 우쭐대는 표정을 짓고 있었다.

"푸흡! 하치만~ 이 시대에 뒤처진 녀석~! 아직 가을 애니 이야기를 하시는 게요? 소관은 그런 옛날 일은 잊은 지 오래올시다. 하치만 공은 어느 시대에서 오셨소? 원시인이오?"

아오, 짜증 나게……. 울컥해서 자이모쿠자의 등에 힘을 확 실었다.

"아야야야얏!"

"신경 꺼. 나는 좀 밀려도 괜찮아. 애니든 게임이든 혼자서 즐기니까 주변에 맞춰나갈 필요가 없다고. 그보다 너, 얼마 전에 기타 배운다고 하지 않았냐?"

"훗, 시간은 흐르는 법……. 과거에 연연하면 나아가지 못해. 우리는 지금 전생 왕녀[#16]의 시대에 살고 있다. 우리의 디오미디어[#17]가 패권을 잡았지. ……이겼군, 크하하!"

#16 전생 왕녀 카도카와에서 출간된 라이트노벨 원작의 애니메이션인 『전생 왕녀와 천재 영애의 마법 혁명』. 2023년 1월부터 방영하였고, 시리즈 구성은 『역시 내 청춘 러브코메디는 잘못됐다.』의 작가인 와타리 와타루가 맡았다.
#17 디오미디어 애니메이션 제작사. 『전생 왕녀와 천재 영애의 마법 혁명』 외에도 와타리 와타루 작가의 또 다른 작품 『걸리시 넘버』의 애니화를 맡은 곳이기도 하다.

뭐 대단한 거라도 보는 척 말하지만, 그냥 줏대 없이 유행 따라다니는 놈이란 말이지…….

하지만 자이모쿠자의 말에도 일리는 있다. 사람의 관심은 쉽게 변한다. 분기마다 최애가 바뀌고 무절제하게 트렌드를 소비한다. 화젯거리는 소통의 도구로서 역할을 마치면 금방 묻히게 마련이다.

"하긴, 세상이 그런 거지…….."

남의 말도 49일……. 잊힌다는 것을 죽음에 빗댄 표현이라면 절묘한 말일지도 모른다.

남은 스트레칭을 잽싸게 끝내고, 자이모쿠자와 함께 일어나 출발 지점으로 향했다. 그곳에는 이미 다른 놈들이 포진하고 있었기에, 우리는 대열 후방에 가서 섰다.

그런데 그때, 집단 앞쪽에 선 토츠카를 발견했다.

토츠카는 손바닥을 하 불고 헛둘헛둘 스트레칭을 하고 있었다. 나는 자이모쿠자를 두고 닌자처럼 인파를 피해 토츠카 옆으로 숨어들었다.

"준비 열심히 하네?"

말을 걸자 토츠카가 확 돌아봤다. 내 목소리라는 것을 깨달은 토츠카는 싱긋 미소 지었다.

"아, 하치만! 나도 일단은 부장이니까 좋은 순위 따서 체면 세워야지!"

토츠카는 두 주먹을 가슴 앞으로 모아 힘내자오 포즈를 취했다.

"그러냐. 운동부는 힘들겠네."

"힘들긴 해도 하야마만큼은 아니야."

토츠카는 그러면서 집단의 앞머리, 편안한 자세로 팔다리를 가볍게 털면서 출발을 기다리는 하야마를 봤다.

"오호, 하야마……."

지금 나눈 이야기와 하야마가 무슨 관계가 있는지 생각하면서도 일단 맞장구쳤다. 하지만 전혀 이해하지 못했다는 사실을 들켰는지, 토츠카가 의아하게 물었다.

"몰랐어? 하야마는 작년 우승자야."

"엉? 그랬나……."

저 녀석, 제정신이 아니구만……. 무섭다, 무서워.

우리 학교 마라톤 대회는 남자부와 여자부로만 나뉘어 실시된다. 그 말은 곧 작년 우승자인 하야마는 상급생을 제치고 1등을 따냈다는 소리다. 그렇다면 올해도 강력한 우승 후보로 손꼽히는 게 당연하겠지. 참고로 나는 몇 등인지를 따져 볼 수준도 못 되는, 존재감 제로의 그 외 다수였다.

"대단했어. 처음부터 끝까지 계속 선두에서 달렸다니까? 나는 따라갈 엄두도 안 났어, 아하하……."

토츠카는 멋쩍게 웃으며 볼을 긁적였다. 하지만 토츠카가 부끄러워할 필요는 전혀 없다. 내 마음에서는 토츠카가 처음부터 끝까지 1위다.

그렇게 소름 끼치는 위로를 건네려고 했지만, 그럴 필요도 없이 토츠카는 긍정적으로 말을 이었다.

"그래도 나도 작년보다 꽤 체력이 늘었으니까…… 올해는 포기하지 않고 따라가 보려고."

그리고 스트레칭을 마무리하려는 것처럼 토츠카는 아킬레스건을 쭉 늘렸다. 말투는 소극적이지만, 토츠카의 눈동자는 똑바로 선두를 바라보고 있었다.

옆에서 본 토츠카의 얼굴은 기백이 서려 있었다. 경쟁하는 자 특유의 얼굴이었다. 마냥 귀엽기만 한 게 아닌 표정에 놀라면서도 눈을 사로잡히고 말았다.

말도 하지 않고 멍하게 바라보는데 토츠카가 갑자기 돌아봤다.

"하치만 덕분이야."

"……엉? 아, 내가 뭘 했었나?"

내가 한 박자 늦게 반응하자 토츠카는 픽 웃었다.

"예전에 하치만 동아리에서 상담해줬으니까."

"아, 그거……. 아니, 별로 관계없지 않나?"

봉사부 활동 초기에 토츠카가 상담하러 왔지만, 그때는 결국 별로 한 일이 없다. 토츠카에게 도움이 되었을지는 자못 의심스럽다. 지금의 토츠카가 있는 것은 순전히 본인이 노력한 결과다.

그렇게 말하자 토츠카는 조용히 눈을 감고 고개를 살래살래 저었다. 그리고 반걸음 다가와 내 정면에 섰다.

"아니야. ……그때, 말해줬잖아?"

토츠카가 똑바로 내 눈을 쳐다봤다.

그때 나는 뭐라고 했던가……. 기억을 더듬는데 토츠카는 싱그레 미소 지으며 말했다.

"죽을 때까지 달리라고."

"어, 으응…… 응? 그런 말을 했어?"

정말로? 전혀 기억이 안 나……. 나 혹시 할시온[#18]이라도 먹었나? 내가 당황해서 쩔쩔매는데 토츠카가 놀리듯이 정답을 말해줬다.

"응. 유키노시타가."

"아……."

그러고 보니 말했지……. 그 녀석, 자기는 저질 체력이면서 무슨 자신감으로 그런 말을……. 새삼스럽게 되짚어보면 유키노시타의 과거 행적도 참 기가 막힌다.

"그래서 러닝을 꾸준히 해왔어."

하지만 토츠카는 오히려 감사의 감정을 담아 눈망울을 빛냈다. 어쩜 좋아, 토츠카가 너무 착해서 나쁜 사람한테 속을까 봐 겁나…….

"그런 갈굼 같은 말은 진지하게 듣지 마. 취직하면 회사에서 실컷 구르다가 버려지기 딱 좋으니까. 근데 그거 내가 한 말이 아니잖아……."

"그래도 하치만이 상담을 받아줬으니까 유키노시타도 도와준 거라고 생각해……. 그러니까 이건 하치만 덕분이야."

"그게 그렇게 되나. ……그게 그렇게 된다고? ……음, 그렇

#18 할시온 수면제. 가수면 상태에서 이상행동을 보이거나 일시적 단기 기억 상실에 걸리는 부작용이 있다.

다고 치지 뭐."

"응! 그렇다고 치자!"

토츠카의 이야기를 듣는 사이 아츠기를 비롯한 체육 교사들이 준비를 마치고 우르르 몰려왔다. 그중에는 자전거에 탄 교사도 있었다. 감시 겸 진행 요원이었다.

농땡이 치기는 글렀다고 속으로 한탄하는데 토츠카가 뭔가 생각난 것처럼 앗 소리를 냈다.

"테니스부는 상위권에 들어야 해!"

토츠카가 손을 확성기처럼 모아 외치자 몇몇 학생이 흠칫하며 이쪽을 돌아봤다. 아마 테니스부 부원이겠지.

오오, 호랑이 부장이다…… 애들이 무서워하겠다고 생각했는데, 테니스부원들은 싱글벙글 웃으며 토츠카에게 손을 흔들고 있었다. 사랑받는 부장이잖아…….

하지만 토츠카는 부원들의 반응이 영 탐탁지 못한지 볼을 부풀리고 허리에 손을 올렸다.

"다들 제대로 알아들은 건가?"

나는 멍하니 그 광경을 바라보았다. 토츠카의 이런 활발하고 적극적인 모습은 거의 본 적이 없었다.

"……안 어울려?"

토츠카는 무안한 듯 쑥스러움을 타며 내 반응을 살폈다.

"아니……."

말문이 막힌 까닭은 단지 놀라서가 아니라, 정말로 눈길을 빼앗겼기 때문이었다. 여태까지 보아온 토츠카의 그 어떤 행동보다도 가장 강렬하게 내 마음이 흔들린 기분이었다.

"부장답다고 생각했을 뿐이야."

내 대답에 토츠카는 소리 내어 웃었다. 그리고 바람에 흐트러진 머리칼을 손으로 빗어 넘기며 자랑스럽게 가슴을 폈다.

"제법 잘하고 있지? ……약간 못 미더울지도 모르지만."

조금 쑥스러운 기색으로 웃으며 덧붙이는 토츠카에게 나는 고개를 가볍게 저었다.

"아니야. 엄청 믿음직해."

"그래? ……그럼 하치만도 무슨 일 생기면 나한테 기대도 돼!"

그리고 토츠카는 장난스럽게 자기 가슴을 탁 두드렸다.

"그래. 무슨 일 생기면…… 그때는 도와주라."

그러자 토츠카는 놀란 사람처럼 눈을 깜빡거렸다. 사실 나도 내 입에서 나온 말에 놀라고 있었다. 나답지 않게 꽤 솔직한 말이 튀어나왔다. 그래도 이제 와서 말을 고치거나 덧붙일 마음은 들지 않았다.

토츠카는 잠시 신기한 눈으로 나를 봤지만, 곧 힘주어 고개를 끄덕였다.

× × ×

"하치만~! 우리 같이 뛰자♪"

징그러운 소리를 하며 쫓아오는 자이모쿠자를 뿌리치고 나는 순풍에 돛 단 듯 뛰고 있었다.

네, 거짓말입니다. 자이모쿠자는 뿌리칠 필요도 없이 알아서 낙오했고, 나는 느릿느릿 역풍에 돛 단 듯 뛰고 있습니다.

고독하게 띵가띵가 달리다 보니, 어느새 정해진 거리의 절반을 지나쳤다. 호이! 아참, 그건 방가방가였나⋯⋯.

수업 시간에 하는 오래달리기는 총 4킬로미터를 뛴다. 학교 바깥을 빙글빙글 도는 코스다. 후이잉⋯⋯. 이렇게 빙글빙글 돌다간 동화에서처럼 버터가 돼버리겠어⋯⋯.

그렇게 하잘것없는 생각을 하며 달리다 보니, 어느새 중간 그룹을 따라잡았다. 매일 자전거로 등하교하는 덕분인지, 그래도 평균 수준의 체력은 있는 모양이다.

하긴 중간이라고 해 봤자 어차피 선두 집단과 후딱 끝마치고 긴 휴식 시간을 가지려는 녀석들 말고는 하나같이 의욕이 없으므로, 이 그룹도 전체로 따지면 후위에 해당할지 모른다.

그 속에서 토베 일행을 발견했다.

운동부원이 부지런히 달리는데 여기까지밖에 못 왔을 리 없다. 구태여 확인해 볼 것도 없이, 저 녀석들도 설렁설렁 뛰고 있는 거다.

적당히 수다를 떨다가 이따금 어깨를 툭 치거나 머리를 쿡 찌르기도 하고, 뜬금없이 전력 질주를 해서 경주를 벌이는 등, 어딘가 훈훈한 광경을 연출하는 중이었다. 만약 내가 갈래머리 반장 캐릭터였다면 「야, 남자들! 좀 더 열심히 뛰란 말이야!」라고 주의를 줬다가 「시끄러, 이 호박아!」라고 맞받아치는 바람에 울음을 터뜨리고, 종례 시간에 선생님한테 일러바

쳤을 정도다. 내가 갈래머리 미소녀 반장이 아니란 사실에 감사하라고.

하지만 까불대며 달리는 사람은 토베와 야마토, 오오오카로 구성된 낯익은 바보 삼형제뿐. 하야마의 모습은 눈에 띄지 않았다.

마침 잘됐다. 소문과 관련해서 토베에게 확인해야 할 부분이 있다.

정신없이 까불거리는 바보 삼형제(三馬鹿, 삼바카) 삼바 카니발을 스토킹하며, 세 사람 뒤에 붙어서 달렸다. 하지만 달리는 중이다 보니 좀처럼 말을 붙일 타이밍을 잡을 수가 없다. 거짓말! 하치만, 방금 자신을 속였어! 가만히 있어도 그런 타이밍은 못 잡는다고!

신호등 같은 게 있는 것도 아니고, 생각보다 까다로운걸…….그렇게 폭탄암#19 못지않게 호시탐탐 동태를 살피는데, 토베가 갑자기 속도를 늦추었다.

"먼저들 가~."

친구들을 향해 그렇게 말한 토베가 그 자리에 쪼그려 앉았다. 아무래도 운동화 끈이 풀어진 모양이다.

꺄핫☆럭키! 이 틈에 토베한테 말 걸어야지!

"저기."

"우웃!"

#19 **폭탄암** 게임 「드래곤 퀘스트」에 나오는 몬스터. 얼굴 달린 바위 형태로, 먼저 공격하지 않으면 쳐다만 볼 뿐 가만히 있는다.

등 뒤에서 말을 걸자, 토베가 마치 낙법이라도 쓰듯 한 바퀴 빙글 돌아 이쪽을 바라보았다.

"어이쿠, 깜짝이야. 히키타니였냐고~. 왔으면 말을 하라고~. 겁나 쫄았잖아~."

야야, 아무리 쫄았다지만 너무 격렬한 반응 아니냐……. 투덜투덜 불평을 늘어놓는 토베를 무시하고, 그냥 궁금한 거나 후딱 물어보기로 했다.

나는 턱으로 앞쪽을 가리켜 일단 뛰자는 신호를 보내고 다리를 놀렸다. 여기 계속 멀뚱히 서 있는 것도 이상하고, 교사가 감독하러 오지 않는다는 보장도 없다. 재촉을 받은 토베도 내 옆에서 나란히 달리기 시작했다.

한동안 말없이 달리던 토베가 고개를 갸우뚱했다. 어째서 내가 같이 뛰는지 의아한 거겠지. 나도 얼른 본론으로 들어가고 싶던 참이었다.

하지만 토베가 나보다 먼저 입을 열었다. 어딘가 안도한 기색으로 푸하 한숨을 내쉬더니, 나를 보며 헤실 웃었다.

"것보다 그 소문 들었을 때, 완전 조마조마했다니까. 누구한테 이야기할 수도 없고 말야~."

"엉?"

뜬금없이 뭔 소리인가 싶어 가느다란 눈초리로 쳐다보자, 토베가 이마에 맺힌 땀을 훔치며 대꾸했다.

"왜냐면 그게, 하야토가 이니셜 Y라고 했잖아? 그 이야기, 아는 사람 거의 없으니까."

"……."

느닷없이 튀어나온 화제에 순간적으로 반응이 늦어지고 말았다. 하지만 이내 몇 가지 요소들이 연결되면서, 그 이미지가 구체적인 상을 맺었다.

그 여름날 밤.

어둠 속에서 호들갑스럽게 졸라대는 목소리에 못 이겨, 마지못해 입 밖에 낸 이니셜.

치바 마을에서 하야마 일행과 나눈 대화가 떠올랐다. 그때 분명 하야마는 좋아하는 사람의 이니셜이 Y라고 했었다.

아주 짧은 순간, 그저 무의식적으로 다리를 놀리던 내 눈치를 살피듯, 토베가 나를 가만히 응시했다.

"이 상황에서 그런 이야긴 못 하잖아?"

"어, 그야……."

그런 것치고는 방금 대놓고 그 이야기를 꺼낸 거 같은데, 뭐지? 저 녀석 혹시 임금님 전속 이발사라든가 뭐 그런 거냐? 난 뭐든지 소리쳐도 되는 구덩이가 아니다만…….

"물론 아니란 걸 알아도, 들어버린 사람 입장에선 아무래도 쫄 수밖에 없잖어?"

애매한 표현임에도, 토베가 말하고자 하는 바를 정확하게 이해하고 말았다.

"……뭐, 그렇지."

토베 말에 동조하는 것 같지만, 실은 동문서답을 하고 있는 게 아닐까 걱정되기 시작했다.

바로 핵심을 찌르는 바람에 적잖게 놀랐지만, 달리 보면 이건 기회이기도 했다.

"하야마는…… 어때? 그 소문이 나돈 뒤로는."

"어떠냐니…… 별로 변한 거 없어 보이는디?"

내가 묻자 토베는 으잉, 에엥 어리바리한 소리를 내면서 고개를 갸웃거렸다. 설렁설렁 뛰면서 고개를 이리 갸웃 저리 갸웃거리는 탓에 걸음도 덩달아 갈지자가 되어 위태롭기 짝이없었다. 하지만 이내 뭔가 떠오른 것처럼 주먹으로 손바닥을 탁 쳤다.

"굳이 따지자면 그거 아녀? 하야토가 아니라 주위가 변하지 않았어?"

"뭐?"

토베가 토베 치고는 굉장히 바른말을 하는 바람에 놀라서 되묻고 말았다. 토베라면 더 토베답게 굴어! 날카롭게 핵심을 꼬집다니, 토베 주제에 건방지다! 토베는 자기가 토베라는 사실을 자각해야 해. 좀 더 이렇게, 웨이나 어웨이나 노 웨이 홈 같은 말을 섞어서 바보처럼 떠들지 않으면 내 머리가 토베어(語)로 인식하지 못한다고.

그렇지만 내 바람에도 아랑곳하지 않고 토베는 계속 정상적인 말을 꺼냈다. 심지어는 내가 되묻는 바람에 토베의 말투는 더욱 조곤조곤해졌다. 평소에는 너무 까불대서 짜증 나지만, 이런 점을 보면 성격은 참 착해…….

"그러니까, 하야토는 평소랑 똑같은데 주변에서 이상하게 신경을 써주는 느낌이랄까? 하야토가 고백받으면 주위에서 재미로 그 이야기를 꺼내잖어. 그러면 유미코도 살짝 예민해지고."

토베도 자기 나름의 심로가 있는지 무거운 숨을 후 내쉬었다. 나에게는 남의 일이지만, 본인에게는 심각한 이야기다. 누구에게든 신세타령을 하고 싶었겠지. 하야마가 속한 그룹과 직접적인 연관은 없지만, 나도 거기에 발가락 정도는 걸쳤던 관계자다. 넋두리하기에는 좋은 포지션이라고 할 수 있겠다.

토베는 정신적인 피로가 쌓였는지, 스트레스로 제 털을 뽑는 앵무새처럼 뒷머리를 짜증스레 쭉쭉 당기며 또 깊은 한숨을 쉬었다.

"그리고 유이도 말여~."

"하긴, 유이가하마도 분위기에 민감하니까."

"아니아니, 그런 얘기가 아니라."

그럼 무슨 얘기? 내가 옆을 돌아보자 토베가 손을 휙휙 저었다.

"걔가 그래도 제법 인기가 많거덩. 유이한테 관심 있는 애들도 속이 타나 봐."

"……그래?"

아주 잠깐, 숨이 막혔다.

그래도 놀랄 일은 아니었다. 유이가하마가 남자들 사이에서 인기가 있다는 것쯤은 오래전부터 알고 있었다. 실제로 체육대회를 준비하던 당시, 누군지도 모를 남학생이 유이가하마에게 치근덕대는 모습도 봤다.

그러니까 내가 숨이 막힌 이유는 유이가하마가 인기 있다는 사실 그 자체가 아니다. 진짜 이유는 달리 있다.

아마도 그 시답잖은 소문을 듣고 품었던 것과 같은 종류의 감정. 초록 눈의 괴물이 몸속에서 꿈틀대는 불쾌감.

가슴속에서 괴물들이 단체로 난리를 피우는 더러운 기분이다. 게다가 그것들은 하나같이 무섭도록 추하고 징글징글하게도 끈질기다.

이럴 때는 무작정 뛰는 게 최고다. 엔도르핀을 철철 쏟아내서 아헤가오 더블피스로 골인하면 조금은 마음이 후련해지겠지.

굼뜨던 페이스를 조금 높였다. 그러자 덩달아 토베도 속도를 높인다.

"잠깐만~! 왜 냅다 뛰는 거야, 히키타니~!"

그리고 나한테 매달리듯 말을 걸었다. 뭐야, 너도 뛰니까 엔도르핀이 나오냐? 너무 친한 척 말 걸지 마, 정들어.

"근데 히키타니는 어뗘?"

"뭐가? 질문의 의도를 모르겠다만."

뜬금없는 질문에 쌀쌀맞게 대답하니 토베는 묘한 동정심이 깃든 다정한 미소를 짓고 내 어깨를 탁탁 두드렸다. ……이 녀석, 기분 나쁘네.

"그럴 필요 없다니까 그러네~. 괜찮아. 다 알아. 어디 가서 까발리거나 놀리지도 않는다구. 나 못 믿어?"

"뭐래는 거야……."

내가 짜증 나는 얼굴로 말해도 토베는 들은 척도 하지 않았다. 오로지 자기가 하고 싶은 말만 떠든다. 게다가 쑥스러워하는 건지, 말을 빙빙 돌리고 몸을 꼬물대는 탓에 이보다 기분 나쁠 수 없었다.

"그냥 참고삼아 듣고 싶거든. 어떻게 하면 그렇게 되는지. 물론 나랑 히키타니는 상황이 다르다는 거 알지만 말야. 히키타니는 유이랑 같은 동아리기도 하고 이래저래…… 얼라리? 잠깐 타임. 유키노시타도 같은 동아리 아니었나? ……엥? 유이? 앗, 아니지, 유키노시타? 으응…….."

미스터리 탐정 토베는 수수께끼라도 찾았는지 고개를 갸웃거렸다. 지금이다. 힌트 메달!

"그래. 같은 동아리에 있을 뿐이야."

이상한 말을 꺼내기 전에 토베가 지금 쓴 단어를 적당히 갖다 붙여 먼저 대답해 버렸다. 그러자 토베가 어리둥절하게 나를 쳐다봤다.

"엥, 그게 다야? 진짜? 아니, 근데 아침에도 같이…….."

"너도 잇시키랑 같은 동아리잖아. 아침에 만난다고 무슨 일이 생기냐?"

내 설명에 토베는 손뼉을 치고 양손 검지로 나를 척 가리켰다. ……이 녀석, 기분 나쁘네.

"아! 그러네~. 그렇게 말하니까 딱 알겠네~. 히키타니, 완전 네고시에스트 아녀?"

네고시에이터겠지……. 이 녀석, 0개 국어 능력자인가?

"아니아니, 그래도 생각해 봐? 이로하스처럼 같은 동아리에서 대놓고 어필하는 경우도 있잖아?"

"아……."

불현듯 크리스마스 때 사건이 떠올랐다.

어쩌면 잇시키 이로하가 거리를 좁히려던 행동도 현재 하야마 하야토의 방향성에 어떤 영향을 미치지 않았을까?

그런 생각을 하는데, 여태껏 혼자 신나서 수선을 피우던 토베가 대뜸 조용해졌다.

"아, 이건 좀 아닌가. 미안, 못 들은 거로 해주라. 함부로 해도 될 얘기는 아니지."

"……의외네."

마치 자기혐오에 빠진 듯한 쓸쓸한 얼굴로 토베는 내게서 눈을 돌렸다. 미안하다는 말은 내가 아니라 여기에 없는 누군가를 향한 사과이리라. 그 진중한 태도가 평소 쓸데없이 촐싹대는 토베의 이미지와는 너무 딴판이었다.

내 말을 듣고 토베는 자신의 경솔한 발언을 후회하는지 목을 긁적였다.

"이로하스는 진지했고…… 아마 하야토도 진심으로 생각해서 대답했을 테니깐."

"진심으로 생각해서……."

실제로 하야마는 진지하게 생각했을 것이다. 자신에 관해서, 잇시키에 관해서, 그리고 다른 많은 것들까지 포함해서. 그건 수학여행 때부터, 아니, 더 예전부터 변하지 않았다. 그런 식으로 하야마는 많은 것들을 묶어뒀고, 많은 것들로부터 묶여 있었다.

묶어둔 것 중 하나에, 지금 내 옆에서 친구를 자랑스럽게 얘기하는 이 녀석도 포함될 것이다.

"그야 그러취! 다른 사람도 아니고 하야토라고. 말 함부로 해서 사람 기분 나쁘게 할 애가 아니거덩."

"……신뢰하는구나."

무심코 그렇게 말하자, 토베의 눈이 휘둥그레졌다.

"허걱, 뭐야 그게. 그거랑은 상관없잖어? 것보다 그 뭐냐, 어, 하야토, 꽤 의지가 된달까?"

신뢰라는 말이 오글거리는지, 토베가 추위와 민망함으로 얼굴을 붉히며 애써 다른 표현을 찾으려고 했다. 야야, 그런 반응 보이지 마! 말한 내가 제일 쪽팔린다고!

쑥스러움을 떨쳐내려는 건지, 토베가 자기 가슴을 탁 치며 말을 이었다.

"왜냐면 나, 하야토한테 진짜 엄청 도움받았걸랑. 그거 하나는 완전 자신 있다니까?"

"딱히 자랑스러워할 일은 아닌 거 같다만……."

면박을 줬지만, 토베는 딱히 멋쩍어하는 기색도 없이 끄아~ 하고 신음하며 뒷머리를 마구 잡아당겼다.

"이걸 우째~. 빚 쩔잖어, 나 완전 빚쟁이잖어~."

"조만간 갚으면 되잖아."

"맞아! 바로 그거야! ……뭐, 그럴 필욘 없을 거 같지만."

처음에는 평소처럼 적당히 맞장구치는 느낌이었지만, 뒤로 갈수록 그 기세가 사그라들었다. 토베치고는 몹시 진지한 표정을 지은 게 마음에 걸려, 시선으로 설명을 요구했다. 그러자 토베가 뺨을 긁적이며 입을 열었다.

"난 자주 상담도 하고 그러는데……. 하야토가 나한테 뭔갈 상담한 적은 없거든. 곤란한 일 생겨도 아마 난 모를걸."

말을 마친 토베가 싱긋 웃었다. 그 웃음이 맞은편에서 불어오는 메마른 바람과 닮았다. 습기라곤 없는데도, 어딘가 쓸쓸한 느낌이.

그 말을 끝으로 침묵하자니 너무 어색해서, 뭔가 할 말을 찾다가 문득 떠오른 생각을 입에 담았다.

"……글쎄다, 또 누가 알겠냐. 고민이 없어서 상담할 것도 없는지."

"하긴! 하야토, 잘생겼으니까!"

"잘생긴 게 뭔 상관인데……. 게다가 전에 디스티니에서도 이것저것 신경 써줬잖아. 그때는 그 녀석도 고마워하지 않았겠냐? 잘은 모른다만."

"하긴! 하야토, 잘생겼으니까!"

이번에는 확실히 얼굴하고 상관이 있구만…….

이야기하다 보니 다소 마음이 편안해졌는지, 토베가 약간 속도를 냈다. 찬바람이 불어올 때마다 혼자 웃춰웃춰 호들갑을 떨어대며.

그러다가 저 앞에서 오오오카와 야마토를 발견했다. 보아하니 좀처럼 나타날 기미가 없는 토베를 배려해 페이스를 늦춰 준 모양이다.

"난 쟤들이랑 합류해야 되니까 먼저 갈게."

"그래라."

짤막하게 대꾸하자, 토베가 나를 향해 손날을 척 세워 보이 더니 맹렬하게 앞으로 내달렸다. 그리고 큰 소리로 오오오카 와 야마토를 부르더니, 손을 흔들며 그쪽으로 뛰어갔다. 그러 자 두 사람이 "헉, 나타났어!", "튀어!"라고 부르짖으며 잽싸게 줄행랑을 쳤다.

도망치는 녀석들도, 쫓아가는 토베도 즐거워 보이니 다행이 구만······.

× × ×

토베와 헤어진 뒤로도 나는 묵묵히 달렸다.

오래달리기는 남자가 학교 담장 밖을 크게 돌고, 여자는 그 안쪽 코스를 돈다. 정문과 쪽문에서 두 코스가 겹치지만, 여 자는 남자의 절반 거리밖에 뛰지 않으므로 남자가 그곳을 지 날 때는 여자들은 이미 지나간 경우가 많다.

물론 달리는 속도는 사람마다 다르다. 그리고 의욕도 사람 마다 제각각이다. 그래서 종종 걷다시피 뛰는 여자들은 남자 에게 추월당하기도 한다.

예를 들어 바로 지금 내 눈앞에서 팔을 흔드는 시늉만 하며 조깅 중인 여자 3인조처럼…….

"우리들 망한 거 아냐~? 완전 기어가는 중인데."

"망했지. 아오, 망할 거면 마라톤이나 망하지."

"내 말이."

"진짜 망했음 좋겠다. 나 체력도 없는데."

이 인간들. 수다에 정신이 팔려서 주변에 사람이 있는지도 모르는 것 같다. 아까부터 우리들 우리들 하며 굉장히 시끌벅적하다. 뭐야, 이 명랑한 시끌벅적 아가씨들.[20] 기타랑 샤미센 둥가둥가 튕기면서 만담이라도 하나?

거 아름다운 우정이 참 보기 좋습니다만, 굳이 세 명이 나란히 서서 길을 막아야 하나요? 좀 지나갑시다. 불쑥 다가가면 위협으로 느낄까 봐 아까부터 선심 써서 적정 거리를 유지하고 있거든요. 우후후후…….

진심으로 길 막으면서 다니지 마. 뒷사람이 얼마나 난감한 줄 알아? 특히 3인조 중 가운데. 그 불그스름한 단발. 너 말야, 너.

속으로 욕하면서 뒤통수를 노려보자니 그 머리가 왠지 눈에 익었다.

누구였더라……. 카와 어쩌고 양은 아니지. 뭐시기 오리지널 같은 이름이었는데…… 츠쿠다?[21] 아니야, 세가 사미……. 이것도 아닌데……. 사가미?

#20 **명랑한 시끌벅적 아가씨들** 일본의 만담 트리오 「카시마시 무스메(시끌벅적 아가씨)」 의 소개 멘트가 「우리들은 명랑한 카시마시 무스메」다. 기타와 샤미센으로 노래하며 만담한다.
#21 **츠쿠다** 츠쿠다 오리지널은 일본의 장난감 회사. 사가미 오리지널은 콘돔 상품명.

아, 기억났다. 사가미다.

나와 같은 반이고 전에 문화제에서 실행 위원장이자 체육 대회 운영 위원장을 맡아서 직함 하나는 번듯한 통칭 사가밍, 사가미 미나미다.

다른 두 명은 봐도 모르겠다. 체육은 여러 학급이 모여 진행하니까 아마 다른 반이겠지.

얼핏 봐서 이 엑스트라 A와 B는 사가미와 제법 친해 보인다.

미우라와 카와사키처럼 눈에 띄는 외모도 아니고, 그렇다고 딱히 못생긴 것도 아니다. 반에서 예쁜 사람을 꼽으면 여덟 번째나 아홉 번째에 나올 그런 느낌. ……좋아, 여덟 번째로 예쁜 네가 오늘부터 A코다! 다른 한 명은 B코 해라.

이제는 뛸 생각도 없는지 팔만 휘적대며 걸을 뿐인 A코가 몸을 앞으로 기울여 사가미와 B코를 봤다.

"들었어? 그거 진짜 삼각관계 아니야?"

"아, 미우라랑 유이가하마?"

사가미는 역시 같은 반이라서 그런지 삼각관계라는 단어만으로 그 소문에 관한 이야기임을 알아차렸다.

"맞아, 걔네. 실제로는 어떨까?"

A코는 자기가 원하던 이야기가 나오자 한껏 밝아진 목소리로 흥미진진하게 대화를 이어가려고 했다. 그러자 B코가 뭔가 아는 것처럼 분위기를 잡고 말했다.

"왠지 착해 보이는 애들이 속은 더 음흉하지 않아? 막 새해 인사 메시지 애들한테 전부 돌리는 타입?"

"딱이네, 딱! 딱 유이가하마!"

A코가 제자리달리기를 하다시피 발을 동동 구르며 폭소했다. 딱딱거리는 이 녀석은 뭐야? 딱따구리야?

A코가 격하게 반응해줘서 기분이 좋은지 B코는 하얀 입김을 팍 터뜨렸다. 그리고 사이드 테일을 한 번 쓰다듬고 짐짓 시니컬한 웃음을 지어 보였다.

"착하긴 한데…… 애가 좀 그렇더라."

"맞아, 좀 그렇지. 안 그래? 사가밍."

"아, 응!"

고개를 끄덕이던 A코가 사가미에게 말을 걸자, 사가미는 심벌즈를 든 원숭이 인형처럼 박수치며 폭소했다.

이 녀석 봐라? 사가미인지 오카모토인지 까먹었지만, 체육 대회 때 유이가하마한테 그렇게 도움을 받아 놓고 뒷담을 해? 인간이 어쩜 이리도 얄팍하냐, 얄팍해도 너무 얄팍하잖아…….

나도 모르는 사이에 주먹을 꽉 쥐고 있었다.

그래, 이제 알겠다.

드디어 실감했다.

인간관계를 아무 문제 없이 풀어나가는 인간 따위 없다.

그건 유이가하마도 마찬가지다.

단지 그 녀석이 워낙 인간관계가 원만하고 성격이 착해서 남에게는 문제가 없어 보일 뿐이다. 하지만 제아무리 유이가하마라도 어딘가에는 반드시 약한 부분이 있다. 그곳을 배려심이나 다정함, 때로는 용기로 기워 가렸을 뿐이다.

그렇지만 뜬소문과 자의적으로 왜곡된 가십, 악의 담긴 루머는 그 약한 부분을 마구잡이로 헤집는다.

깁고 꿰맨 곳일수록 찢어졌을 때의 흔적은 흉하게 남는다.

A코와 B코에게도 뚜렷한 악의나 적개심은 없을 것이다. 아마 유이가하마 본인에게 들릴 곳에서는 이런 얘기도 하지 않겠지.

그렇지만 지금은 친구끼리 스스럼없는 수다를 떠는 시간이다. 어제 본 TV 방송이나 유행하는 디저트 정보를 얘기하는 마음으로, 그저 재미있는 화젯거리 중 하나를 제공한 것에 불과하다.

그 증거로 A코의 말투는 가볍기 짝이 없었다.

"미우라 그룹도 끝이네. 속고 속이고, 뺏고 뺏기고. 걔네 무조건 싸우겠다."

A코가 마치 드라마나 소설의 앞내용을 예상하는 것처럼 대수롭지 않게 말했다. B코도 웃으면서 고개를 끄덕끄덕했다.

하지만 의외로 수긍하지 않는 사람이 한 명 있었다.

"어, 아…… 으응."

사가미는 애매하게 맞장구치다가 조금 껄끄러운 표정으로 말을 고쳤다.

"그래도 유이는 안 그러지 않을까~."

"뭐~?"

A코는 실망감을 드러냈다. B코도 왜 흥을 깨냐는 듯 하얀 입김을 짧게 뱉고 사가미에게 눈짓으로 이유를 물었다. 두 친

구의 반응을 날카롭게 알아차린 사가미는 곧바로 뒷말을 이었다.

"아니, 그 왜, 걔는 그럴 때 먼저 양보하거나 빼잖아? 그런 여자들의 정치에 빠삭한 애니까."

그 설명에 A코와 B코가 "……아~." 하며 어정쩡하게 대답했다. 아마 동의의 표시인가 보다. 울음소리 한번 희한하네…….

"하긴 그런가? 그렇겠다. 미우라가 무서우니까."

"맞아맞아, 그런 구석 있더라. 하야마랑 사귈 수 있다는 확신이 있으면 찔러볼 만한데, 이런 뜬소문만 믿고 어택하기에는 위험부담이 너무 크지~."

A코는 좀 머리가 나쁜 느낌인데, B코 양은 어째 말하는 게 무서운데요…….

그렇지만 사가미가 말한 여자들의 정치라는 단어가 그녀들의 심금을 울린 모양이었다. 덕분에 유이가하마를 주제로 한 즐거운 수다 타임은 자연스럽게 마무리되어 갔다.

이야, 사가미도 제법인데? 인간적으로 성장한 느낌은 전혀 안 드는데, 어둠 속성 여자 스킬은 확실하게 올랐어.

더 무서운 점은 그 어둠 속성 여자 스킬은 뒤처리까지 깔끔하게 해냈다.

"것보다는 하야마가 밖에서 여자랑 만난다는 게 의외지 않아?"

사가미는 화제가 전환되는 분기점을 정확하게 파악해 새로운 떡밥을 투척했다. A코와 B코가 그 떡밥을 덥석 물었다.

"아~ 맞아."

"그러게."

둘이서 장단을 맞추는가 싶더니, A코가 갑자기 혀를 차며 한마디 내뱉었다.

"역시 얼굴인가……."

"……가슴이겠지."

B코가 왠지 허탈하게 미소 지었다.

"망했네. 우린 둘 다 없는데."

사가미가 말한 자학 개그에 A코와 B코가 푸하하하 폭소하면서 명랑한 시끌벅적 아가씨들은 무대에서 퇴장하듯 모퉁이를 돌아 사라졌다.

앞을 막던 장애물이 사라진 덕분에 나도 다시 달리는 속도를 높였다.

얼굴을 때리는 찬바람을 가르며 방금 사가미 그룹이 하던 대화를 떠올렸다.

저런 수다를 떠는 건 비단 사가미 그룹만이 아니다. 정도의 차이는 있을지라도 하야마 그룹에 관심이 있는 사람이라면 언제든 비슷한 얘기를 하지 않을까. 하야마와 친한 오오오카와 야마토가 별생각 없이 그 이야기를 꺼냈을 때처럼 가벼운 마음으로.

유명인이나 모두에게 사랑받는 사람, 혹은 놀리기 좋은 사람은 본인이 없는 곳에서도 늘 사람 입에 오르내린다.

소문이나 가십은 그 빈도에 박차를 가할 뿐이다.

방금 사가미 그룹이 특이한 것이 아니다. 설령 유이가하마에게 악감정이 없더라도, 대화의 흐름이나 분위기에 따라서는 험담을 할 수도 있다.

아직은 단순한 말밑천에 지나지 않는 소문.

하지만 사람은 분위기를 타다 보면 선을 넘곤 한다. 악담이 동조 압력을 거치면서 언젠가 집단의식으로 고착될지도 모른다. 참으로 어처구니없는 얘기지만, 왕따나 집단 괴롭힘은 의외로 사소한 「장난」이 돌이킬 수 없는 선을 넘으며 발생하기도 한다. 하야마는 놔두는 수밖에 없다고 말했지만, 나는 가급적 조속히 이번 사태를 종결짓고 싶다.

아파트 그림자에 가린 인도에는 찬바람이 돌고, 골인 지점은 아직 멀기만 하다.

오래도록 겨울 공기를 맞으며 달린 탓에 손끝은 이미 얼음장처럼 찼다. 나는 그 손을 녹이려고 주먹을 굳게, 더 굳게 쥐었다.

5

그러고 보니
그런 교오양 넘치는
남자가 있었던 것 같다.

휴일의 치바 역전은 사람으로 바글바글했다. 따로 알아보진 않았지만, 아마 마쿠하리 멧세나 마린 스타디움에서 무슨 행사라도 하나 보다.

인파를 피하려고 큰길에서 빠져나와 아파트 밀집 지역으로 걸음을 돌렸다.

목적지는 어떤 카페. 오리모토 카오리가 알바하는 곳이자 마라톤 대회 뒤풀이 장소로 점찍어 둔 가게였다. 오늘은 그곳을 뒤풀이 장소로 쓸 수 있을지 사전답사를 가는 중이었다.

아직 약속 시간은 많이 남았지만, 일찍 도착해서 나쁠 건 없겠지. 먼저 가게에 들어가서 커피 한잔 마시며 혼자만의 시간을 가져볼까.

그렇게 생각했는데, 막상 가게에 들어가니 생각지도 않은 손님이 먼저 와 있었다.

해가 중천을 넘어선 한가로운 오후, 햇빛 드는 창가 자리에서 유키노시타가 조용히 책을 읽고 있었다.

생각해 보면 유키노시타는 이 근처에 살고 이 가게를 처음 추천한 사람도 그녀였다. 가게 자체는 마음에 든 눈치였으니까 일찍 와서 시간을 보내도 이상할 건 없었다.

실제로 유키노시타는 이 가게의 분위기와 잘 어울렸다.

찻잔에서 피어오르는 김과 유리창으로 드는 햇빛이 어우러져, 창가에 앉은 유키노시타의 모습을 한 폭의 그림처럼 연출하고 있었다. 단지 앉아서 책을 읽을 뿐인데도 유키노시타라는 소녀는 사람의 눈길을 사로잡는다.

그 절묘한 밸런스로 완성된 세계에, 나라는 이물질이 무턱대고 발을 들이기가 망설여졌다.

게다가 누가 어디서 볼지도 모른다. 한창 소문으로 홍역을 치르는 와중에 불필요한 논란을 낳을 필요도 없다.

황금 같은 휴일. 황금 같은 개인 시간. 멤버가 모두 모일 때까지 각자 시간을 보내는 것도 나쁘지 않겠지. 나도 혼자 조용히 쉬어야겠다.

그렇게 생각하고 안쪽 구석진 자리에 앉아서 메뉴를 펼쳤다. 멀뚱멀뚱 훑어보아도 거기 적힌 용어들은 생소하기만 했다.

만델링, 과테말라, 브라질, 코나, 블루마운틴⋯⋯. 이 아오야마 블루마운틴[#22] 양은 목소리가 귀에 익어⋯⋯. 다른 건 잘 모르겠다. 코나는 인스턴트 커피 가루(粉, 코나) 말인가? 만델링은 마시면 입 안이 깨끗해질 것 같구만⋯⋯. 아차, 그건 가

***

#22 아오야마 블루마운틴 만화 「주문은 토끼입니까?」의 캐릭터. 애니메이션 성우가 유키노와 같다.

글링이고 마시면 안 되지…….

뭐가 뭔지 전혀 모르겠지만, 이럴 때는 무지성 블렌드가 답이다. 스타벅스든 털리스든 밀라노의 고급 레스토랑이든 블렌드를 주문하면 대충 아는 척 넘어갈 수 있다.

좋아, 너로 정했다. 호출벨 꾹.

분위기를 해치지 않는 부드러운 전자음이 울린 뒤, 주변에 대한 배려가 느껴지지 않는 시끄러운 발소리가 다가왔다.

"네, 주문하시…… 아, 히키가야잖아. 사전답사라고 했나? 근데 너무 이르지 않아?"

웨이브 진 파마머리를 하늘거리며 나타난 것은 오리모토 카오리였다. 오리모토는 테이블에 물컵을 놓고 속사포처럼 말을 쏟아냈다.

"어, 그래……. 뜬금없이 부탁해서 미안하다. 오늘은 실례 좀 하마."

"응, 편하게 보고 가."

"그럼 이제 주문해도 되냐? 블렌드."

"네~. 근데 왜 따로 앉았어?"

오리모토는 주문을 포스 단말기에 입력하고 창가에 앉은 유키노시타를 힐끔 눈짓했다.

"그냥, 집합 시간까지 편하게 있으려고……."

내 말에 오리모토가 푸흡 웃음을 터뜨렸다.

"뭔 소리야. 대박 웃겨. 얼척."

"아니, 안 웃기거든……? 그리고 얼척은 뭐야. 어처구니가 있다는 거야, 없다는 거야…… 얼척이네."

문맥으로 판단할 수밖에 없는 고맥락 언어구만……. 얼척, 완전 얼척이다. 내 알 바는 아니다만, 그거 절대로 유행 못해. 하지만 오리모토 머릿속에서는 지금 대유행이 찾아왔는지, 허파에 바람 든 것처럼 웃어댔다.

"그건 인정! 바로 써먹는 거 완전 웃겨."

"안 웃기대도……. 그래도 이렇게 쓰는 게 맞긴 한가 보네. 이해가 안 되는구만……."

한참을 킥킥 웃던 오리모토는 웃음이 멈춘 뒤 단말기의 뚜껑을 탁 닫고 앞치마에 달린 주머니에 밀어 넣었다.

"뭐 그건 그렇고, 예약석은 저기니까 저쪽 가서 앉아."

그러면서 창가 자리를 가리켰다. 우리를 위해서 사전에 자리를 잡아줬나. 그렇다면 거절하는 건 예의가 아니지…….

"블렌드, 저기로 가져갈게."

카운터로 돌아가는 오리모토를 지켜보던 나는 옆에 던져둔 코트를 들고 창가 자리로 이동했다.

"수고가 많다."

내가 말을 걸자, 책장을 팔락 넘기던 유키노시타가 고개를 들었다.

"안녕. 꽤 일찍 왔구나."

"할 일이 없어서."

가벼운 인사를 나누며 유키노시타 맞은편에 앉았다. 유키노시타가 메뉴를 펼쳐서 내게 건네줬다.

"뭐로 할래?"

"됐어, 이미 시켰어."

내 말에 유키노시타가 고개를 갸웃거렸다. 그때, 마침 오리모토가 내 블렌드 커피를 가져왔다.

"주문하신 블렌드 나왔습니다~."

테이블에 놓은 컵에서 김과 함께 은은한 커피 향이 퍼졌다. 오리모토는 쟁반을 등 뒤로 들고 벽에 걸린 시계를 봤다.

"휴식 시간에 얘기해도 돼?"

"그래."

내 대답을 들은 오리모토는 고개를 끄덕이고 다시 일을 하러 돌아갔다.

내가 아직 뜨거운 커피를 후후 불어 식히는데 유키노시타가 그 모습을 신기하게 바라봤다.

"언제 시켰니?"

"방금 저기서……."

내가 턱으로 가리킨 곳은 방금 내가 앉아 있던 자리였다. 그것만으로 유키노시타는 말뜻을 이해했다.

"다른 자리에 앉았었구나? 전혀 몰랐어. 역시 알아줘야 해."

"뭘 칭찬한 거야? 내 스파이 재능?"

싱글벙글 웃으면서 비수를 찌르네……. 이 녀석, 킬러의 재능이 있나? 그런 생각을 하는데 유키노시타는 입에 손을 대고 생각에 빠져 있었다. 왜 굳이 떨어진 자리에…… 의아한 눈으로 내가 원래 있던 자리를 힐끔 봤다.

"혹시 몰라서, 누가 볼 수도 있으니까."

"그래, 배려해 준 거구나. 고마워라."

"별말씀을."

능청스럽게 받아치며 커피를 한 모금 마셨다. 음, 맛있군.

한 번이라도 좋은 커피를 마시면 맛의 차이를 알게 된다.

본격적으로 내린 커피를 마시고 나면 그전까지 마셨던 건 흙탕물이었다는 것에 놀라고, 흙탕물도 의외로 먹을 만하다는 역발상에 이른다. 사실 밀이니 드립이니 준비가 까다롭고, 가성비 왕 인스턴트 흙탕물도 그것 나름의 매력이 있으니까…….

내가 차이를 아는 남자 시늉을 하는 사이, 책을 읽던 유키노시타가 문득 말을 꺼냈다.

"그러고 보니 들었어. 그 소문."

"뭐? 어느 소문?"

내가 쳐다보자 유키노시타는 책을 탁 닫고 조용히 웃었다.

"유이가하마와 『다른 학교 남자』."

"해리포터 제목처럼 말하지 마."

"오해 살 만큼 자연스러운 사이로 보였다는 뜻이겠지만…… 설마 같은 학교에 있는 줄도 모를 줄이야. 역시 지명도는 알아줘야 해."

"알면 됐어."

이거 원, 나도 타고난 스파이구만. 피식 자조하며 멀거니 창밖을 바라봤다. 그때 내 태도가 자연스러웠나……. 나는 어색하기 짝이 없었다고 기억하는데…….

"상황만 보면 그때나 지금이나 별 차이도 없어. 아는 사람이 없을 테니까 소문은 안 퍼지겠다만……."

그러면서 가게 안을 돌아보지만, 손님층은 저번과 마찬가지로 차분한 인상의 성인들이 주를 이뤘다. 적어도 고등학생으로 보이는 사람은 없었다. 확인을 마치고 눈길을 정면으로 돌리자 유키노시타가 얼떨떨하게 눈을 깜빡거리고 있었다.

"소문……. 나랑? 네가?"

"유키노시타와『다른 학교 남자』."

농담조로 말하니 유키노시타가 키득 웃었다. 그리고 턱을 괴고 흥미롭게 내 눈동자를 들여다봤다.

"……나랑 너는 어떻게 보일까."

긴 속눈썹 아래, 살짝 치켜올린 눈망울은 물기를 머금은 듯 반짝였고 입에는 희미한 미소가 걸려 있었다. 장난기 섞인 말에 나는 어깨를 으쓱 들어 보였다.

"카페에 있는 남녀라면…… 다단계나 포교?"

내 대답을 들은 유키노시타도 어이가 없는지 어깨를 으쓱였다.

"어느 쪽이건 사기꾼과 피해자구나."

"일단 물어나 보자. 누가 사기꾼이고 누가 피해자냐?"

"당연한 걸 묻는구나. 내가 피해자지."

"연애 사기면 100퍼센트 내가 피해자 아니냐……?"

유키노시타는 자신만만하게 가슴에 손을 대고 주장하지만, 그녀는 누가 봐도 사기꾼한테 걸릴 타입이 아니다. 그리고 사기꾼일수록 더 당당하게 구는 법이지 않던가. 나처럼 대놓고 수상쩍은 분위기를 풍기는 인간에게는 아무도 속아주지 않는다. 오히려 외모가 빼어난 사람일수록 사기꾼에 더 적합하다는 뜻이다.

비단 연애 사기나 미인계에 국한하지 않고, 평범하게 미인이 다가와서 「히키가야는 꿈이 있어? 더 폼나게 살고 싶지 않아? 실은 미국 수입품을 다루는 글로벌한 사업이 있거든. 인세로 먹고 살 기회야. 알아 두기만 해도 무조건 인생에 도움 되는 이야기니까 들어보지 않을래? 일단 듣고 판단해. 내가 특별히 이야기해 줄게. 언제 시간 나?」라고 속사포처럼 몰아붙이면 다단계든 뭐든 마음이 흔들린다. 그 결과, 우연히 근처에 와 있던 슈퍼바이저나 에어리어 매니저와 자리를 주선해 주고, 주말에는 인생의 성공자가 모이는 친목회에 끌려가는 것이다.

내가 식은땀 날 정도로 구체적인 상상의 나래를 펼치는 사이, 유키노시타가 왠지 입을 꾹 다물고 있었다.

"연애……."

거의 들릴락 말락 하게 중얼거리고는 고개를 홱 돌렸다. 검은 머리칼이 올올이 흘러내려 가슴 앞으로 발처럼 드리운다. 그것을 빗어넘기는 유키노시타에게선 당혹스러운 숨소리만 들릴 뿐이었다.

아차, 단어 선택이 좋지 않았나. 그렇게 반응하면 나까지 민망하니까 제발 그만해!

"돌고래 그림[23] 같은 거 떠밀지 마라? 거절하지 못해서 덜

---

[23] **돌고래 그림** 크리스천 리스 라센의 돌고래 그림. 한때 일본에서 여성 직원으로 사람을 끌어들여 그림을 비싼 값에 강매하는 장사가 유행했다. 라센의 작품이 이 수법에 이용된 것으로 유명하다.

컥 사 버리니까. 옛날에 아버지가 당했다가 어머니한테 죽도
록 혼났어."

내가 괜스레 빨라진 말투로 얼버무리자 유키노시타는 조용히
미소를 되찾았다. 서로 긴장을 풀고 찻잔을 입으로 가져갔다.

쓸데없이 당황했네⋯⋯. 어쩌다 이런 이야기가 나왔더라⋯⋯.
커피를 마시며 대화를 되짚다가 생각났다. 그래, 소문에 관한
이야기였지.

"⋯⋯그러고 보니 유키노시타, 너는 어떠냐? 그 소문 때문에
달라진 점은 없어?"

"나? 글쎄, 우리 반은 원래 접근하는 사람이 많지 않으니
까⋯⋯."

그것도 그런가. 유키노시타가 소속된 국제 교양과 J반은 복
도 맨 끝에 있는 데다가, 여학생이 전체의 90퍼센트를 차지한
다. 그러다 보니 J반 특유의 독특한 분위기가 형성되어, 다른
반 애들이 적극적으로 다가가는 일은 드물다. 그런 의미에서
는 하야마보다 다소 나은 상황일지도 모른다.

하지만 그렇다고 아예 영향이 없는 건 아닌 눈치였다.

"몰래 뒤에서 수군대는 사람들이 있기는 하지만, 그런 건
원래부터 조금씩 있었으니까 이번 사건의 영향인지는 잘 모르
겠어."

유키노시타는 입가에 손을 대고 뭔가를 골똘히 생각했다.
그 말에서 그녀의 일상이 어떤지 엿볼 수 있었다. 좋든 나쁘
든 이런 사태에 익숙하다는 뜻인가⋯⋯.

⑤ 그러고 보니 그런 교오양 넘치는 남자가 있었던 것 같다. 145

문득 유키노시타는 짧은 한숨을 쉬고 무엇인가 추억하듯 중얼거렸다.

"……그래도 옛날만큼 심하지는 않아."

그 옛날이라는 말이 어쩐지 마음에 걸렸다.

나로서는 알 도리가 없는 과거. 또는 그녀가 말하려고 하지 않는 과거. 그리고 그와 얽혀 있는 과거.

하지만 정말 물어봐도 되는 걸까. 본인이 밝히려고 하지 않았던 일을 캐물을 권리가 과연 내게 있을까.

생각하는 사이에 유키노시타도 다른 생각에 빠졌는지 창밖을 보면서 말을 툭 던졌다.

"나보다도 유이가하마가 걱정이야……."

"괜찮지 않겠냐. 면전에서 대놓고 말하는 인간은 없을 테고 미우라와 에비나도 신경 써줄 텐데."

유키노시타가 나를 흘겨봤다.

"너, 아는 것 같으면서도 잘 모르는구나."

"뭐가……?"

내가 묻자 유키노시타는 가만히 눈을 감았다.

"이런 소문은 종종 단순한 가십으로 끝나지 않아. 주변에서 더 난리를 피우면서 오지랖 넓게 참견하는 사람이 있는가 하면, 질투나 장난으로 인신공격을 하는 사람도 있어. 나는 원래 인간관계가 좁으니까 별다른 피해가 없지만……."

무게 있는 말이었다. 그 말투에는 진실미가 있었다.

그건 단순히 설득력이 있다는 뜻이 아니다. 나도 무책임한 말이 오가는 현장을 직접 목격했다. 그래서 거기 담긴 현실감이 가슴에 와닿은 것이다.

아마 유키노시타는 실제로 그런 경험을 해봤겠지. 어쩌면 그로 인한 자기방어로 인간관계를 최소한으로 줄이는 삶을 택했는지도 모른다.

그건 언뜻 부정적인 방향으로 보일 것이다. 하지만 나는 그 영리함, 냉정함이 아름답다고 생각했다.

그런 경험을 하고도 유키노시타 유키노는 유이가하마 유이를 배려하는 마음을 잃지 않았으니까.

"알았어. 기억해 두마……."

더 좋은 대답이 있었을지도 모르지만, 내가 할 수 있는 말은 그 정도가 한계였다. 귀중한 조언도 유키노시타의 숭고함도 반드시 기억해 두자.

내 대답을 듣고 유키노시타는 겨우 미소를 보여줬다.

"그래, 알아줘서 고마워. 나는 가능한 한 유이가하마와 함께 있을게. 소문의 당사자끼리 친하게 지내면 낭설이 조금이라도 들어가겠지. ……미봉책일 뿐이지만."

마지막에 덧붙인 말에는 어떤 한이 서려 있었다. 실제로 그런 수단을 써도 험담하기 좋아하는 인간들은 보여주기니 뭐니 하며 트집을 잡을 것이다. 정말이지 부조리하기 짝이 없다.

"하지만 교실도 다르고 항상 같이 있을 순 없으니까 네가 노력하길 기대할게."

"너무 기대하진 마……. 그래도 할 수 있는 만큼은 해 보마."

내 대답에 유키노시타는 안심한 것처럼 웃었다. 아니, 기대하지 말라니까 그러네…… . 할 수 있는 만큼이라고 해 봤자 과연 내가 뭘 할 수 있을까.

그래도 가능하다면 최선은 다할 생각이다.

나도 그런 시답잖은 소문은 빨리 사라지길 바라니까.

× × ×

미지근하게 식은 커피를 다 마셔갈 때쯤, 현관문의 종소리가 새로운 손님의 방문을 알렸다. 입구를 돌아보자 유이가하마와 잇시키가 함께 들어오는 중이었다.

"야헬롱~!"

"안녕하세요~."

유이가하마가 힘차게 손을 흔들고 잇시키가 옆에서 꾸벅 인사했다.

"어서 와. 같이 왔니?"

유키노시타가 옆자리의 짐을 치우고 테이블을 정리하며 인사치레처럼 물었다.

잇시키가 목도리를 술술 풀고 코트를 벗다가 아, 하고 짧게 목을 울리더니 빙긋 웃었다.

"네. 맞아요."

"응응. 가게에 들어오려는데 마주쳤어."

똑같이 코트를 벗은 유이가하마는 경단머리를 만지작거리

며 잇시키에게 "그치?" 하고 미소 짓고 내 옆자리에 앉았다. 고개를 끄덕인 잇시키도 유키노시타 옆자리에 앉았다.

집합 시간보다 조금 이르지만, 여하튼 멤버는 모두 모였다. 이때를 기다린 것처럼 오리모토가 빠른 걸음으로 다가왔다.

"아, 오랜만에 뵙네요. 요청 받아주셔서 감사해요~."

잇시키는 냉큼 일어나서 꾸벅 인사했다. 그걸 본 유이가하마가 깜짝 놀라서 허둥지둥 똑같이 고개를 꾸벅했다. 오리모토는 웃으면서 포스 단말기를 쥔 손을 살갑게 흔들었다.

"오랜만이야~. 좀 있으면 휴식이니까 잠시만 기다려줘. 그동안 마음에 드는 거 먹고 있어. 서비스 팍팍 해줄게."

"와~ 그래도 돼요~?"

그런 대화를 나누며 여자들끼리 음료와 디저트를 주문했다. 접시가 깨질 듯한 화기애애함 속에서도 내 주문은 변함없는 블렌드 커피였다. ……근데 내가 왔을 때는 서비스의 서자도 안 꺼낸 것 같은데, 내 착각입니까?

여자들이 신나서 떠드는 사이 주문이 접수되고 요리와 음료, 디저트가 차례대로 나왔다.

그럼 오리모토가 휴식에 들어갈 때까지 잠깐의 티타임을 가지도록 하자.

이번 조사의 목적은 가게가 뒤풀이 장소로 적합한지 알아보는 것이다. 그렇다면 요리의 맛도 조사 항목에 포함된다.

"흠…… 아, 맛있네요."

"그치? 샐러드두 예쁘게 나오구!"

"판단 기준을 샐러드로 잡아도 될까⋯⋯."

여자들은 멋들어진 카페 메뉴로 딜리셔스 파티를 열며 각자 감상을 피력했다.

그 후, 테이블로 젠틀하게 고저스하게 피어오르는 스위트니스한 파르페가 도착했다. 식탁의 마지막을 이 파르페가 장식하지!

배 한가득 펀치⋯⋯. 나도 만족스럽게 식후 커피를 즐겼다.

으음⋯⋯ 제법 괜찮네⋯⋯. 카페식이라고 하면 「이걸 누구 코에 붙여? 새 모이냐?」 싶은 양밖에 안 나온다고 생각했는데, 이건 나도 만복감을 느낄 정도였다. 이 정도면 뒤풀이에 모인 남자들에게도 별 다섯 개를 받을 것이다.

"좋네요, 여기로 할까요? 이젠 예산만 당겨오면 되겠네요."

잇시키도 고개를 끄덕이고 있었다. 마음에 들었다니 다행이 군요⋯⋯.

추천자로서 안심하는데, 잇시키가 어흠 헛기침했다.

"⋯⋯그리고 이거랑 별개로 부탁이 있는데요."

도입부가 어째 불안하다⋯⋯? 일이 끝나가서 「이번에도 힘들었네요~」라고 이야기할 때, 클라이언트 쪽에서 꺼낼 법한 말이다. 그리고 이런 경우는 대부분, 그 별개의 부탁이 노답 억지 무리수 요청일 가능성이 농후하다. 나는 자세하니까!

느낌이 심상치 않다고 생각하면서 나는 잇시키를 봤다.

우리의 주목을 모은 잇시키는 찻잔을 테이블에 놓았다. 그리고 옷깃을 가다듬더니 치맛자락을 툭툭 털고 앞머리를 매

만져 매무새를 정돈했다.

"사실 상담을 좀 드리고 싶어서요."

잇시키는 한껏 진지하게 말했다. 하지만 가다듬었을 터인 옷깃 사이로 쇄골이 얼핏 보이는 데다 치맛자락이 팔락이는 모양새도 심상치 않았고, 앞머리가 단정해진 덕분에 빼꼼 올려다보는 시선의 위력마저 강화되어 진지함이 퇴색되었다.

순간적으로 정신을 빼앗길 뻔했지만, 마음을 굳게 다잡고 약간의 아쉬움을 남긴 채 잇시키에게서 시선을 뗐다. 그런 뻔한 수작에는 안 넘어간다…….

"학생회 일이라면 더 이상 못 도와줘."

"……그래요?"

잇시키가 낙담한 기색으로 중얼거렸다. 뒤이어 칫, 하고 나직하게 혀를 차는 소리가 들린 것 같은 느낌이 들었지만 내 착각이겠지? 이로하스?

그런 우리를 지켜보던 유키노시타가 불현듯 헛기침을 했다.

"설마 정말로 일을 시킬 생각은 아니겠지……?"

생긋 웃어 보이긴 했지만, 그 목소리에는 위압감이 감돌았다. 부드러운 말투인데도 등골이 오싹해졌다. 그러자 잇시키가 후다닥 자세를 바로 했다.

"무, 물론이죠! 그냥 농담이었어요! 일은 알아서 잘하고 있다고요! 뒤풀이는 이미 도와주셨으니까 남은 건 저희가 알아서 할게요!"

"그럼 무슨 상담을 하려는 거니?"

잇시키의 반응에 유키노시타가 어이없다는 투로 한숨을 쉬며 물었다. 그러자 잇시키는 턱에 손을 얹고 생각을 가다듬으며 설명에 들어갔다.

"사실은요. 요새 하야마 선배를 찔러보는 애들이 확 늘어난 모양이더라고요."

"찔러본다구?"

"톡 까놓고 말해서 고백한다든가 뭐 그런 거죠. 거기까지는 못 가더라도 확인만 해서 어필한다든가요."

유이가하마의 의문에 잇시키가 천연덕스럽게 말했다.

그 말에 전에 집에 가다가 목격한 장면이 떠올랐다. 물론 유키노시타와 유이가하마에게는 그 이야기를 하지 않았으므로, 둘 다 다른 문제에 더 관심이 가는 눈치였다.

"확인이라니, 무슨 뜻이니?"

"그런다구 어필이 돼?"

두 사람이 미심쩍은 표정으로 쳐다보자, 잇시키가 목을 가다듬듯 헛기침을 하더니 자세를 바로 했다. 그리고 의자째로 나를 향해 돌아앉았다.

잇시키는 가늘지만 열기를 머금은 숨결을 토해내며, 진지한 눈빛으로 나를 지그시 응시했다.

"선배님……. 지금 사귀는 분…… 있으신가요?"

가늘게 떨리는 목소리. 띄엄띄엄 흘러나오는 음성. 붉게 물든 뺨. 긴 소맷자락 사이로 드러난 놀랍도록 희고 가느다란 손목. 그 손이 긴장한 기색으로 가슴에 달린 여린 레이스를 움켜쥐었고, 컷앤소 셔츠에 잡힌 주름이 애절한 분위기를 자아냈다. 물기 어린 눈망울이 아련하게 떨린다.

허를 찔린 탓에 심장 박동이 빨라지는 것을 느꼈다. 뛰는 가슴을 진정시키려고 천천히 숨을 골랐다.

"아니, 없는데……."

내 입에서 흘러나온 목소리는 낮게 쉬어 있었다.

우리 테이블에 싸한 정적이 감돌았다.

나는 물론이거니와 유키노시타와 유이가하마도 말이 없었다. 그 침묵 속에서 잇시키가 씨익 여우 같은 미소를 지었다.

"아시겠죠? 이런 느낌이라고요, 이런 느낌!"

"괘, 괜히 의미심장하게 말하니까 그렇지! 그치? 힛키."

……저기, 그게 말이죠. 그 어필. 아주 안 와닿는 건 아니로군요. 네네. 정확히는 아주 확 와닿았습니다. 잇시키 이로하, 제법인걸.

"힛키?"

부르는 소리에 유이가하마와 유키노시타 쪽을 돌아보자, 싸늘한 눈빛이 나를 맞이했다.

"……왜 말이 없니?"

유키노시타가 생긋 미소 지었다. 하지 마, 네가 그렇게 웃으면 무섭다고.

"아, 아무튼 그 뭐냐, 하야마가 처한 상황은 알겠어. 그래, 알겠다고."

소문의 진위를 확인하고, 기회를 보아 여차하면 고백까지

⑤ 그러고 보니 그런 교오양 넘치는 남자가 있었던 것 같다. 153

밀어붙인다. 그것까지는 무리더라도 한 발짝 다가가는 계기로 삼는다…… 뭐 그런 느낌인가.

지금까지 공략 불가능이던 캐릭터가 확장팩에서 시나리오 추가, 루트가 개방된 것과 비슷하려나. 아니면 팬 디스크로 므흣한 시나리오가 추가된 거냐농?

어쨌든 이것도 그 소문의 영향 중 하나라고 봐야겠지.

"그래서 넌 뭘 상담하고 싶은 건데?"

내 질문에 잇시키가 에헴 가슴을 폈다.

"그야 물론 라이벌을 제치는 방법이죠~."

"아, 그러냐……."

상황이 이 지경에 이르렀는데도 포기할 줄 모르다니, 거 참 뚝심 있는 녀석일세. 감탄 반 기막힘 반 무심함 반으로 심드렁하게 대꾸했다. 야야, 그거 다 합치면 1.5잖아.

그런 내 반응을 동조의 뜻으로 해석했는지, 물어본 적도 없는데 잇시키가 주절주절 설명을 늘어놓기 시작했다.

"이 상황은 생각하기에 따라서는 찬스니까요. 대개는 다들 고백하고 그걸로 땡이잖아요~? 더구나 하야마 선배는 들이대는 데 신물이 났을 테니, 거기서 저라는 어떤 의미에서는 부담 없는 후배 포지션의 복병, 앗 말이 헛나왔네요 복스러운 안식처가 등장하는 거죠!"

중간에 말 바꾼 거, 아무리 봐도 무리수 같다만……. 복스러운 안식처라니 무슨 소리인지도 모르겠고, 그렇다고 잇시키가 딱히 복스러운 타입도 아니란 말이지……. 잇시키의 매력은 아직 앳된 느낌이 남아 있는 여리여리한 인상에서 비롯되는 거라서……. 엇, 지금 그런 걸 따질 때가 아닌가. 하야마와 잇시키가 어찌 되든 내 알 바 아니다 보니, 도중에 의식이 딴 길로 새버렸다.

다른 두 사람은 집중해서 들었나 싶어 그쪽으로 시선을 향하자, 둘 다 진지하기 그지없는 표정으로 경청 중이었다.

"부담 없는 후배 포지션……."

"복병……."

앵무새처럼 되뇌던 유이가하마와 유키노시타는 둘 다 진지한 눈빛으로 잇시키를 지그시 응시했다. 어찌나 진지한지 한순간 실내 온도가 급강하한 느낌이 들었습니다. ……심상치 않네!

그러나 잇시키는 그 시선을 깨닫지 못했다. 창밖을 내다보는 중이었기 때문이다.

"그래서 기분전환도 할 겸, 잠깐 놀러 갔다 오면 어떨까 해서요……."

기울어가는 햇살에 비친 잇시키의 옆얼굴에서는 약간의 근심과 착잡함이 엿보였다.

말투 자체는 가벼웠지만, 아마 잇시키 나름대로 하야마를 염려하는 거겠지.

뭐야, 의외로 생각이 깊잖아. 그런 모습을 보이면 어지간한 남자는 마음이 흔들릴 거라고 본다만…….

"나쁘지 않은 아이디어 같은데."

저도 모르게 미소를 띠며 그렇게 말하자, 잇시키의 얼굴이 확 밝아졌다.

"그렇죠?! 그래서 말인데요, 어디가 좋을지 알려주셨으면 해요!"

"야, 그런 방면으로는 네가 우리보다 훨씬 빠삭할 거 아냐?"

번지수를 잘못 찾았다고. 유이가하마는 친구들한테 입수한 정보가 있을 테니 그렇다 쳐도 나나 유키노시타가 어딜 봐서 아웃도어 파 같단 말이냐. 핀잔을 주자, 잇시키가 뾰로통하게 뺨을 부풀렸다.

"제가 아는 곳은 벌써 전부 시험해봤단 말이에요! 그러니까 발상의 전환이 필요하다 싶어서 물어본 거예요."

"아, 그러냐……."

진짜 행동력 한번 끝내주는구만. 역시 베어 그릴스 맞는 거 아냐?

감탄하는 사이, 유이가하마가 집게손가락을 턱에 대더니 고개를 갸웃했다.

"그니까 머리를 비우구 부담 없이 놀 만한…… 그런 곳을 알구 싶단 소리야?"

"네, 알기 쉽게 말하면 대충 그런 느낌이랄까요~?"

유이가하마의 물음에 잇시키가 고개를 끄덕여가며 대답하자, 유키노시타의 입에서 나직한 한숨이 새어 나왔다.

"……그래, 같이 생각해 보자."

빙그레 미소 지으며 말하는 그 모습에서는 평소보다 좀 더 언니다운 느낌이 났다. 잇시키도 이럴 때의 유키노시타에게는 친근감이 드는지, 활짝 웃으며 말했다.

"고맙습니다! ……자, 그럼 선배님께선 어떻게 생각하세요~?"

"글쎄다, 내가 뭘 알아야 말이지……."

전혀 짚이는 데가 없었다. 무난하게 디스티니 랜드나 뭐 그런 데로 가면 되지 않겠느냐는 생각도 들었으나, 거기서 차인 사람한테 차마 그런 소리는 못 하겠고…….

다만 뭐랄까, 하야마의 취향은 잘 모르지만, 어디서 뭘 하든지 그럭저럭 즐거워하는 모습을 보여주지 않을까. 정말로 즐거워할지는 모르겠다만.

그렇게 생각하는데, 유이가하마가 얼굴을 불쑥 들이밀었다.

"히, 힛키는 어디가 좋을 거 같아? 그게, 혹시 참고가 될지두 모르니까……."

"나하고 하야마는 달라도 너무 달라서 참고가 안 될걸."

그러자 유키노시타가 쿡쿡 웃었다.

"맞아. 그야말로 극과 극이지."

"그렇지?"

"그래. 완전히."

유키노시타는 미묘하게 비웃는 투로 동의했지만, 딱히 열받지는 않았다.

극과 극이라는 건 사실이니까. 나도 어디 가서 빠지지 않는 스펙의 소유자라고 자부하지만, 하야마한테는 한참 못 미친다. ……그리고 뭣보다 이렇게 자기 스펙에 자부심을 느껴버리는 소인배 기질이 하야마와 딴판인 이유 아닐까.

도대체 뭐야, 뭐냐고, 이 소인배스러운 찌질함은……. 하지만 요즘 너드남이 인기라니까 언젠가 찌질한 소인배도 사랑받지 않을까요?! 포지티브!

그런 시답잖은 생각에 빠져 있는데, 유키노시타가 나직하게 헛기침을 했다. 그리고 엉뚱한 곳을 보며 빠른 속도로 덧붙였다.

"……하지만 극과 극이니만큼 참고가 되지 않을까? 대척점에 있는 의견을 역으로 뒤집으면 정답에 근접할 테니까. 반대의 반대는 찬성이잖니?"

"명제의 역이 반드시 참이라는 보장은 없는 거 아니었냐……?"

그 논리는 좀 이상하잖아. 반대의 반대는 찬성이라니, 네가 무슨 반쪽이 아빠[#24]냐……. 그렇게 반론하려는데, 대답을 기다리며 내 얼굴을 뚫어져라 응시하는 유키노시타와 유이가하마가 보였다.

저기요, 그렇게 빤히 쳐다보시면 이것저것 생각나서 곤란하니 자제해주시면 안 되겠습니까.

"……어, 그게, 생각해 보마."

슬그머니 시선을 피하며 어물어물 그렇게 대답하자, 어디선가 휴우니 에휴니 어이없다는 듯 불만 어린 한숨 소리가 들려오는 느낌이 들었다.

"네, 잘 생각해 보셔야 해요~. 아셨죠?"

#24 반쪽이 아빠 만화 「얼렁뚱땅 반쪽이네」의 주인공 반쪽이 아빠의 입버릇이 「반대의 반대는 찬성」이다.

잇시키가 생긋 웃으며 말했다.

문제는 그래봤자 난감할 따름이라서 말이지……. 내 앞가림만으로도 벅차서 잇시키 일까지 신경 쓸 여력이 없다고나 할까. 도리어 저야말로 조언을 구하고픈 심경입니다만……. 에라, 모르겠다. 다음에 조만간 언젠가 생각해 보지 뭐.

×　×　×

메모장 위로 펜이 쓱쓱 미끄러진다.

마지막으로 큰 동그라미를 친 오리모토가 펜 끝으로 뺨을 살짝 눌렀다.

오리모토는 휴식에 들어가자마자 우리와 같은 테이블에 앉아서 잇시키의 요청을 들으며 뒤풀이의 대략적 계획을 정리해 줬다.

오리모토가 마지막 점검이라도 하듯 자기가 쓴 메모를 골똘히 바라봤다.

"오케이, 대충 알았어. 가게를 통째로 빌리면서 최대한 저렴하게. ……이 정도면 괜찮지 않을까? 나도 잘은 모르지만."

그리고 천연덕스럽게 웃으며 말했다.

이 녀석은 여전히 깊이 생각하는 법이 없구나. 정말로 괜찮은가 몰라……. 내가 미심쩍은 눈길을 보냈으나, 오리모토는 의외로 이야기를 척척 진행해 나갔다.

메뉴표를 몇 개 꺼내서 펼치고, 펜으로 하나하나 가리키며 설명했다.

"이게 카페 메뉴고, 이게 디너. 그리고 이게 음료야. 여기 나오는 요리는 다 가능하니까 원하는 거 있으면 말해. 양이랑 종류는 요금에 따라서 조정해야겠지만. 그리고 목테일도 있으니까 필요하면 참고하고."

"정말요? 잠깐 이것저것 보면서 검토해도 될까요?"

잇시키가 몸을 내밀어서 메뉴를 끌어왔고, 유이가하마와 유키노시타도 옹기종기 머리를 모아 그것을 들여다봤다. 오리모토는 그 모습을 흐뭇하게 바라보고 자리에서 일어났다.

"그럼 세세한 내용은 점장님하고 상담해 볼게."

오리모토는 후다닥 카운터로 가서 늘어진 목소리로 그곳에 있는 사람을 불렀다.

"점장님~."

50대 전후로 보이는 멋쟁이 신사였다. 아마 호칭 그대로 이 카페의 점장이겠지. 독특한 디자인의 흰 셔츠에 허리 앞치마, 거친 파마머리에 헌팅캡, 수염을 기른 얼굴에 검은 테 안경. 그야말로 카페 점장의 전형과 같은 모습이었다. 메모를 들고 이러쿵저러쿵 말하는 오리모토에게 맞춰, 그는 고개를 끄덕끄덕 움직였다.

저쪽 일은 오리모토에게 맡기면 되겠지. 나는 다시 테이블로 시선을 되돌렸다.

그러자 음료 메뉴를 보던 잇시키가 우와~ 하며 동경심이 묻어나는 탄사를 흘렸다.

"목테일이 대박이네요~. 요즘 유행이기도 하고 분위기도 살고요. 그죠?"

동의를 구하기에 나는 그냥 고개를 끄덕였다.

맞는 말이긴 하다. 요즘 논알코올 시장이 핫하다고 하니까. 그런 정세에서 목테일은 요 몇 년 사이에 단번에 인지도를 높였다. 경기 불황에 엎친 데 덮친 격으로 찾아든 팬데믹, 젊은 세대의 음주량 감소 등 다양한 이유가 겹쳐 주류 시장이 점차 위축되는 추세라고 들었다. 그런 식품 업계에서 최근 구세주로 부상한 것이 목테일로 대표되는 논알코올 음료다. …… 사실 젊은 층의 음주량 감소는 단순히 불경기가 원인이라는 생각도 든다. 실수익이 줄어서 허리띠를 졸라맨 결과, 기호품인 술을 멀리하는 것이다. 물론 이는 술에 국한된 이야기는 아니다. 자동차, 집, 명품도 다 사정은 똑같다. 이 문제를 해결하려면 젊은 층으로 돈이 팍팍 순환되는 정책이 필요하다. 구체적으로 말하면 내 통장에 7억 엔(비과세)을 꽂아주는 정책이 요구되는 시대가 아닐까.

그렇게 내가 정치 경제에 지대한 관심 있는 척 미래의 치바 시장 선거 출마에 대비하던 그 무렵.

가하마 양은 어벙하게 입을 벌리고 고개를 갸웃거리고 있었다. 그리고 어리둥절한 말투로 웅얼웅얼 중얼거렸다.

"우웅? 목테일(モクテル, 모쿠테루)……. 아, 중2? 중2가 그런 이름 아니었어?"

"아니야."

「나 그거 알아!」 같은 표정 짓지 마. 가려운 곳을 시원하게 긁은 것처럼 안도의 한숨 쉬지 말라고. 아예 다르잖아. 그 녀석 이름은 요시테루야. 그야 자이모쿠자 요시테루를 억지로 줄여 부르면 모쿠테루가 되지만!

이걸 어떻게 설명할지 고민하는데, 맞은편에 앉은 유키노시타가 어깨에 걸친 머리카락을 확 쓸어 넘기며 의기양양하게 미소 지었다.

"목테일은 흉내 낸다는 뜻의 목(Mock)에 칵테일을 합친 조어야. 논알코올 칵테일을 그렇게 불러."

"아……."

우쭐우쭐 잘난 척 설명하는 우쭐농과 우와우와 감탄하며 듣는 우와가하마. 그런 둘에게 눈을 찌푸리는 잇시키. 잇시키는 「유이 선배님도 좀 특이하네요……」라고 말하고 싶은 얼굴이었다. 사실 목소리 죽여서 진짜 말했다.

그나저나 세 명 모두 목테일에 호의적인 느낌이다. 이 반응을 보아 뒤풀이에서 목테일을 내놓는 건 결정된 사항 같구만…….

그런 생각을 하는데 오리모토가 탈탈 발소리를 내며 돌아왔다.

"예산은 괜찮을 거 같아."

"정말요?!"

벌떡 자리에서 일어난 잇시키에게 오리모토가 헤헤 웃어 보였다.

"응. 당일에 너희가 홀 업무만 맡아주면."

"네? 아……."

잇시키는 다시 앉아서 팔짱을 끼고 생각에 빠졌다.

그렇군. 인력을 제공해서 인건비를 아낄 수 있다면 그만큼 깎아주겠다는 뜻인가. 그렇다면 그 인원을 어디서 구하느냐가 관건인데……. 잇시키도 같은 생각에 이르렀는지, 머뭇머뭇 우리 반응을 살폈다.

"혹시, 선배님들…… 도와주실 수 없을까요……? 제가 달리 부탁할 사람이 없어서……."

잇시키는 초롱초롱한 눈망울로 나를 빼꼼 올려다봤다. 그렇게 요망하게 귀여운 척할 필요 없다니까. 어차피 도와주게 되리라고 각오했으니까.

"홀 정도라면야 뭐……."

내가 긍정적인 답변을 주자 잇시키는 활짝 웃었다. 그와 대조적으로 유키노시타의 표정은 굉장히 심각했다. 나를 배려하는 것처럼 애써 다정한 미소를 지으며 자식을 걱정하는 어머니처럼 말했다.

"히키가야…… 괜찮니? ……접객업, 할 수 있겠어?"

"그 정도는 나도 해. 애초에 난 패밀리 레스토랑이나 술집에서 알바한 적 있는 경력자라고."

물론 며칠 하지도 않고 탈주해서 경험이 많다고는 할 수 없지만.

하지만 접객업이라고 싸잡아 말해도 이 바닥의 직종은 각양각색이다. 내가 경험한 음식점의 서빙은 손님한테 아양 떨

필요 없이 신속하고 정확하게 주문을 접수해 상품을 제공하면 그만이었다. 접객 용어도 매뉴얼화 되어서 기본적인 의사소통도 문제 되지 않는다. 감정을 없애면 얼마든지 처리할 수 있다. 그래도 괴로워지면 잠수 타면 그만이고!

유키노시타는 아직 나를 불안하게 보지만, 오리모토가 거들고 나섰다.

"괜찮아, 괜찮아. 나도 그날 일하니까. 아, 유니폼도 빌려주니까 걱정하지 마."

"무슨 유니폼이야……. 아는 사람끼리 노는 뒤풀이인데……."

거절하려던 순간, 테이블 아래로 소맷자락을 꼬집어 꾹꾹 당기는 느낌이 들었다.

엄마야, 깜짝이야……. 뭐야? 갑자기 놀라게 하지 말라는 얼굴로 옆을 보니 유이가하마가 살짝 쑥스러워하며 소심하게 손을 들었다.

"나, 그거 입어보구 싶어……."

"어, 음, 그러냐……."

입어보고 싶다면 어쩔 수 없지……. 사실 나도 보고 싶은 마음이 없진 않고…….

아니 오히려 보기 싫은 사람이 있기나 해? 있기나 하냐고?!

맞은 편 자리를 보자 유키노시타는 두통을 참듯 관자놀이에 손을 대고 있었다. 아, 포기하셨군요. 유이가하마한테 부탁받으면 어차피 거절하지 못하는 거 아시는군요. 나는 자세하니까! 한편 잇시키는 뭔가 분석이라도 하듯 눈살을 좁히고 뚫어지게 나를 쳐다봤다.

"이거 남자용도 있어요?"

"있지있지. 완전 있어."

오리모토가 주방 쪽으로 눈길을 보냈다. 그곳에 있는 사람은 방금 본 멋쟁이 점장님이었다. 우리 시선을 알아차린 점장님은 입꼬리만 씩 끌어올리고 엄지를 척 세웠다. 어…… 이거, 성격은 좋은데 어울려주면 귀찮은 타입이구만……. 나는 자세하니까.

나한테도 입히려고 그러나 하고 생각하는데, 옆에 앉은 유이가하마가 내 위팔을 찰싹찰싹 때렸다.

"괜찮네. 힛키한테두 어울릴 거야!"

"그, 그러냐……. 그거 고맙네……."

이렇게 된 이상 뺄 수도 없다. 나도 유키노시타와 똑같이 체념의 경지에 들어섰다.

"그럼 자세한 사항이 결정되면 연락드릴게요."

"응, 기다릴게~."

잇시키와 오리모토가 연락처를 교환하며 이야기하는데, 손님의 방문을 알리는 종소리가 딸랑딸랑 울렸다.

반사적으로 입구를 보자 낯익은 인물이 서 있었다.

상대방도 나를 알아봤는지 깜짝 놀라고는 나를 물끄러미 바라봤다. 그리고 앞머리를 푸 불어 올렸다.

"아, 회장. 어서 와~."

오리모토가 말을 걸자 회장…… 카이힌 종합고의 타마나와 학생회장님이 표정을 풀고 빙그레 웃었다. 타마나와는 그 웃음을 유지한 채로 우리에게도 인사를 건넸다.

"안녕? 오랜만이야."

"아, 안녕하세요~."

잇시키가 대충 인사를 받고, 우리도 고개만 까딱해 인사했다. 그 정도 인사로도 충분했는지, 아니면 애초에 우리는 안중에도 없는지, 타마나와는 오리모토에게 눈을 돌리고 당당한 얼굴로 맥북 에어를 들어 보였다.

"아직 태스크가 남아서 말이야. 항상 앉던 자리로 괜찮을까? 주문도 늘 하던 대로 부탁해."

"아…… 응. 비어 있으면 가서 앉아. 이미 딴 손님이 있으면 미안. 개인적인 추천 메뉴는 『오늘의 커피』야."

"그, 그럼 그거로 줘……."

"오케이."

당당함이 살짝 무너진 타마나와를 남겨 두고 오리모토는 후다닥 카운터를 가서 큰 소리로 점장을 불렀다. 나머지 응대는 점장에게 맡기려나 보다. 하긴 아직 휴식 시간이지……. 그나저나 오리모토 저 녀석, 지인이 평소에 어디 앉고 뭘 시키는지 전혀 모르잖아……. 미꾸라지처럼 빠져나갔다고 감탄해 버렸다.

곧 점장님이 와서 타마나와를 안쪽 자리로 안내했다. 그때, 타마나와는 나를 얼핏 보고 앞머리를 후 불어 올렸다.

타마나와를 점장님에게 떠넘겨 버린 오리모토가 귀찮은 기색으로 자리로 돌아왔다. 손에 든 쟁반에는 새로운 홍차와 커피가 놓여 있었다.

"받아, 서비스야."

"오, 땡큐."

우리는 각자 감사를 표하고 고마운 마음으로 홍차와 커피를 받았다. 그리고 느긋하게 마음을 가라앉힐 커피 한 잔의 여유……를 즐기고 싶었지만, 그 정적을 깨고 타다다닥 탁! 하고 키보드를 두드리는 소리가 울렸다. 일부러 들으라고 저러나…….

돌아보니 작업이 난항을 겪는지 타마나와가 인상을 찌푸리고 앞머리를 불어 올리며 맥북과 눈싸움하는 중이었다. 이어서 눈이 피로한지 미간을 꾹 누르는 시늉까지. 그러더니 뭔가 떠오른 것처럼 오오 소리를 내고 손가락을 탁 튕겼다. 이번에는 아이패드를 꺼내고 애플 펜슬로 뭔가 글을 끄적인다.

그 일하는 모습, 아니, 존재감 어필이 굉장히 익숙해 보였다. 조금 전에 한 말도 그렇고, 혹시 타마나와는 이 가게 단골인가?

"특이한 사람이 오네."

넌지시 물어보자 오리모토는 살짝 난감하게 웃으며 고개를 끄덕였다.

"아, 회장? 자주 와. 커피를 엄청 좋아한대. 계속 설명하려고 하고 리필도 계속 받아. 하루 종일 커피만 마신다니까?"

야, 그건 아마 커피를 좋아하는 게 아니라…….

우리는 씁쓸하게 웃으며 서로를 돌아봤다. 나와 유이가하마, 잇시키도 눈치는 챘지만…… 이럴 땐 침묵이 금이겠지.

힘내라, 타마나와 회장님……!

마음속으로 응원하지만, 맞은편에 더 응원이 필요한 사람이 있었다.

"그 얘기를 들으니까 이 가게에 오기 거북해지네……."

유키노시타는 시무룩하게 고개를 떨구고 진심으로 슬퍼했다. 그래…… 이 가게, 마음에 들었구나…….

힘내라, 유키노시타……!

6

당연하지만 히라츠카 시즈카에게도 열일곱 청춘이 있었다.

셜리 템플, 신데렐라, 버진 메리……. 거기에 더해 샌디 개프와 모히토 등 유명 칵테일의 논알코올 버전.

오리모토가 일하는 카페에서 제공하는 목테일의 종류는 다양했다. 폰으로 보내준 PDF 파일을 확인하는 사이에 지겨운 6교시 수업이 끝나 버렸다.

마라톤 대회도 이제 며칠 앞으로 다가왔다. 그 말인즉, 뒤풀이도 며칠 남지 않았다는 뜻이다.

그 파티는 비용을 깎는 대신 학생회와 우리 봉사부가 홀 스태프로 차출될 예정이다.

그건 괜찮다. 거기까지는 괜찮다.

문제는 그 음료들을 만드는 포지션, 드링커도 홀 스태프의 역할이라는 점이다. 생각해 보면 내가 술집에서 알바할 때도 드링커는 홀 담당이 맡았다.

그럼 그 드링커는 누가 담당하는가?

이건 대단히 어려운 문제였다.

뒤풀이, 그것도 음료 무한 제공 코스에서 드링커에게 요구되는 능력은 크게 세 가지를 꼽을 수 있다.

첫 번째로 제공 속도. 끊임없이 밀려드는 주문을 정확하게 파악하여 음료를 대량으로 만드는 속도가 필요하다.

두 번째로 요령. 원칙대로라면 「그레나딘 시럽: 10㎖」나 「레몬즙: 20㎖」, 「라임 슬라이스 한 조각」 등 세밀하게 정해진 레시피를 대강대강 감으로 처리하는 요령이 중요하다. 일일이 분량을 계량하고 만들었다가는 한세월이 걸린다. 그리고 「라임 슬라이스 떨어졌는데 레몬 슬라이스 써도 되나……. 뭐 그게 그거지」라고 생각하는 유연한 사고와 임기응변 능력이 갖춰지면 금상첨화다.

마지막은 빠른 포기. 이게 제일 중요하다. 「좀 실수했지만…… 통과! 무한 제공 음료에서 맛을 따지는 양심 없는 인간은 없을 테니까 통과!」라고 손님을 호구로 보는 대범함이야말로 드링커의 필수 소양이라고 할 수 있다.

이 세 가지 능력을 갖추면 술집 알바에서 1인분을 넘어 에이스로 등극하여 선발 라인업에 당당히 이름을 새길 수 있다. 그러다 단체 예약이 들어오면 쉬는 날에도 구원 투수로 긴급 등판하고, 개판 날 것 같은 모임에서는 고의로 술 제공 속도를 늦춰 급발진 방지턱으로 활약한다. 그런데 시급은 전혀 안 오르고 계약 갱신은 기회조차 주어지지 않는다. 진정성은 말이 아니라 돈에서 나온다는 명언도 모르냐. 그렇게 힘들 때만 불려가다 보면 마음의 수비수는 언제나 무사 만루 상태. 내가 이걸 어떻게 아냐고? 탈주했기 때문이다. 나란 놈은 왜 항상 탈주만 하냐.

아무튼 이와 같은 이유로 내가 드링커를 담당해야 한다는 결론이 도출됐다.

유키노시타는 융통성이 없어 레시피를 칼같이 지키려고 할 테고, 성격상 전체적인 관리 감독을 맡기는 편이 나을 것이다. 잇시키는 귀찮아서 대충 만들어 놓고 「아차차, 실수~☆」라며 애교로 얼렁뚱땅 넘기려들 테고, 학생회장이니까 인사를 하는 등 이것저것 할 일이 많다. 유이가하마는 즉흥적으로 어레인지를 시도하다가 폐기 음료를 폐기물처럼 양산할 테니까 홀에서 접객에 전념하는 게 낫다. 오리모토도 보조해 주겠지만, 익숙한 포지션에서 일하는 편이 효율적이겠지.

그런 이유로 폰을 보면서 레시피 예습을 하는 사이, 종례가 끝나고 어느새 방과 후가 되어 있었다.

반 아이들이 동아리나 집에 가려고 교실에서 빠르게 빠져나갔다. 나도 그 행렬에 동참하기 위해 코트를 입고 가방을 어깨에 걸쳤다.

그런데 누가 내 어깨를 톡톡 두드렸다. 돌아보니 이미 코트를 입은 유이가하마였다.

"……힛키."

"어, 왜."

고개를 갸웃거리며 묻자 유이가하마는 망설이는 것처럼 잠시 뜸을 들이다가 입을 가린 목도리를 조몰락거렸다.

"그게, 나 오늘 볼일이 생겨서……."

어떻게 말을 이을지 고민되는지 유이가하마는 털실 속에 얼굴을 묻고 눈을 슬며시 바닥으로 깔았다.

하지만 그것도 잠시뿐. 금방 고개를 들어 평소처럼 쾌활한 어조로 말했다.

"동아리, 좀 늦을 거야. 먼저 가."

"……어, 그래."

매일 같이 가자고 약속한 것도 아니다. 나는 딱히 신경 쓰지 않고 고개를 끄덕였다.

유이가하마는 살짝 피곤함이 묻어나는 미소를 보여주고 우울한 모습으로 교실을 나갔다. 뭐지, 치과라도 가나……?

그 힘 없는 미소가 다소 마음에 걸렸지만, 내가 개인적인 사정까지 간섭할 권리는 없다.

유이가하마의 굽은 등을 바라보다가 나도 교실에서 나왔다. 부실로 가기 전에 후딱 용건부터 마치자.

일단 이 PDF 파일을 인쇄해야 한다.

집중해서 외우려면 역시 종이만 한 게 없다. 요즘은 폰에도 메모나 형광펜 기능이 있지만, 아무래도 화면이 작으면 보기 불편하다. 게다가 종이로 봐야 더 잘 외워지는 기분이 드는 나는야 20세기 소년.

학교에 파일을 인쇄할 곳이 있었는지 떠올리며 복도를 걸었다.

평범한 복사기라면 도서관 앞에 있으나, 폰에 저장된 파일을 인쇄하는 기능은 없었던 것으로 기억한다. 컴퓨터실은 허가 없이 못 들어가니까 귀찮고……. 학생회실에는 프린터가 있겠지만, 무턱대고 도움을 받았다간 나중에 일거리를 떠넘길까 봐 겁난다.

그렇다면 학교 밖 편의점까지 가는 게 가장 빠르고 확실한 방법인가.

목적지를 정한 나는 자전거 주차장으로 걸음을 옮겼다.

그나저나 기왕 편의점에 가는 김에 뭐 살 것 없나……. 저번에 유키노시타와 유이가하마에게 받은 MAX 커피의 답례로 다과용 과자라도 사 올까…….

×　×　×

폰을 조작하고 프린터 버튼을 꾹 눌렀다. 그러자 웅웅 기계음이 울리며 인쇄가 시작됐다.

인쇄되어 나온 레시피를 바닥에 탁탁 두드려 정리하고, 잡다한 프린트를 전부 쑤셔 박은 클리어 파일에 집어넣었다.

가게 안을 어슬렁거리며 MAX 커피 말고도 음료수와 눈에 띄는 과자를 몇 가지 골라서 편의점을 나왔다.

하늘을 올려다보자 서녘 하늘이 붉어지고 있었다. 그다지 오래 있지 않았을 텐데, 겨울이라 그런지 해가 금방 기운다.

밤이 가까워지면서 더욱 서늘해진 기온에 몸이 아스스 떨렸다. 자전거에 올라탄 나는 맞바람을 가르며 왔던 길을 되밟아갔다.

학교로 돌아오니 겨울 하늘로 운동부의 구호 소리가 메아리쳤다.

이미 귀가한 학생도 많은지 주차장은 한산했다. 그 빈자리에 자전거를 아무렇게나 들이밀었다.

자전거에 자물쇠를 건 나는 편의점 봉투를 부스럭대며 현관으로 걸어갔다.

그런데 그때, 학교 뒤편에서 익숙한 경단머리가 눈에 들어왔다. 분홍빛 도는 갈색 머리에 저녁 햇살이 부서지고 있었다.

유이가하마잖아…….

볼일이 있다더니, 그건 다 봤나? 나도 마침 부실로 가려던 참이니까 말이라도 걸어볼까.

그렇게 생각해서 유이가하마 쪽으로 발길을 돌렸다.

하지만 몇 걸음 다가가다가 우뚝 멈춰 섰다.

멈출 수밖에 없었다.

해가 뉘엿뉘엿 떨어지는 시각, 약한 햇살이 드는 학교 뒤편에서 유이가하마와 마주 선 사람이 보였기 때문이다.

반사적으로 건물 뒤에 몸을 숨겼다.

벽에 등을 딱 붙여도 콘크리트의 냉기는 조금도 느껴지지 않았다. 다만, 소리 죽여 내쉰 숨결이 무섭도록 차가웠다.

아주 잠깐 어둠이 눈에 들어왔을 뿐이었다. 유이가하마 앞에 있는 사람이 누군지까지는 알 수 없었다. 얼굴을 볼 여유도 없었다.

그래도 뒷모습으로 보아 남자임은 분명했다.

유이가하마보다 큰 키, 검고 곱슬한 투 블록 머리, 카키색 패딩, 그 패딩 소매를 꽉 움켜쥔 투박한 손.

긴장해서 떨리는 듯 보이는 다리. 결심이 섰는지 스니커즈가 모래로 한 발짝 내딛는 소리가 들렸다. ……아마도 들렸을 것이다.

나는 멀리서 바라보지도, 호기심으로 훔쳐보지도 못하고 벽에 붙어서 숨을 죽였다.

어디서 본 적 있는 광경이었다.

아니, 완전히 동일한 광경은 한 번도 보지 못했다. 배경도 인물도 구도도 원근감도 앵글도 레이아웃도 전부 달랐다.

그런데도 거기서 느껴지는 분위기는 흡사했다. 크리스마스의 디스티니 랜드나 해가 진 학교 뒤편과.

그래서 알 수 있었다.

목소리는 들리지 않았다. 듣고 싶지도 않았다.

그와 그녀의 대화를 듣지 않고도 그 내용을 알 수 있었다.

들릴 리 없는 줄 알면서도, 그래도 나는 숨을 죽이고 말았다.

흙바닥을 밟는 것조차 주저되어 발소리가 나지 않게 특별히 주의하며 살그머니 발을 뒤로 뺐다.

신중하게 한 걸음, 두 걸음 물러나서 천천히 거리를 두고, 발길을 돌려…….

나는 그 광경을 등졌다.

× × ×

　현관에서 실내화로 갈아 신는 시간조차 아까워서 발뒤꿈치로 구겨 신은 채 정처 없이 복도를 걸었다.

　바로 부실로 갈 기분이 아니었다.

　얼굴을 마주했을 때, 어떤 표정을 지어야 할지도 모르겠다. 적어도 시간이 조금 흐르면 그럭저럭 이 감정을 감출 수 있으리라.

　다리가 움직이는 대로 걷다 보니 나는 본관과 특별관을 잇는 구름다리에 와 있었다. 평소 이용하는 교실 방면과는 다른 곳, 직원실 방면을 고른 이유는 조금이라도 멀리 돌아가고 싶었기 때문인지도 모른다.

　창가에 배치된 벤치에 앉아 천장을 올려다봤다. 가슴 안쪽에 쌓여 있던 답답함을 한숨으로 밀어내고 나도 모르게 눈을 감아 버렸다.

　하지만 눈을 감은들 무슨 소용인가.

　못 본 척, 안 보이는 척, 보고도 모른 척하는 데는 익숙할 텐데, 아주 잠깐 본 광경이 뇌리에 박혀 떨어지지 않았다.

　등으로 쏟아지는 햇빛에서 열기가 느껴지지 않았다. 하지만 눈꺼풀로 파고드는 빛은 서서히 줄어들어 시간의 흐름은 분명히 알 수 있었다.

　지금쯤 유이가하마의 용건은, 둘만의 대화는 끝났을까.

　깊디깊은 한숨을 내쉬었다. 그런데 그때, 리놀륨 바닥을 두

드리는 발소리가 섞여들었다. 누가 지나가는지 보려고 고개를 든 순간, 힘찬 외침이 귀를 때렸다.

"챱!"

"아얏……."

정수리로 둔탁한 충격이 퍼졌다. 머리를 문지르면서 올려다보니 한 손으로 커다란 골판지 상자를 끌어안은 히라츠카 선생님이 히죽 웃고 있었다.

"왜 이런 데서 놀고 있지? 동아리 활동은 어쩌고."

"아, 그게……."

뭐라고 둘러댈지 고민해 보지만, 결국 그럴싸한 변명이 떠오르지 않아서 메마른 웃음으로 얼버무릴 수밖에 없었다.

내 반응을 본 히라츠카 선생님은 의아하게 눈살을 찌푸렸으나, 금방 손이 많이 가는 아이를 보듯 어이없고 자상한 한숨을 흘렸다.

"마침 잘됐군. 일을 거들도록."

히라츠카 선생님은 따라오라고 턱으로 가리켰다. 농땡이 피우다가 걸린 나에게 거부할 권리는 없었다.

내가 군말 없이 일어서자 히라츠카 선생님은 흡족하게 고개를 끄덕였다. 그리고 안고 있던 커다란 박스를 떠밀었다.

"자, 이거 들어라."

"앗, 네."

히라츠카 선생님이 한 손으로 가뿐히 들고 있어서 가벼운 줄 알았더니 박스는 의외로 묵직했다. 대체 안에 뭐가 든 거야……?

의아한 눈길로 박스를 노려보는데 히라츠카 선생님이 답을 알려줬다.

"마침 진로 상담회가 있어서 말이지. 거기서 쓸 자료다."

"그런 게 있었어요?"

"있었지. 잇시키가 거의 울면서 힘써줬어."

즐겁게 미소 짓는 히라츠카 선생님을 보고 문득 떠올랐다. 그러고 보니 카페에 갔을 때 잇시키가 뭐라고 했었지. 별개로 부탁이 있댔나…….

히라츠카 선생님이 자기도 모르게 웃은 마음도 이해가 된다.

다름 아닌 잇시키가 학생회를 이끌어 자기네 힘만으로 일한다는 건 선배로서, 잇시키를 학생회장으로 추거한 사람으로서 기쁘면서도 자랑스럽고, 한편으론 쓸쓸하기도 했다. ……맞죠? 그런 의미의 미소죠? 꼴좋다, 가끔은 너도 고생해 보라는 의미의 미소 아니죠? 뭐라고 말 좀 해 보세요, 선생님.

히라츠카 선생님의 진의를 확인하길 주저하는 사이, 우리는 교무실에 도착했다.

히라츠카 선생님이 교무실 문을 드르륵 열어 나에게 오라고 손짓했다. 안까지 들고 오라는 뜻인가 보다.

지시에 따라서 나는 박스를 고쳐 들고 교무실 문턱을 넘었다.

"실례합니다……."

매가리 없는 목소리로 인사하고 그대로 히라츠카 선생님의 뒤를 따라갔다.

"책상 위에 올려둬."

"알겠습다."

지금까지 몇 번이나 불려온, 아니, 방문한 책상이다. 하지만 그곳에는 낯선 광경이 펼쳐져 있었다.

평소에는 서류, 봉투, 캔 커피, 한술 더 떠서 피규어까지 난잡하게 놓여서 우당탕탕 대소동을 벌이던 책상이 오늘은 깨끗하게 정리되어 있던 것이다. 책상 위에 있는 물건이라곤 끈으로 철한 검은색 장부와 볼펜 정도였다.

한순간 다른 사람 책상인 줄 알았다. 다만, 등받이가 엉뚱한 방향으로 돌아간 회전의자만이 히라츠카 선생님의 자취를 보여줬다.

"……여기 맞아요?"

불안해져서 돌아보자 히라츠카 선생님이 미간을 찌푸렸다.

"무슨 뜻이지?"

"아뇨, 너무 깨끗해서……."

내 말에 히라츠카 선생님은 눈살을 찌푸리고 휑한 자기 책상을 봤다.

"……그래, 싹 치웠지. 연말 대청소가 늦어지기도 했고…… 정리할 게 많았어."

그러고는 피곤해 죽겠다며 팔을 빙빙 돌리고 어깨를 두드렸다. 그야 그 혼돈의 카오스였던 책상을 한 번에 치웠으면 피곤하겠지……. 그럼 선생님이 열심히 자리를 만들어준 책상 위에 박스를 내려둘까.

"좋아. 이제는 저기서 기다리도록. 금방 가마."

선생님이 교무실 안쪽을 척 가리켰다. 그곳은 칸막이로 나뉜 공간, 선생님과 내가 대화를 나눌 때 자주 이용하는 응접용 공간이었다.

넵, 하고 대답하고 나는 그곳으로 걸어갔다.

소파에 앉자 스프링이 삐걱거리며 몸이 가죽 사이로 푹 꺼졌다. 엉덩이를 붙이자 긴 한숨이 나왔다.

그런데 그 한숨을 막으려는 것처럼 뺨에 차가운 감촉이 닿았다.

화들짝 놀라서 돌아보니까 뒤로 몰래 다가온 히라츠카 선생님이 내 뺨에 MAX 커피 캔을 대고 있었다. 선생님은 놀란 나를 놀리듯이 웃더니 그 커피를 나에게 휙 던졌다.

"받아."

"감사합니다……."

그냥 주면 어디 덧나나…….

히라츠카 선생님은 맞은편 소파에 앉아서 일단 마시라고 눈빛을 보냈다. 가방에 내 돈으로 산 커피도 있지만, 어른이 사줬으니까 일단 얻어먹자.

나는 고개를 끄덕이고 캔 뚜껑을 땄다. 그 소리가 라이터 부싯돌 마찰음과 겹쳤다.

금방이라도 꺼질 듯 흔들리는 조그만 불이 종이와 담뱃잎을 태우고 타르 냄새를 진하게 퍼뜨렸다. 히라츠카 선생님은 굉장히 맛깔나게 한 모금을 빨고, 길고 가느다란 흰 연기를 천천히 뱉었다.

낮은 테이블에 놓인 재떨이를 끌어당겨 담배를 탁 털고 나를 힐끗 봤다.

"이미 결정했나?"

불시에 치고 들어온 말에 내 몸이 순간적으로 굳었다.

그 기습적인 질문은 일전에 오리모토 카오리와 함께 돌아가다가 들은 중얼거림과 닮아서, 이번에도 나는 목이 메어 말을 꺼낼 수 없었다.

뭘요? 뭐가요? 무슨 이야기죠? 뜬금없네요. 앞뒤 맥락도 없이 물으셔도…….

뭐라고 대답해도 됐을 것이다. 바로 대답만 했어도 충분한 질문이었다.

한 줄기 연기를 건너다보지 못하고 시선은 재떨이 가장자리로 떨어졌다. 아, 저 연기 뒤에 숨을 수 있으면 좋았으련만.

나는 달콤한 커피를 목구멍으로 쏟아붓고 평소처럼 한쪽 입가만 씰룩거려 웃었다.

"……무슨, 말씀이신지?"

웃는다고 웃었지만, 과연 나는 어떤 표정을 짓고 있을까. 히라츠카 선생님은 나를 빤히 바라보다가 담배 필터를 한 번 더 빨고 연기와 함께 미소를 흘렸다.

"계열 선택 말이다. 진로 희망 조사서와 함께 받았을 텐데."

"아, 아아……."

나는 어안이 벙벙하여 어리바리하게 대답했다.

듣고 보니 개학 첫날에 그런 프린트를 나눠줬던 기억이 있다. 소문이니 뒤풀이니 신경 쓸 일이 많아서 까맣게 잊고 있었다.

상상과는 다른 이야기에 맥이 풀렸다. 소파에서 주르륵 미끄러질 뻔하다가 커피를 마시는 척 자세를 고쳤다.

"그런 게 있었죠……."

"아직 하나도 제출하지 않아서 무슨 고민이라도 있나 했는데……."

선생님이 피식 웃었다. 그 다정한 눈동자가 「다른 고민이 있었나」라고 말하는 듯 보였다.

실제로 내 속내를 들여다보고 있겠지. 평소에도 누구보다 학생들에게 마음을 쏟는 히라츠카 선생님이 문제의 소문을 듣지 못했을 리 없다. 그저 참견하지 않고 지켜보고 있을 뿐이리라.

그 배려심이 묻어난 눈길을 외면하듯 나는 가방을 집어 잡다한 프린트를 넣어 둔 클리어 파일을 꺼냈다.

"그냥 깜빡했을 뿐이에요. 지금 쓸게요."

그렇게 말하며 파일을 뒤지지만, 아무렇게나 쑤셔 박은 프린트는 좀처럼 찾을 수 없었다. 결국 프린트 더미를 전부 꺼내서 펼쳐 보았다.

그러자 겨우 계열 선택 프린트와 진로 희망 조사서가 보였다. 빈칸을 채우려고 하는데 히라츠카 선생님이 지대한 관심을 보이며 나를 들여다봤다.

"그렇게 감시하시면 쓰기 힘든데요……."

내가 종이를 손으로 가리고 불만을 표출하자 히라츠카 선생님이 쓴웃음을 머금었다.

"괜히 궁금해서 말이야. ······봐도 되겠나?"

"상관은 없지만, 평범한데요? 사립 인문계로 성적에 맞춰서 높은 순으로 적을 거예요."

"그럼 보여줘도 되겠군. 보여줘, 보여줘."

그러면서 히라츠카 선생님은 몸을 더 앞으로 내밀었다. 그래도 장난스러운 말투와 달리 내 프린트를 바라보는 눈빛은 진심 어린 자애로 가득했다.

"······봐 두고 싶어서 그래."

말을 거는 목소리는 느리고 조용했다. 자주 본 옆얼굴일 텐데 그 얼굴이 왠지 모르게 쓸쓸하고 멀어 보였다. 아마 어른만이 보일 수 있는 표정일 것이다. 나는 넋이 나간 것처럼 바라보고 말았다.

입을 다문 탓일까, 아니면 내 시선을 알아차린 탓일까, 히라츠카 선생님은 고개를 확 들어서 입을 시원스레 찢어 웃었다.

"아직도 전업주부 같은 소리나 할지도 모르니까."

그 농담에 나도 웃으며 고개를 끄덕였다. 딱히 본다고 닳는 것도 아니다. 히라츠카 선생님은 진로, 진학 담당 교사이기도 해서 어차피 보게 되기도 하고······. 선언한 대로 사립 인문계 중 내 성적에 걸맞은 대학과 학부를 몇 곳 기재했다. 히라츠카 선생님은 눈을 가늘게 뜨고 지면을 지켜보는 듯했다.

"얼추 이렇게 생각 중입니다······."

"그래. 알려줘서 고맙다."

내가 작성을 마치자 히라츠카 선생님이 고개를 들었다. 어딘지 모르게 근심이 풀린 표정이었다.

얼굴을 맞대고 감사를 받으면 아무래도 낯간지러운 기분이 들었다.

"음, 아뇨."

나는 적당히 대답하며 부끄러운 마음을 숨기려고 방금 펼쳤던 프린트를 긁어모았다.

그런데 히라츠카 선생님이 그중 한 장에 주목했다. 손가락으로 집어 든 그것은 편의점에서 인쇄한 레시피였다.

"……칵테일인가?"

"목테일이요."

"흐음?"

난데없이 웬 목테일이냐며 히라츠카 선생님이 고개를 갸우뚱 기울였다.

"마라톤 대회 뒤풀이에서 홀 업무를 맡는 바람에……."

그 대답에 히라츠카 선생님이 나를 노려봤다.

"학교가 허가하지 않으면 아르바이트는 금지다만?"

"봉사활동이에요. 봉사부에서 하는."

실제로, 진짜, 거짓말 없이 무급 노동이다. 나는 반쯤 진심으로 진절머리가 나서 어깨를 으쓱해 보였다.

"그래? ……그렇다면 아슬아슬하게 용인할 수 있겠군."

히라츠카 선생님은 쿡쿡 웃으며 목테일 레시피로 눈을 돌렸다. 그리고 팔랑팔랑 넘기며 감탄사를 연발했다.

"그나저나 요즘 애들은 세련됐어. 뒤풀이에서 이런 것도 마시고 말이야. 생긴 건 빼도 박도 못할 칵테일이잖아."

"분위기만 내는 거죠, 뭘. 초보자가 만들면 이렇게 예쁘게 되지도 않아요."

목테일은 보통 칵테일과 똑같이 생겼지만, 그래봤자 논알코올이다. 아무리 마셔도 취하지 않는다. 프로 바텐더가 만들면 선명하고 다채로운 색채로 그럴싸한 분위기가 조성되겠지만, 내 실력으로 거기까지 기대하기는 힘들다. 취하지도 않는데 생김새도 별로라면 술맛을 아는 사람에겐 굉장히 미흡하게 느껴지리라. 특히 애주가인 히라츠카 선생님에겐 가소로울 따름이겠지.

그렇게 생각했는데, 히라츠카 선생님은 의외로 호의적인 의견을 내놓으셨다.

"그게 어때서? 분위기를 우습게 보지 말도록. 그런 자리에서 가장 중요한 건 바로 그 분위기야."

히라츠카 선생님은 담배를 물고 다시 불을 붙였다. 그리고 따분한 표정으로 연기를 뿜었다.

"술 없이도 떠들고 놀 수 있다는 게 부러워. 이제는 술 없는 뒤풀이는 상상도 못 해. 애초에 술이 없으면 다른 사람들이 먼저 들고일어나지……."

"아재들은 그러겠네요."

내가 적당히 맞장구치자 히라츠카 선생님이 고개를 끄덕끄덕 움직였다. 그 얼굴에는 지쳐 버린 기색이 역력했다. 혹시 이 학교…… 회식 자리가 고달픈 편인가……?

어른들, 특히 쌍팔년도 스타일의 어르신들은 걸핏하면 술을 찾는 이미지가 있다. 즐거우면 즐겁다고 한잔, 슬프면 슬프다고 한잔…… 술을 마시는 구실에는 끝이 없다. 당연히 뒤풀이나 망년회, 송별회 등 이벤트에서 술은 빠질 수 없는 필수요소다. 그런 자리에서 논알코올 음료를 마셨다가는「나랑 술 마시기 싫다는 거야 뭐야!」라며 시대착오적인 술 강요가 시작된다.

"나도 술 없이는 못 살지……."

담배 연기가 아주 잠깐 허공에 일렁이다가 사라졌다.

연기가 사라져 간 곳을 좇듯, 히라츠카 선생님은 창밖으로 눈길을 옮겼다. 거기에 뭐가 있나 싶어 나도 창밖을 봤다. 하지만 저녁 하늘과 교정이 있을 뿐, 특이한 것은 눈에 띄지 않았다.

아마 선생님이 보던 것은 지금 이곳이 아니겠지.

"……그래서 사무치도록 그리울 때가 있어."

나지막하게 중얼거린 선생님의 입가에는 부드러우면서도 쓸쓸한 미소가 떠올라 있었다.

"술 없이도 참 즐거웠는데. 취하지 않고도 아침까지 웃고 떠들었지. 페트 음료만 가지고도 할 말이 떨어지지 않았어."

그 말투에서 느껴지는 감정은 아득히 먼, 이제는 돌아갈 수 없는 나날에 대한 향수였다. 고독하기에 아름답고, 돌이킬 수 없기에 듣기 편안하다.

"한밤중에도, 평범한 공원에서도, 자판기 앞에서도, 교복도

갈아입지 않고 계속. 아무도 돌아간다는 말을 안 꺼내서 그대로 누구 집에 몰려갔다가 어느샌가 잠들고……."

그렇게 미소 짓는 옆얼굴을, 나는 빤히 보고 있었다. 마음을 빼앗겼다고 해도 될 것이다. 이 사람의 옛날이야기를 계속해서 듣고 싶은 기분이었다.

하지만 내가 지나치게 응시한 탓인지, 히라츠카 선생님은 무안하게 몸을 돌리고는 분위기를 전환하려고 헛기침했다.

"나도 열일곱 청춘일 때가 있었단 얘기다."

변명처럼 말을 끝맺은 히라츠카 선생님은 겸연쩍게 웃었다. 쑥스러운 미소가 평상시보다 앳된 인상을 주어 지난날 소녀의 모습을 상상케 했다.

"한번 만나보고 싶네요, 열일곱 살 선생님."

내 말에 히라츠카 선생님은 호쾌하게 웃었다.

"하하! 만났으면 큰일 났을 거다. 옛날에 내가 한 미모 해서 인기가 끝내줬거든. 너 정도면 생각도 안 하고 차 버렸을 거야."

"왜 제가 호의를 가진다고만 생각하시죠? 고백도 안 했는데 차 버리네……. 뭐, 그렇게 될 것 같기는 하지만."

"엥?"

히라츠카 선생님은 멍하게 입을 벌리고 잠깐 눈만 깜빡거렸다. 하지만 퍼뜩 정신을 차리고 숨을 휴 내쉬며 이마를 닦았다. 그리고 담배를 뻑뻑 빨았다.

"깜짝이야……. 열일곱 살에 만났으면 한 방에 넘어갔을지도 몰라."

"오버도 참……."

얼마나 쉬운 여자였던 거야, 히라츠카 시즈카 17세. 갑자기 만나보고 싶어졌잖아. 그나저나 지금이 더 쉬워 보이는 건 왜일까요?

선생님은 농담이라고 말하는 대신 짧게 연기를 뱉고는 담배를 재떨이에 조심스레 비벼 껐다. 똑바로 앉아서 나를 바라보는 다정한 눈빛은 다시 어른스럽게 돌아와 있었다.

"히키가야. 너한테도 열일곱 살일 때가 있어."

"아, 네. 지금인데요……."

내가 무심하게 받아친 말에 히라츠카 선생님은 고개를 끄덕였다.

"그래. ……열일곱 살이니까. 지금이니까 할 수 있는 일, 허용되는 일이 있어."

아이를 타이르는 듯한 말투에 나는 반사적으로 허리를 똑바로 폈다.

히라츠카 선생님이 테이블 위에 펼친 레시피를 들었다.

"목테일도 그래. 어른이 된 내게는 조금 부족한, 술의 대용품에 불과하지만……."

히라츠카 선생님은 레시피를 하나하나 찬찬히 살펴봤다. 거기에는 진도 보드카도 리큐르도 없다. 칵테일 레시피와는 비슷하면서도 전혀 다른 물건이다.

나쁘게 말하면 그건 진짜를 모방해 겉만 그럴싸하게 꾸민 가짜다.

"……그래도 너희에게는 대용품이 아니야. 오히려 취기에 기대지 않고, 기대지 않으니까 더 순수하다고 할 수 있지."

히라츠카 선생님은 레시피를 내게 슥 내밀었다.

"중요한 건 마음이야. 그게 있다면 아무리 못생긴 목테일이라도 어지간한 싸구려 술보다 훨씬 낫지."

눈앞에서 팔락 뒤집히는 가짜들의 레시피.

그래도.

겉모양조차 따라 하지 못하는 가짜를 인정할 수 있다면.

미숙한 마음이나마 담을 수 있다면.

어쩌면 그건 다른 무언가로 변할지도 모른다.

선생님이 내민 레시피로 나는 손을 뻗었다. 꼭 잡아 살짝 구겨지고 말았지만, 어차피 지금부터 너덜너덜해질 때까지 봐야 한다. 딱히 지장은 없겠지.

내가 레시피를 받자 히라츠카 선생님은 자상하게 미소 지었다. 거기에 나는 한쪽 뺨을 끌어올린 얄미운 미소를 돌려줬다.

"겉으로나마 허세를 부리고 싶은데요……. 맛에는 자신이 없어서."

"달아도 써도 상관없어. 셔도 돼. 그건 그거대로 괜찮다."

"클레임 들어오거든요?"

그러고 서로 싱겁게 웃었다.

우리는 그저 목테일에 관한 이야기를 나눴다. 거기에 어떤 속뜻이 있는 것은 확실하지만, 입으로 꺼내지는 않았다.

굳이 말하지 않아도 충분히 알 수 있으니까.

사실 알고 있었다. 알면서도 아무것도 하지 못했다. 선생님은 그런 내 등을 밀어준 것이다.

"이제 부실에 갈게요."

나는 클리어 파일을 가방에 넣고 소파에서 일어났다.

"그래. 힘내라."

히라츠카 선생님도 나를 배웅하려는지 뒤를 따라왔다. 그렇게 응접 공간에서 나오려던 그때, 뒤에서 말소리가 들렸다.

"아참, 그렇지."

아직 뭐가 남았나 싶어서 돌아보니까 히라츠카 선생님이 위협이라도 하듯 쉭쉭 섀도복싱 중이었다. 이 사람, 갑자기 왜 이래……?

"뒤풀이도 좋지만, 학생으로서 지킬 건 지키도록. 술 마시면 정학 먹는다?"

"이런 뒤풀이에선 안 마셔요……."

마지막으로 강하게 허공을 때린 히라츠카 선생님에게 나는 한숨 섞인 웃음으로 대답하고 발길을 돌렸다.

"처음으로 같이 마실 사람은 이미 정해 뒀으니까요."

그렇게 돌아선 나는 일방적으로 3년 뒤의 예약을 잡았다.

× × ×

부실로 가는 발걸음은 아주 조금 가벼워졌다.

특별관 복도에는 사람이 없어 들리는 것이라곤 내 발소리뿐이었다. 평소보다 간격이 짧은 그 소리가 나를 재촉하는 듯했다.

내가 걸어가는 곳 앞으로 부실 문이 보였다. 문 앞에서 한 번 크게 숨을 내쉬고 좋아, 라며 스스로 용기를 북돋웠다.

문손잡이를 밀자 문은 큰 저항도 없이 열렸다.

은은하게 감도는 홍차 향기. 낮게 울리는 히터 소리.

그리고 어리둥절하게 나를 보는 유키노시타와 유이가하마.

"왔니?"

"아, 힛키가 더 늦게 왔네."

늘 그렇듯, 지금까지 봤던 것과 같은 풍경이었다. 우아하게 찻잔을 든 유키노시타와 다과용 과자를 베어 무는 유이가하마도 평소와 다를 바 없었다.

아까 학교 뒤에서 본 광경은 다 헛것이었나 하는 생각마저 들었다. 어쩌면 내가 착각해서 설레발을 쳤는지도 모른다.

그렇다고 해도 내가 할 일은 변함없다.

"응. 일이 있어서."

짧게 인사한 나는 부실 안으로 들어갔다.

하지만 평소 앉던 지정석에는 앉지 않았다.

유키노시타는 서 있는 나에게 의아한 눈빛을 보냈고, 유이가하마는 내가 든 편의점 봉투를 신기하게 바라봤다.

"오자마자 미안한데, 오늘은 먼저 가봐도 되겠냐?"

"응?"

둘은 올빼미 가족처럼 거의 같은 타이밍에 고개를 갸웃거렸다.

"뒤풀이 때문에 잇시키한테 가봐야 해서."

"그러니……."

"우리두 따라가?"

"아니, 괜찮아. 내가 드링커 맡기로 했잖냐. 그거 때문에 의 논할 문제가 있어서……."

그러면서 나는 편의점 봉투에서 MAX 커피 두 캔을 꺼내서 각자 앞에 하나씩 공물처럼 내려놨다.

"MAX 커피로 목테일이나 만들어 볼까 해서. 그거 프레젠 테이션하려고. 아, 그건 저번에 사준 거 답례."

프레젠테이션이란 말은 생각 없이 둘러댄 거짓말이지만, 내 예상을 훨씬 뛰어넘는 현실성이 있었나 보다.

유키노시타는 두통을 참는 것처럼 관자놀이를 누르며 기가 찬다는 듯이 한숨 쉬었다. 유이가하마도 노골적으로 「또 시작 이네……」라는 표정을 짓고 있었다.

"후우……."

"힛키, MAX 커피 넘 좋아하는 거 아냐?"

"좋아하면 안 되냐……."

두 사람은 냉담한 반응을 보였으나, 납득은 했는지 아예 포 기한 것처럼 고개를 끄덕였다. 음, 귀찮게 설득할 필요가 없어 서 좋지만, 어째 마음이 복잡하구만…….

어쨌거나 허가는 받았으니까 미안하지만 빨리 퇴장하자.

"그럼 오늘은 가보련다. 수고해라."

나는 편의점 봉투를 든 손을 들고 죄송합니다 죄송합니다 고개를 숙인 뒤 얼른 출구로 갔다.

"그, 그래……. 수고했어."

"앗, 웅. 내일 봐……."

두 사람은 어안이 벙벙한 기색이지만, 소극적으로나마 손을 흔들었다. 나는 다시 고개를 꾸벅여 인사하고 문을 천천히 닫았다.

그럼 다음 목적지로 갈까.

원래 왔던 길을 돌아가듯 나는 특별관 복도를 빠르게 걸어서 학생회실로 갔다.

물론 잇시키에게 MAX 커피 목테일을 소개하기 위해서는 아니었다.

내 목적은 단 하나.

일련의 소문을 종식하는 것.

그러기 위해서는 이 소문의 중심에 선 인물, 하야마 하야토와 협력 관계를 구축할 필요가 있다. 하지만 하야마와 이야기하고 싶어도 나와 하야마 사이에 연락 수단이 마땅치 않아, 지금은 다른 사람을 통해 말을 전하거나 잠복하다가 직접 붙잡을 수밖에 없다.

이럴 때 도움이 되는 사람이 있다면, 학생회장이자 축구부 매니저인 잇시키 이로하다.

어차피 하야마의 동아리 활동이 끝날 때까지 기다릴 수밖에 없다. 그렇다면 추운 야외에서 기약도 없이 기다리기보다 잇시키에게 불러 달라고 부탁하고 학생회실에서 기다리는 게 현명하다. 역시 이로하스야, 믿음직해.

터벅터벅 걷는 사이 학생회실 앞에 도착했다. 나는 손에 든 편의점 봉투를 들어 내용물을 확인했다. MAX 커피 외에도 음료수 몇 캔과 다과용 과자 몇 가지가 있었다. 선물은 이만 하면 적당하겠지. 생각해서 사 왔다고 말하면 흔쾌히 협력해 줄지도 모른다. 선물에는 그런 마력이 있다. 거기에 반보성의 원리라는 말을 갖다 붙인다면 견강부회일지도 모르지만, 없 는 것보다는 나을 것이다. 실제로 갑자기 먹을 것을 들고 오면 「설마 일 시키려고 저러나⋯⋯. 싫다⋯⋯ 일하기 싫어⋯⋯」라 는 생각이 들게 마련이다.

일단 이 선물로 비위를 맞추면서 학생회실에서 이로하스 콜 라보를 강행한다! 나는 각오를 다지고 학생회실 문을 똑똑 노 크한 뒤 대답을 기다렸다.

"앗, 나가요."

문 너머로 놀라는 목소리가 들려오고 허둥대는 발소리가 이 어졌다. 그리고 손잡이가 천천히 돌아가고 끼익 소리를 내며 문이 몇 센티미터 열렸다. 거기로 빼꼼 얼굴을 내민 사람은 땋은 머리에 안경을 쓴, 수수하면서 귀여운 여자애였다.

"앗, 저⋯⋯ 무슨 일, 이시죠?"

내 기억이 맞다면 이 아이는 서기다. 우물쭈물 묻는 그 아 이의 눈동자가 「히잉⋯⋯ 모르는 사람이야⋯⋯ 무서워⋯⋯」라 고 말해주는 기분인데 내 착각이겠죠?

하지만 멘탈이 강하기로 정평이 난 내가 아니던가. 도리어 철면피를 깔고 친한 척하기로 했다. 애매하게 연 문을 밀면서 편의점 봉투를 불쑥 들이밀었다.

"아이고, 고생이 많네. 이거 먹으면서 해."

"앗, 앗, 뭘 이런 것까지…… 감사합니다……."

다짜고짜 봉투를 떠넘겼다. 소심한 서기는 거절하지 못하고 고개를 꾸벅 숙이며 감사를 표했다. 에헤이, 모르는 사람이 주는 물건을 덥석덥석 받으면 쓰나. 큰일 날 아이일세.

"회, 회장, 선물 받았는데……."

그렇지만 서기는 받은 물건을 어떻게 해야 할 줄 몰라 안쪽에 있던 잇시키에게 말을 걸었다.

선물이라는 말에 반응했는지, 안에서 잇시키가 나왔다. 잇시키는 서기가 든 봉투를 들여다보고 눈동자를 초롱초롱 빛냈다.

"와, 선배님 센스쟁이~. 고맙습니다~."

그리고 끼이익…… 다시 문이 닫히려고 한다. 어쩜 좋아! 이로하스한테는 반보성의 원리가 전혀 안 통해!

나는 문이 닫히기 전에 콱 잡아서 억지로 빈틈을 만들었다. 이어서 얼굴을 디밀어 『샤이닝』의 잭 니콜슨 상태로 버텼다.

"잠깐만? 고맙습니다로 끝내지 말아줄래? 왜 받을 것만 받고 냉큼 입을 닦아 버릴까, 이 애는……."

불만을 토로하자 잇시키가 고개를 까딱 기울였다.

"아, 네에. 뭐 하실 말씀이라도 있으세요? 나는 없는데."

이로하스, 감탄이 나올 만큼 자기중심적이야~. 뭐야, 난 볼일 없으면 오면 안 되냐? 그야 볼일 없으면 안 오긴 해. 그런 고로, 볼일이 있다는 말이지.

"잇시키, 학생회실 좀 쓸게."

"네?"

잇시키가 이번에는 고개를 반대쪽으로 까딱였다.

**늘 그러하듯
히키가야 코마치는
오빠를 잘 보고 있다.**

학생회실 창으로 저녁놀과 인공적인 가로등 불빛에 비친 안 뜰을 내려다봤다.

교정에서 활동하는 운동부원은 동아리를 마치고 이 안뜰을 지난다. 학생회실에 있으면 축구부가 들어오는 모습도 잘 보일 것이다.

게다가 이곳 학생회실은 회장으로 취임한 잇시키가 설비 투자를 아끼지 않은 덕에 쓸데없이 주거 환경이 좋아 오랜 시간 기다리기에 최적의 장소. 지금도 할로겐 히터가 원적외선을 쏴줘서 발이 따끈따끈했다. 잠복 수사에 이만한 장소가 또 있을까.

MAX 커피를 홀짝이며 창가로 다가가 바깥을 힐끗 살폈다.

옆에는 잇시키가 비슷한 자세로 서 있었다. 손가락만 나온 소매 긴 카디건으로 코코아 캔을 감싸 꿀꺽꿀꺽 마시면서.

"하야마 선배님, 안 오네요."

"그러게."

잇시키에게는 이미 내 목적을 전달했다.

이야기를 듣고 처음에는 「네~? 그럼 저도 집에 못 가잖아요?」라며 귀찮은 티를 팍 냈지만, 하야마의 이름을 대자 마지못해 내가 학생회실에 머물도록 허가해줬다.

나를 배려해서 그런지, 다른 학생회 인원은 먼저 돌아갔다. 특히 부회장과 서기가 함께 돌아가는 모습이 인상적이었다. 뭐야, 너희 사귀냐? 부회장 너 인마, 학생회가 우스워? 일이나 하라고. 그 일을 방해한 건 나지만.

일이라고 하니까 한 가지 생각나는 사실이 있었다.

"그런데 너, 매니저잖아? 축구부가 언제 마치는지 몰라?"

"글쎄요?"

잇시키는 한 치 망설임도 없이 대답했다.

"글쎄요(さぁ, 사아)……?"

그건 『지켜줘, 수호월천!』 오프닝이고……. 조금만 더 매니저답게 행동하면 안 되겠니?

"요즘 춥잖아요~."

에헷☆ 하고 요망하게, 그리고 아주 깜찍하게 웃었다. 뭐야, 이 녀석. 깜찍해서 전부 용서해주고 싶잖아……. 그런데 너, 그러고도 안 잘리냐……?

하지만 잇시키를 학생회장으로 추천하면서 그 지위를 영리하게 이용하라고 종용한 사람은 나다.

이렇게 요령 부릴 줄 아는 것도 잇시키 이로하의 매력이자 능력이라고 생각한다.

그에 반해 나는 요령을 부릴 줄 몰라서 탈이다. 일을 너무 많이 하잖아. 지금 이렇게 학생회실에 잠복하는 것만 봐도 그렇다. 전에 하야마에게 전화번호를 알려줬을 때, 나도 하야마의 번호를 받았으면 이런 고생도 안 했을 것이다. 그렇다고 남에게 부탁해 번호를 알아내는 것도 마음이 불편하다.

이리도 미련하게 사는 사람이 또 있을까.

나와 그 녀석이 친한 사이였으면 요 맨! 왓썹! 컴온 어 마이 하우스! 라고만 해도 해결되는데. ……해결되겠냐. 그런다고 쫄래쫄래 따라오는 하야마는 상상도 하기 싫어.

그렇지만 지금 할 수 있는 일은 하야마가 오기를 기다리는 것뿐이다. 멍하니 밖을 바라보는데 유리에 비친 잇시키와 눈이 맞았다. 잇시키도 눈치챘는지 작게 웃었다.

"그래도 좀 의외네요. 선배님이 이렇게까지 적극적으로 나서는 거."

"그래?"

잇시키에게 힐끗 시선을 돌리자 잇시키는 그렇다며 고개를 끄덕였다.

"네. 내버려 두라느니 관심 없다느니, 멍청한 것들이나 좋아할 얘기라고 씹어댈 줄 알았어요."

너, 내 머릿속에 들어갔다 나왔냐……? 이로하스도 나를 굉장히 잘 아는구나. 히키가야 검정 시험 3급은 거저 따겠는걸. 좋아, 백 점 만점에 8만(八万, 하치만) 점을 주마.

그나저나 솔직히 말하면 평소 나라면 방금 잇시키가 지적한

대로 관심을 보이지 않았을 것이다. 그 점을 어색하게 느낀 이로하는 꽤 예리하다.

"그런데 굳이 학생회실까지 와서 눌러앉으시질 않나……."

잇시키는 뭔가 골똘히 생각하면서 빤히 내 눈을 봤다. 눈망울은 귀여운데 그 눈빛은 내 마음속까지 들여다보는 것 같아서 무서워졌다. 그래서 나도 모르게 눈을 돌려 버리고 말았다.

그러자 잇시키가 뭔가 알아챘는지 나에게서 한 걸음 확 물러섰다.

"……헉! 학생회실에 단둘이 있었다는 소문이 돌고 사귄다는 얘기가 기정사실인 양 퍼져서 제가 의식하게 되면 꼬시려는 건가요? 그 작전은 배울 점이 많으니까 다음에 써먹겠지만 그 결과가 나오기 전까진 무리예요 죄송해요."

청산유수처럼 말을 쏟아낸 잇시키는 무시무시한 속도로 머리를 숙였다.

"아, 응, 그래라……. 꼭 써 보고 감상 들려줘."

이젠 그냥 그러려니 하고 포기했다는 투로 대답하자 잇시키는 「반응이 너무 싱겁지 않아요~?」라는 불만을 담아내듯 볼을 부풀렸다.

그래도 오랜 시간 하야마를 기다리는 와중에 잇시키가 말동무가 되어줘서 다행이다.

이건 또 어떻게든 보답을 해야겠구만……. 그렇게 생각하다가 문득 떠오른 사실이 있었다.

"그러고 보니 오늘은 미안하다."

"오늘? 네에?"

갑자기 뭔 소리래 이 인간, 이라고 말하는 듯한 얼굴로 잇시키는 고개를 갸웃거렸다. 게다가 눈살을 찌푸리며 나를 흘겨봤고, 이번에도 「갑자기 뭔」까지는 진짜 말했다. 심지어는 불필요한 말까지 한마디 덧붙였다.

"선배님은 오늘만 미안한 게 아니지 않나요~?"

"그러게. 미안……."

쌀쌀맞은 눈매로 입술을 내밀며 말하니 찔리는 구석이 너무 많아서 사과할 수밖에 없었다. 하지만 지금 사과하고 싶은 건 그게 아니란 말이지…….

"오늘 그 뭐더라, 진로 상담회인가 뭔가가 있었다며? 못 도와줘서 미안하다고."

"아, 그거요? 아뇨, 괜찮아요. 규모를 좀 줄였더니 학생회만으로 해결되더라고요."

잇시키는 대수롭지 않은 투로 말했다. 하지만 입가에는 우쭐한 미소가 번졌고 굴곡 적은 가슴은 살짝 앞으로 나와 자랑스러운 심정이 은근히 드러나고 있었다. 딴에는 쿨한 척하고 싶었나 보지만. 그래도 잇시키가 스스로 판단해서 자기네 힘만으로 해냈다는 사실에는 변함이 없었다.

"……능력 있네. 회장 일, 나름대로 열심히 하고 있잖아?"

선거 당시를 생각하면 실로 장족의 발전이다. 원래대로라면 솔직하게 칭찬해야겠지만, 이놈의 성격이 꼬인 탓에 입으로 나오는 말도 다소 꼬여 있었다. 그 말을 들은 잇시키는 고개를 휙 돌리고 앞머리를 꼼지락대며 뭐라고 빠르게 우물거렸다.

"……그, 그야 선배님들한테 기대기만 하는 것도 좀 그렇더라구요. 그래서 저도 할 수 있는 일은 해 볼까 싶어서……."

흠, 아무래도 피차 성격이 꼬인 탓에 내 칭찬이 똑바로 전해졌나 보다. 손부채를 파닥거리는 것이 쑥스러워하는 티가 났다.

그 모습을 따스한 눈으로 바라보는데 잇시키는 머쓱하게 헛기침하고 짧은 한숨을 후 뱉었다.

"……그리고 당연한 게 아니라는 걸 깨달았거든요."

"흠?"

덧붙인 말의 의도가 잘 이해되지 않아서 나는 건성으로 대답하며 고개를 갸웃했다.

잇시키는 창틀에 팔꿈치를 괴고 공상이라도 하듯 어둑한 하늘을 올려다봤다. 그리고 뭔가를 염원하는 투로 중얼거렸다.

"전 뭐랄까, 쭉 이어질 줄만 알았나 봐요~."

말투는 가볍지만, 유성이라도 찾는 것 같은 눈빛에는 체념과 닮은 무게감이 있었다. 이루어질 리 없다는 것을 알기에 과거형이 되어 버린 말이 내 가슴을 쿡 찔렀다. 그래도 여기서 침묵하면 그것을 인정하는 기분이 들어서, 나는 평소처럼 답을 유보하려고 말을 이었다.

"뭐가?"

하지만 똑같이 성격이 비뚤어진 상대에게 나의 능청은 통하지 않았다.

"이런 시간이나, 이런 관계 말이에요."

유리에 비친 잇시키의 입꼬리가 피식 올라갔다. 「알면서」라고 소리도 없이 입술만 달싹였다.

그래, 안다. 유리창에 맺힌 상으로 눈이 맞아서 나는 턱 끝으로만 끄덕였다.

그것을 본 잇시키는 깊은 한숨을 쉬고 내 쪽으로 빙글 돌아섰다. 창에 기댄 그녀의 모습은 어두운 밤하늘을 등지어 한층 어른스러워 보였다.

"뭐, 그 당연한 걸 지키려고 애쓰는 사람도 제법 멋있다고 생각하지만요. 그런 걸 보면 괜히 응원하고 싶잖아요?"

과연 그건 누구일까. 적어도 나는 아니겠지. 잇시키의 시선은 창밖, 아득히 펼쳐진 어둠 너머에 있을 누군가를 보는 듯했다.

불현듯 잇시키가 아, 라며 작게 입을 열었다.

그쪽을 내려다보자 축구부가 안뜰을 가로지르는 중이었다. 그 집단에는 하야마도 있었다.

빨리도 온다……. 나는 캔에 남은 내용물을 전부 마셔 버리고 코트와 가방을 들었다.

"잇시키, 고맙다."

"신경 안 쓰셔도 돼요. 제가 할 수 있는 일은 이 정도밖에 없는걸요."

고마움을 표하자 잇시키는 싱그레 미소로 화답했다. 그 웃는 얼굴을 보며 인사하고 학생회실을 나오려던 때, 뒤에서 다정한 말이 들려왔다.

"선배님, 힘내세요."

돌아보니 잇시키는 응원하듯 가슴 앞으로 두 주먹을 불끈 쥐고 있었다. 그 표정은 부드럽고 눈빛은 온화했다.

뭘 힘내라는 말인가. 그냥 이야기만 나눌 뿐이다. 그렇게 받아쳐도 괜찮았겠지만. 그러지 않았다.

대신 가볍게 손을 흔들고 나는 학생회실을 뒤로했다.

×　×　×

현관으로 나와 빠르게 안뜰로 돌아갔다. 조금 전까지 따뜻한 학생회실에 있었던 탓일까. 찬바람에 얼굴이 얼얼했다. 코트 앞섶을 끌어모으고 목도리를 입까지 올린 뒤 발걸음을 재촉했다.

앞쪽에 하야마 하야토가 있었다. 하야마는 토베를 포함한 몇 명과 담소를 나누며 천천히 걷고 있었다.

학생들의 왕래도 거의 없는 시각, 반대 방향에서 오는 사람이 눈에 띄었는지 토베가 가장 먼저 나를 알아봤다.

"오, 히키타니잖어~."

토베가 크게 손을 흔들자 하야마도 나를 알아보고 가볍게 손을 들어 보였다.

"이제 가냐?"

내가 말을 걸며 하야마 앞에 멈추자 상대방도 멈출 수밖에 없었다. 뭐라도 한마디 나눠야 하는 분위기가 조성되면서 토베가 짝퉁 버버리 같은 목도리를 빙빙 고쳐 감으며 말을 이었다.

"맞어. 히키타니도?"

"그렇지, 뭐. ……아, 맞다. 하야마, 잠깐 시간 되냐?"

그러면서 하야마를 슬쩍 봤다.

마치 지금 우연히 하야마에게 볼일이 생긴 것처럼. 내가 생각해도 어쭙잖은 연기지만, 평소 사람과 대화하지 않는 탓인지 남들이 내 태도를 특별히 이상하게 여기지는 않았다.

하지만 하야마는 달랐다. 무엇을 눈치챘는지, 순간적으로 의심스러운 눈빛을 보냈다.

그야 그럴 테지. 하야마는 많은 사람에게 사랑받으며 늘 여러 사람과 접하는 인기인이다.

제삼자가 보면 이 상황에 부자연스러운 점은 없다. 우연히 만난 지인도 말을 거는 하야토, 인기쟁이! 라고 생각할 것이다.

하지만 하야마는 나를 안다.

내가 자발적으로 하야마에게 말을 걸 인물도 아니거니와 함께 귀가할 사이도, 어디에 놀러 갈 사이도 아니란 것을. 볼일이 있을 때는 높은 확률로 좋은 일이 아니란 것 또한 안다.

하야마는 처음에는 미심쩍어하는 반응을 보였지만, 머리를 가볍게 젓고 금방 평소의 미소를 되찾았다.

"괜찮아. 토베, 먼저 들어가."

"그, 그려. 그럼 담에 보자."

하야마가 토베에게 눈치를 주자 토베도 바로 고개를 끄덕였다. 그리고 다른 애들에게 소란스레 말을 걸며 자리를 비켜줬다.

축구부원들이 떠나는 모습을 지켜본 하야마가 내게로 시선을 되돌렸다. 그리고 주차장 방향을 턱으로 가리켰다. 나도 아무 말 없이 그 뒤를 따랐다.

학생 대부분이 돌아간 뒤라서 주차장은 썰렁했다. 다른 동아리를 하던 학생일까, 와자지껄 떠드는 한 집단이 보였지만, 그들이 돌아간 뒤로는 정적밖에 남지 않았다. 바람이 불 때마다 자전거 주차장의 양철 지붕이 울렸고, 방치되어 녹슨 자전거도 함께 흔들려 삐걱댔다.

나는 내 자전거의 자물쇠를 풀고 끼릭끼릭 바퀴를 굴리며 하야마 옆에 섰다. 그사이 하야마는 특별한 행동도 없이 나를 기다리고 있었다.

"……그래서, 어떡할래?"

하야마가 물었다.

용건이 있다고 부른 사람은 나다. 어떻게 할지 정하는 것은 내 역할이겠지.

"잠깐 이야기나 나누고 싶은데……."

그렇지만 남이 들으면 곤란한 이야기였다. 그다지 눈에 띄고 싶지 않았다. 게다가 바람 막아주는 곳 없는 주차장에 계속 서 있기도 그렇다. 어디 대화를 나눌 곳이 없을까. 우리 집, 아니면 하야마 집…… 그건 죽어도 안 돼…….

"일단 어디 들어갈까?"

"그래, 일단……."

하야마는 대답하며 교문 쪽으로 걸음을 옮겼다. 나도 자전거를 밀며 따라갔다.

조용한 학교에 두 명의 발소리와 녹슨 자전거가 내는 마른 마찰음이 울렸다. 낮에는 동물원인가 싶을 만큼 시끄러운 학교지만, 지금은 사람 목소리가 들리지 않았다.

…………어색하다.

아까부터 이어지는 침묵도 침묵이지만, 무엇보다 이 구도. 이 구도가 어색하다.

내가 말을 걸었는데 나는 자전거고 하야마는 걸어가게 하는 건 어색하지 않나? 엇, 어쩌지? 이럴 때는 자전거를 밀면서 걸어가야 하나? 아니면 일단 해산하고 약속 장소에서 모이는 게 정석인가?

잠깐 생각하다가 겨우 합리적인 답을 찾았다. 나는 헛기침하고 앞을 걷는 하야마에게 말을 걸었다.

"……음, 탈래?"

"어?"

하야마가 어리둥절한 얼굴로 돌아봤다. 무슨 말을 하는지 모르겠다는 표정이었다. 바람 소리 때문에 못 들었나……. 뭐야, 네가 둔감 주인공이야? 창피하니까 되묻지 마. 설마 그건가, 시치미 떼서 거절하는 고급 테크닉? 그렇게 거절하면 한 번 더 말할 용기가 사라지잖아. 소녀의 순정을 얕보지 마라, 상처받기 쉽단 말이다.

마음속으로 시원하게 불평을 늘어놓은 나는 깊이 한숨을

쉬고 자전거 짐칸을 탁탁 두드렸다. 그리고 한 번 더 같은 말을 되풀이했다. ……하지만! 힘내! 용기를 내는 거야!

"……아니, 탈 거냐고."

"아, 맞구나. 잘못들은 줄 알았어."

그리고 하야마는 부드럽게 미소 지었다.

"너만 괜찮다면 탈게."

"그래."

내가 자전거에 앉고 하야마가 뒤로 돌아갔다. 자전거가 천천히 내려앉아 하야마가 짐칸에 앉았다는 것을 알았다.

그럼 출발해 볼까. 그렇게 내가 페달을 밟으려던 순간.

툭, 갑자기 뒤에서 어깨를 두드렸다. 나도 모르게 화들짝 놀라고 말았다.

"어, 왜……?"

쭈뼛쭈뼛 돌아보니 하야마가 고개를 갸웃거렸다. 그리고 자기 손과 내 어깨를 번갈아 봤다.

"아, 미안. 균형 잡느라고 그랬어."

그러면서 하야마는 내 어깨에서 손을 놓고 뒤로 체중을 실으며 짐칸 끝을 잡았다. 흠, 2인승의 정석적인 자세이긴 하지. 무게를 앞으로 실을 때는 운전자의 어깨나 허리, 아니면 안장 기둥을 잡는다. 반대로 무게를 뒤로 실을 때는 지금 하야마 같은 자세로 탄다. 참고로 코마치는 전자야! 스스럼없이 허리를 끌어안는다니까! 귀여워!

아무튼 이제 준비는 끝났다. 다시 앞을 보며 페달에 발을 걸치고 하야마에게 물었다.

"출발해도 되냐?"

"언제든지."

가벼운 말투로 대답이 돌아와 나는 힘차게 페달을 밟았다. 자전거는 밟은 힘만큼 나아갔다. 하지만 무게 때문인지 내 의지와 상관없이 핸들이 꺾이고 바퀴는 불안정하게 갈지자를 그렸다.

으, 으음…… 남자를 태우니까 운전하기 꽤 힘든걸……. 자전거에 코마치 말고 태워본 적이 있어야 말이지. 코마치는 가벼웠는데……. 귀여워, 코마치…….

그 반면, 뒤에 탄 남정네는 귀여운 구석을 찾아볼 수 없다.

"그…… 교대할까?"

말을 걸기에 슬쩍 돌아보니 하야마는 난감하게 웃고 있었다.

"아니, 됐어. 괜찮아."

쌀쌀맞게 답하고 다시 페달을 밟았다. 고작 자전거 2인승도 못 몰아서 대신해 준다면 아무리 나라도 창피하다. 오기란 게 있다고, 사내자식한테는!

그 오기 덕분인지, 아니면 익숙해졌기 때문인지, 그 후로는 수월하게 나아갔다. 서서히 속도도 붙었다. 학교 주변은 간척지인 까닭인지 길이 올곧아서 자전거를 타고 다니기에는 아주 좋은 환경이다.

바람은 여전히 차지만, 몸을 움직이는 상황에서는 그다지 신경 쓰이지 않았다. 순조롭게 달리는데 하야마가 등을 콕콕

찌른다. 잠깐, 그런 거 하지 마. 이상하게 소름 돋잖아.

"……왜?"

자전거를 모느라 돌아보지 못한 채로 묻자 뒤에서 하야마의 목소리가 들렸다.

"어디 가?"

듣고 보니 아직 갈 곳을 정하지 않았다는 사실을 깨달았다. 하지만 이 시각에 부담 없이 들어갈 수 있고 내가 위치를 아는 곳이라면 후보는 자연스럽게 좁혀진다.

"……무난하게 사이제로 갈까."

"너, 사이제 정말 좋아하더라."

하야마가 어이없어하며 말했다. 뭐 어때서? 좋잖아, 사이제.

"왜? 별로야? 커피 정도는 쏠게."

"사이제는 드링크바지?"

픽 웃음 같은 숨소리가 들렸다. 조금 의외였다. 사이제가 드링크바인 건 아나.

……아하, 이 녀석도 사이제를 좋아하는구만?

× × ×

도로변 자판기에서 캔 커피를 두 개 뽑았다.

옆을 보자 국도에는 자동차 후미등이 꼬리를 물고 있었다. 오렌지색 불빛을 비추는 가로등도 있어서 밤인데도 어둡다는 느낌은 들지 않았다.

자판기 배출구로 꺼낸 뜨거운 스틸캔을 공깃돌처럼 놀리며 도로에서 조금 떨어진 공원으로 들어갔다. 조금 전까지 인공 광들을 본 탓일까, 공원 안은 유난히 어두워 보였다.

이곳에서 어둠을 거두는 것은 낡아빠진 가로등뿐이었다. 가끔 지직거리며 깜빡이는 미덥지 못한 램프는 나란히 붙은 두 벤치를 푸르스름하게 비추었다.

그 벤치 하나에 하야마 하야토가 뭔가를 올려다보는 자세로 앉아 있었다.

시선이 향한 곳에 무엇이 있나 싶어 봤지만, 여기서 눈에 띄는 것이라고는 사이제 건물과 국도를 건너기 위한 육교 정도밖에 없었다.

주택과 음식점, 혹은 상업용 빌딩…… 높은 건물이 늘어선 지역에서 이 공원은 고요한 공백 지대로 존재했다.

그 탓에 가끔씩 차가운 바람이 불어왔다.

사실 사이제에 들어가고 싶었지만, 사이제 주차장에 우리 학교 학생의 자전거가 세워져 있었다. 통학용 자전거에는 학교에서 배부한 스티커를 눈에 보이는 위치에 붙이도록 교칙으로 정해둬서 한눈에 알아볼 수 있었다. 더군다나 스티커는 학년별로 색깔이 다른데, 이건 하필 우리와 같은 2학년의 색이었다.

지금부터 하야마와 나눌 이야기는 남이 들어서 좋을 게 없다.

자연스럽게 사이제를 선택지에서 제외하고 근처에 있던 이 공원으로 왔다. 이렇게 넓게 트인 장소라면 누가 다가와도 금방 알 수 있다. 그러고 보면 밀담은 넓고 주변이 잘 보이는 곳에서 하라는 옛말이 있었던 것 같기도 하고……

벤치에 다가가자 하야마도 금방 내 인기척을 알아차렸다. 여기라고 알려주듯 가볍게 손을 흔들었다. 그 손을 향해 캔 커피를 던지자 하야마는 어렵잖게 캐치했다.

그것을 확인하고 나는 하야마가 앉은 벤치와는 다른 벤치에 앉았다. 손을 덥히듯 캔 커피를 쥐고 뚜껑을 따서 한 모금 마셨다.

하야마는 잠시 캔을 쥐고만 있다가 나를 따라서 커피를 마셨다.

그리고 작게 한숨을 쉬고 말문을 열었다.

"……할 이야기라면, 그 소문이야?"

"그렇지 뭐."

짧게 대답하자 하야마는 "그래?"라며 쓸쓸하게 중얼거렸다.

"전에도 말했지만, 내가 할 수 있는 일은 별로 없어."

그러고는 하야마는 엷은 미소를 지었다. 미안한 듯 눈썹을 살짝 내리뜬 표정에 가로등이 그림자를 드리운다.

하야마가 하는 말은 반쯤 예상한 바였다. 딱히 이걸 이유로 하야마를 질책할 생각은 없다.

다만, 그래도.

"그건 알아. 그런데 상황이 좀 급해졌어."

똑바로 보면서 무게를 잡자 하야마는 의아하게 눈을 찌푸리고 눈빛으로 뒷이야기를 재촉했다.

"그 소문으로 힘들어하는 사람이 있거든……. 실제로 피해도 겪고 있어. 너도 비슷한 상황이지? 협력해서 빨리 끝내줬으면 하는데."

어쩌냐는 제안의 의미를 담아서 바라보고 예의상 고개를 가볍게 숙였다.

하야마는 잠시 생각했지만, 곧 웃으며 나를 놀리는 말투로 말했다.

"유이를 위해서야? 유키노시타를 위해서? ……아니면『다른 학교 남자』를 위해서?"

"널 위해서다, 인마. 창피하게 말로 해야겠냐."

나는 즉시 장난처럼 받아쳤다. 그러자 하야마는 메마른 웃음을 흘리고 캔 커피를 벤치에 놨다.

"그런 능청스러움이 마음에 든 거겠지……."

돌아온 답은 혼잣말 같았다. 옆에 있는 하야마의 표정은 보이지 않았다. 그저 굳게 쥔 주먹이 눈에 들어왔다.

문득 그 주먹을 펴고 하야마는 캔 커피를 한 모금 마셨다.

"끝내고 싶을 뿐이라면, 나와 협력하지 않아도 더 편하고 확실한 방법이 있잖아."

"쉬워 보이는 일일수록 어렵잖냐. 하이쿠[#25] 몰라? 단순할수록 심오하다더라."

"……일리 있게 들린다는 점이, 네 헛소리의 골치 아픈 점이야."

내가 과장스럽게 어깨를 으쓱 들어 보이자 하야마는 괴로

#25 하이쿠 총 17자로 구성된 일본의 단시.

운 표정을 지었다. 그리고 크게 한숨 쉬고 나를 향해 몸을 돌렸다.

"도와달라고 할 거면 적어도 자세한 사정을 들려주면 좋겠어. ······네가 그렇게까지 하는 사정을."

"엉? 아니, 방금 말했잖아. 소문 때문에 피해 보는 사람이 있다고. 그걸 해결하려면 중심인물인 네가 나서는 편이 빨라. 구체적인 방법까지는 아직 모르겠지만, 내 발언력? 영향력이 필요해. 그래서 너한테 도와달라는 거야."

방금 말한 내용에 몇 가지 보충 설명을 더해서 빠르게 말했나.

실제로 이 소문을 부정하든 다른 소문으로 덮어씌우려면 강한 영향력이 필요하다. 애초에 자연 발생한 소문을 묻어 버리려면 그 이상의 임팩트가 있어야 한다. 재미로 퍼진 헛소문을 바로잡기란 피눈물 나게 어렵다.

그런 설명을 살짝 흥분조로 늘어놨지만, 하야마의 반응은 신통치 않았다. 아니, 반응이 나쁘다는 표현이 정확하겠지. 내 말의 진위를 확인하는 것처럼 가늘어진 눈은 겨울 하늘에 뜬 초승달처럼 차갑게 빛났다.

"아니지. 그건 그냥 상황 설명이야. 네 사정을······ 네가 나한테 머리까지 숙이면서 나서는 이유를 알려줘."

"아니, 이유랄 게······."

지금 실컷 장광설을 늘어놓지 않았는가. 더 이상 뭘 설명하라는 말인가. 입을 떼려던 나를 하야마가 손으로 제지했다.

"그래봤자 단순한 소문이야. 지금은 재미있으니까 떠들지,

이런 이야기는 언젠가 사라져. 나한테 오는 피해도 일시적인 현상에 불과해. 게다가 나는 고백받는 것 자체를 피해라고 생각하지 않아. ……어디까지나 나는."

마지막에 구태여 붙인 한마디 때문에 마치 다른 누군가는 고백으로 모종의 불이익을 겪는다는 듯이 들렸다. 나는 무의식적으로 얼굴을 돌려 공원 한쪽을 노려보고 있었다.

"그러니까 내가 끝맺어야 할 문제란 건, 애초에 일어나지도 않았어."

상냥하게 설득하는 듯한 말은 바람 속에서도 선명하게 들렸다.

바람에 날려 낙엽이 바스락거리는 소리는 보이지 않는 괴물이 기어 오는 것만 같아서 몹시 불쾌했다. 그 탓에 내 목소리에도 날이 섰다.

"하고 싶은 말이 뭐야?"

나도 모르게 혀를 찼다. 바꿔 꼰 다리가 짜증스럽게 떨렸다. 무릎에 팔을 괴고 눈을 흘겼다.

하지만 하야마는 당황한 척도 하지 않았다. 똑바로 나를 응시하고, 그리고 천천히 입을 열었다.

"네가 문제시할 뿐…… 아니, 문제 삼고 싶을 뿐이지 않아?"

"하……."

내가 뱉은 숨소리에는 어떤 의미가 담겨 있었을까.

기가 차서 나온 비웃음인가. 아니면 무슨 소리인지 못 알아듣겠다고 되묻는 말인가. 혹은 핵심을 찔려서 나온 당혹스러운 한숨인가.

나는 말을 이어갈 방법을 찾지 못하고, 그렇다고 모른 척 웃어넘기지도 못한 채 의미 없이 입을 뻥긋거릴 수밖에 없었다. 이상하게 목이 타고, 입술은 경련이 난 것처럼 실룩거렸다.

아아, 결국 이 소리를 듣고야 말았다. 들키고 말았다.

고등학생의 염문이야 어디에나 한두 가지씩 있게 마련이다. 호들갑을 떨 가치도 없다.

그걸 알면서 나는 굳이 이번 일을 문제시했다.

학생들의 잡담에서 느낀 의분을 핑계로 이유를 만들어 냈다. 미우라 유미코가 똑바로 하라고 진지하게 충고했는데 어물쩍 넘기고 그 뜻을 곡해했다. 에비나 히나가 하고 싶은 말이 있어 보였는데도 못 본 척했다. 하야마 하야토의 질문에 시치미 떼고 얼버무렸다. 히라츠카 시즈카의 다정한 잔소리를 자기중심적으로 해석했다. 잇시키 이로하가 찜찜하게 남긴 말을 생각해주는 척하며 흘려들었다.

무엇보다, 누구보다 내가 나 자신에게 속삭이고 있었다.

이게 짐짓 중대사인 양, 번번이 거창한 어휘로 치장하고 의미를 왜곡하며 내 가슴속에만 맴도는 독백조차도 허식으로 도배했다. 단 하나의 불편한 진실을 덮어 버리기 위해서 임시 변통으로 앞뒤도 맞지 않는 망언을 쏟아냈다.

그 모든 것을 지금 들키고 말았다.

수치심에 일그러지는 입을 손으로 덮어 버리고 떨리는 몸으로 띄엄띄엄 말을 끄집어냈다.

"너, 말을 되게 듣기 싫게 한다……? 만약, 만약에 그렇다고 해도, 그게 뭐? 그 질문에 무슨 의미가 있어?"

얼굴을 덮은 손가락 사이로 하야마를 노려봤다.

나름대로 서슬 퍼런 눈빛이었다고 생각했지만, 하야마는 태연했고 입에는 상쾌한 미소까지 짓고 있었다. 그저 눈동자만 몹시 어두웠다.

"앙갚음이야. 별 의미는 없어."

"뭐?"

이번에는 진짜 분노가 담긴 말이 나왔다. 내가 정말로 쌍팔년도 인간이었으면 말보다 주먹이 먼저 나갔을 거다. 하지만 요즘 젊은이인 나는 육체 언어를 통한 대화에 능하지 못하다. 물론 평범한 대화도 능하지 못하지만. 아예 젬병이라고 해도 좋다.

어찌나 젬병인지 하야마가 하는 말도 알아먹질 못하겠다.

하야마는 캔 커피를 들이켜고 한숨 쉬었다.

"너를 본 순간 눈빛이 달라지면서 웃어. 거기다 둘이서 사이좋게 쇼핑까지 가잖아? 골려주고 싶었어."

"하……. 그러니까 무슨 얘기냐고."

"남자의 질투는 추하다는 얘기."

다정한 목소리, 부드러운 어조, 차분한 톤. 그런데 왜 이리도 차갑게 느껴질까. 하야마의 말은 다분히 자조적이면서도 나를 찌르려는 공격성을 감추지 않았다.

"이야기는 이게 다야?"

"어…… 아니, 그러니까, 그 소문에 어떻게 대응할지 생각하고 싶은데.”

　간신히 입이 움직여서 말을 짜냈다. 하야마는 고개를 끄덕이며 듣다가 내 말이 끊기자 피식 웃었다.

　“그 이야기라면 이미 했어.”

　하야마는 대화를 끝맺으려는 것처럼 단호하게 말하고 자리에서 일어났다.

　“……문제는 안 생겨. 지금까지도 그랬어.”

　나를 내려다보는 그 얼굴은 가로등 그림자에 가려진 탓인지 어딘가 슬퍼 보였다.

　“커피, 잘 마셨어.”

　하야마는 캔을 살살 흔들며 말했다. 그게 작별 인사였나 보다. 그대로 벤치에서 멀어져 떠나 버렸다.

　어둠 속으로 사라지는 하야마를 잠시 지켜봤다.

　나는 일어날 기력이 없어서 벤치에 앉은 채 멍하게 하늘을 봤다.

　문제는 안 생긴다. 그 말이 맞겠지.

　예의 소문은 어차피 일시적인 현상이다. 밸런타인데이가 다가오는 시기, 출연진이 화려하고 다양해서 관심을 크게 끌어모았고 오락으로 즐기기에 좋은 소재였을 뿐이다. 고백 릴레이도 어디까지나 개인의 생각에만 영향을 미친다. 그러니까 큰 문제는 생기지 않는다.

　요컨대 이번 일은.

　—나의, 나만의 문제인 것이다.

하야마가 떠난 뒤로도 나는 오랫동안 겨울 하늘 아래 앉아 있었다.

한참이 지나서야 움직일 마음이 들었으나, 자전거 페달을 밟는 발이 생각대로 움직이지 않아 돌아가는 시간이 평소보다 배는 오래 걸렸다.

집에 도착했을 때는 몸은 얼음장처럼 식어 있었다.

거실로 들어가자 피로가 한꺼번에 몰려왔다. 사실 피로 자체는 처음부터 있었으리라. 그걸 알아챌 마음의 여유가 없었던 것이다.

오늘은 정말로 피곤하다…….

가방을 바닥에 대충 던져버리고 소파까지 휘청휘청 걸어가 털썩 쓰러졌다. 코트와 목도리를 벗을 힘도 남아 있지 않았다.

둔해졌던 팔다리도 난방 덕분에 서서히 감각을 되찾았지만, 마음은 여전히 얼어붙어 있었다.

그래서 고타츠에서 공부하던 코마치가 나를 귀신처럼 바라보는데도 별다른 반응을 보이지 못했다.

"왜 그래, 오빠?"

"응…….'

입도 거의 움직이지 않고 대답은 했으나, 다른 행동은 할 수 없었다. 멍하니 누워서 천장을 바라보는 꼬락서니가 꼭 죽어가는 매미 같겠지.

"목욕물 받아놨어."

"응."

목욕이라. 목욕. 목욕 좋지. 탕에 몸을 담그면 자질구레한 생각도 머리에서 씻겨 나간다. 나오는 순간 다시 엉겨 붙어서 문제지만. 그래도 들어가 있는 순간만큼은 행복하니까. 목욕할까…….

머리로는 그렇게 생각하면서도 나른함을 이기지 못한 나는 손가락 하나 꿈쩍하지 못했다.

그때, 나와 천장 사이에 그림자가 끼어들었다. 눈만 움직여 확인하자 코마치가 걱정스럽게 나를 들여다보고 있었다.

"……괜찮아?"

코마치가 내 이마에 손을 댔다. 열이라도 있는 줄 아나 보다. 하지만 이마를 만져도 열이 있는지는 모를 것이다. 겨울 밤바람을 뚫고 온 내 이마는 얼음처럼 차가웠다.

반면에 코마치의 손은 따뜻했다. 방금까지 고타츠의 열기를 쬔 덕분이리라.

손바닥으로 스미는 열기가 내 굳은 몸을 조금씩 풀어줬다. 덕분에 겨우 사람다운 말이 나오게 됐다.

"응, 괜찮아……. 그냥 피곤해서…….."

"그래? 일단 고타츠라도 들어가지?"

그러자 코마치는 내 손을 당겨 일으켰다. 더불어 목도리를 빙빙 풀어서 코트도 벗겨줬다. 돌보미가 수발드는 노인이 된 기분이라서 한편으로 고마우면서도 한편으로 자괴감이 든다…….

"미안. 고맙다⋯⋯."

"응, 아니야."

코마치에게 끌려 고타츠에 들어가자 얼었던 감정이 서서히 녹아내렸다. 그 단편이 말이 되어 뚝뚝 흘러 떨어진다.

"⋯⋯코마치, 나는 이제 글렀지 싶다."

"갑자기 뭐래는 거야⋯⋯."

"몹시 부끄러운 인생을 살아왔지만, 오늘만큼 나 자신이 부끄러운 적은 없었어. 겁많은 자존심과 존대한 수치심이 뒤섞여서⋯⋯⋯⋯ 그 뭐냐, 그거, 죽도록 쪽팔려."

"어휘 선택이 순식간에 저렴해졌네⋯⋯."

이상한 부분에 감탄하는 코마치 옆에서 내 감정의 껍질이 점차 벗겨져 떨어졌다. 지금까지 한 줌의 자존심을 긁어모아 덮어씌웠던 껍질은 놀라울 만큼 빠르게 허물어졌다.

지금이야말로 『인간 실격』과 『산월기』, 사춘기 감성 필독서 세트를 읽어야 할 때인지도 모르겠다. 아마 죽도록 마음에 꽂힐 것이다.

히라츠카 선생님이 다정하게 충고하고, 잇시키가 등을 밀어줬는데도 그런 추태를 보이고 말았다. 게다가 하야마 하야토에게 내 마음의 근저에 깔린 가장 추악한 부분을 들키고 나의 얄팍함을 뼈저리게 자각했다.

인간으로서, 남자로서 이보다 꼴사나울 수는 없다.

자기 신념조차 등진 나에게는 대체 뭐가 남는가.

부지불식간에 등이 굽고 어깨는 처졌다. 한숨도 저절로 나왔다.

"오빠……."

코마치의 걱정스러운 목소리를 듣고 고개를 들었다.

그러자 코마치는 위로하듯 자상하고 아름답게 미소 지었다.

"오빠는 오빠 생각만큼 안 멋있어."

"그게 지금 할 소리니? 아니, 맞긴 하지만. 맞긴 한데……."

나도 알아! 나도 안다고! 그래도 지금 그런 얘기를 들으면 정말로 자존감이 꺾인다니까? 내가 원망스럽게 쳐다보자 코마치는 한마디를 더했다.

"아, 안 멋있다는 게 얼굴만 못생겼다는 뜻이 아니야."

"애초에 얼굴 이야기는 한 적도 없다만……."

야, 얼굴은 때리지 마. 몸을 때려. 얼굴 공격을 은근슬쩍 금지 카드로 지정하자 코마치는 고개를 끄덕이고 정확하게 심장에 비수를 꽂았다.

"오빠는 그 성격? 타고난 기질이 못났어. 하는 행동이 하나하나 기분 나빠."

"너무 막말하네……."

인신공격도 금지 카드로 지정해야 했다. 물론 동생에게 징징거리고 위로받기를 기대한 오빠는 굉장히 추하고 한없이 기분 나쁘니까 막말을 들어도 할 말은 없지만. 오빠는 끝……. 더욱 깊은 자기혐오의 늪으로 빠지려던 그때, 코마치가 조용히 목을 가다듬었다.

"그래도 그런 오빠라서 할 수 있는 일이 있답니다. ……그러니까."

코마치는 말을 끊고 고타츠에서 손을 뻗어 가방을 끌어당겼
다. 그리고 뭔가를 꺼내서 내게 쑥 들이밀었다.

"자, 이거! 프레젠트 포 유~!"

와~ 짝짝짝. 혼자 북 치고 장구 치며 허접쓰레기로 매도한
뒤 건네준 것은 셀로판 봉투에 든 과자였다.

별 모양과 하트 모양 외에도 곰, 고양이, 레서판다를 본떠
아이싱을 바른 쿠키도 있었다. 하나같이 갈라지거나 부서져
모양새는 별로지만, 하나하나 차이가 있어서 눈으로만 봐도
재미가 있었다. 그런 가운데 체스 무늬 쿠키만 유독 만듦새가
깔끔했다.

"설마 이거……."

내가 물끄러미 관찰하는데 코마치가 손가락을 척 세워 정답
을 발표했다.

"맞아! 수제 쿠키야!"

"오오!"

여동생표 쿠키, 최고잖아……. 벅찬 감동에 젖은 내게 코마
치가 은근슬쩍 덧붙였다.

"코마치가 만든 건 아니지만."

"엉……? 뭐야, 무섭게. 그럼 이거 누가 만들었어……? 무서
워……."

모르는 사람이 만든 음식을 무서워서 어떻게 먹어……. 불
과 몇 초 전까지는 근사한 선물이었는데 한순간에 특급 주물

이 되고 말았다.

"사키 언니랑 케이카가 줬어. 얼마 전에 도와줘서 고맙대. 오빠가 타이시 이야기 들어줬잖아."

"아……."

들으니까 기억났다. 그러고 보니 카와 어쩌고 양의 남동생, 카와사키 타이시가 상담이라는 명목으로 우리 집에 왔었지……. 그때 조언 비슷한 말을 했는데, 고작 이런 일로 정성스럽게 선물까지 보낼 줄은 몰랐다. 카와사키는 학교에서도 항상 보지만, 직접 건네기는 어려웠겠지. 타이시와 코마치를 거치는 방식은 현명한 판단이다. 뭐, 사실 부끄러워서 피한 것뿐이겠지만!

다시 쿠키를 보자 체스 무늬로 장식한 쿠키에서는 특별히 정성이 느껴졌다. 아마 카와사키가 만들었겠지. 아이싱으로 동물 얼굴을 그린 쿠키는 케이카가 만든 것일까?

여동생표 쿠키, 최고잖아……. 케이, 열심히 했구나……. 나 너무 기뻐…….

내가 다시 감동에 젖은 사이, 코마치도 감화에 젖어 고개를 끄덕였다.

"오빠가 한 이야기가 타이시 마음에 꽂혔대. 그건 오빠라서 가능한 일이야."

그렇게 칭찬하면 부끄러워서 그만 겸손하게 된다.

"에이, 뭐 대단한 얘기를 한 것도 아닌데……."

"그러시겠지."

"그러시겠지?"

으음~ 그렇게 말하면 좀 상처받는걸~? 내가 끙끙거리는데도 코마치는 상처를 더 후벼팠다.

"오빠는 못났고 창피한 사람이지만, 가끔 노력을 하니까. 그래서 묘한 설득력이 있는 거 아닐까? 잘은 몰라도."

"그, 그러냐……."

"그런 점, 보는 사람은 다 보고 있거든."

교훈처럼 말한 코마치는 후후 웃으며 왠지 자랑스럽게 수제 쿠키를 봤다. 이 쿠키야말로 지금까지 못난 내가 나름대로 노력한 증거이자 훈장이라고 말하듯이.

"그런가. 그렇겠지……."

이것도 어떻게 보면 반보성의 원리라고 할 수 있지 않을까.

사람은 무언가를 받으면 보답해야 한다고 생각한다. 그건 물건에 한정되지 않고 마음이나 행동에도 똑같이 적용된다.

그렇다면 나도 보답하자. 받은 마음에 부합하는 만큼.

나는 다짐과 함께 고타츠에서 기어 나왔다.

"좋아, 씻고 오련다."

"그래~."

코마치는 손을 팔랑팔랑 흔들고 다시 공부에 집중했다.

역시 세계의 여동생.

덕분에 잃을 뻔했던 나의 신념을 되찾은 기분이다. 일단, 코마치에게 받은 크나큰 은혜는 평생에 걸쳐 갚기로 하고…….

당장은 따로 보답해야 할 사람이 있다.

무대가 마련되고
출발 신호탄이 울린다.

마라톤 대회의 출발 지점인 공원에는 1, 2학년생 남녀가 옹기종기 모여 있었다. 여기서부터 바다를 따라 난 길을 달리다가, 미하마 대교를 반환점으로 다시 이곳으로 돌아오는 게 남학생용 코스다.

주행 거리는 길다, 무진장 길다. 수학을 못하는 하치만 어린이는 3보다 큰 숫자는 무조건 많다고 표현합니다!

하지만 그 거리가 몇 킬로미터든, 어차피 내가 해야 하는 일은 달라지지 않는다.

정렬 신호가 떨어지자, 남학생 전원이 출발 지점에 그어진 흰색 선 뒤로 줄줄이 늘어섰다.

나는 미꾸라지처럼 몸을 꿈틀꿈틀 움직여, 선두 그룹으로 파고들어 갔다. 뜻밖에도 다들 순순히 길을 터주었다.

기껏해야 교내 마라톤 대회. 딱히 거창한 이벤트도 아니거니와, 그 결과가 성적에 영향을 미치는 것도 아니다. 그저 시키는 대로 겨울 하늘 아래를 하염없이 달리기만 하는 경기에 의욕을 불태우는 녀석은 거의 없을 테지.

오직 한 명을 제외하면.

2연패의 기대주 하야마는 처참한 성적을 남겨서는 안 될 테니까. 티 나게 농땡이를 피우는 것도 용납되지 않는다.

하야마는 스타트 라인 맨 앞줄, 내 자리에서 옆으로 몇 사람 떨어진 곳에 있었다. 말하자면 풀 포지션[26] 같은 위치다.

그곳에서 하야마가 스트레칭을 하며 몸을 풀기 시작하자, 출발하기를 기다리던 여자애들이 환호성을 질렀다.

여자부 경기는 남자부보다 30분 늦게 시작한다. 그 전까지는 남자부를 응원하거나 시합을 관전하는 모양이다.

환성이 들려오자, 하야마가 가볍게 손을 흔들어 화답했다. 그 시선의 끝, 꺅꺅대며 소란을 피우는 여자애들과는 조금 거리를 둔 곳에, 미우라가 있었다.

주변 여자애들의 기세에 주눅이 들기라도 했는지, 미우라는 그저 소심하게 흘끔흘끔 시선만 보낼 뿐이었다. 그 옆에는 에비나 양과 유이가하마가, 거기서 다시 한 발짝 떨어진 곳에는 유키노시타도 있었다.

그때 잇시키가 타박타박 그곳으로 다가갔다.

미우라는 잇시키를 발견하고 고개를 까딱했다. 그 인사에 잇시키도 고개를 꾸벅 숙여 보였다. 그러나 미우라와 하야마를 번갈아 본 잇시키는 후훗 당돌한 미소를 지었다.

#26 풀 포지션 레이싱 경기에서 예선 1위를 한 선수에게 결승전에서 맨 앞에 설 수 있도록 특혜를 주는 것.

그러고는 입가에 손을 가져다 대고 큰 소리로 외쳤다.

"하야마 선배님, 파이팅이에요! ……아, 덤으로 선배님도요."

그 말을 들은 하야마가 쓴웃음을 지으며 손을 흔들었고, 뭣 때문인지 조금 떨어진 위치에 있던 토베도 아자~! 하고 우렁찬 목소리로 호응했다.

"아뇨, 토베 선배님한테 한 말 아니거든요?"

잇시키가 그렇게 말하며 착각하지 말라는 듯 가볍게 손사래를 쳤다. 그때 묵묵히 그 모습을 지켜보던 미우라가 결심을 굳힌 기색으로 숨을 크게 들이쉬더니, 그 숨결을 목소리와 함께 토해냈다.

"하, 하야토. ……히, 힘내!"

쭈뼛거리는 그 목소리는 다른 환호성 속에 묻혀버려도 이상하지 않을 만큼 작았다. 하지만 하야마는 말없이 손을 들어 보이며, 변함없이 온화한 미소를 머금었다.

미우라는 넋을 놓고 그 모습을 바라보다가, 천천히 고개를 끄덕였다.

옆에서 그런 두 사람을 만족스럽게 바라보던 잇시키가 다시 이쪽을 돌아보았다.

"……선배님도 파이팅이에요~!"

이번에는 아무래도 나를 향해 한 말인 것 같았다.

그, 그래……. 근데 저 녀석, 왜 죽어도 내 이름은 안 부르는 거냐……. 설마 기억을 못 하는 건가……? 그렇게 생각하는데, 잇시키를 멍하니 바라보던 유이가하마가 쓱 한 발짝 앞으로 나왔다.

그리고 힘차게 손을 흔들었다.

"파, 파이팅~!"

주위를 의식해서인지 잇시키의 목소리에 비하면 훨씬 조심스럽긴 했지만, 그래도 똑똑히 내 귀에 와 닿았다. ……다행이다, 이름 안 불려서. 눈물겨운 배려에 그저 황송할 따름입니다.

고마운 마음을 담아 슬쩍 손을 들어 보이자, 유이가하마가 주먹을 꼭 움켜쥐어 화답했다. 그러다 그 옆에 있던 유키노시타와 눈이 마주쳤다.

유키노시타는 잠자코 고개를 끄덕였다. 희미하게 입술이 달싹인 느낌이 들었으나, 목소리는 들리지 않았다.

뭐라고 했는지는 모른다. 누구에게 한 말인지도 모른다.

그래도 어쨌든 기합은 들어갔다.

자, 그럼 어디 한번 해보실까……?

나는 더 안쪽으로 비집고 들어가, 하야마와 마찬가지로 스타트 라인 맨 앞줄에 섰다. 하야마는 내 쪽에는 눈길도 주지 않고, 그저 정면을 주시하고 있었다.

어깨를 빙글빙글 돌리고 아킬레스건을 풀어주는 시늉을 하며, 또다시 한 발짝 내디뎠다.

그러자 몇 명이 혀를 차며 짜증스럽게 인상을 찌푸렸지만, 미안 에헤헷☆ 하고 마음속으로 사과하며 어찌어찌 하야마 옆까지 올 수 있었다.

근처에 있는 토베 일행과 이야기 중이던 하야마는 내가 옆에 있는 사실을 알아차리고, 무슨 일이냐고 묻는 것처럼 부드러운 미소를 지었다.

나는 아무것도 아니라고 고개를 가로젓고, 전방을 응시했다.

이제 곧 출발이다. 굳이 공원에 설치된 시계를 보지 않아도 그 정도는 알 수 있다.

뒤에 우글거리는 남학생들의 목소리가 점점 잦아든다. 산발적으로 터져 나오던 여학생들의 환호성도 차츰 줄어들었다.

사방에 정적이 흐르자 마치 그 순간을 기다렸다는 양, 바닥에 그어놓은 흰 선을 향해 누군가가 저벅저벅 걸어왔다.

"좋아. 준비는 됐나?"

그렇게 말하며 하늘을 향해 피스톨을 들어 올린 사람은 바로 히라츠카 선생님이었다.

왜 히라츠카 선생님이……. 이런 건 보통 체육 교사의 역할일 텐데. 아이참, 하여튼 저분은 이렇게 튀는 역할이라면 아주 사족을 못 쓴다니깐~. 아니면 그냥 피스톨 한번 쏴 보고 싶으셨던 걸까나?

히라츠카 선생님이 피스톨을 높이 치켜들고, 다른 한쪽 손으로 귀를 막았다. 그 손가락이 방아쇠에 걸리자, 남자들은 정면을 향했고 여자들은 마른침을 삼키며 그 모습을 지켜보았다.

그 상태로 몇 초가 흐른 후, 히라츠카 선생님이 서서히 입을 열었다.

"모두 위치로. ……준비."

이윽고 방아쇠가 당겨지며, 총성이 울려 퍼졌다.

그리고 우리는 용수철처럼 우르르 달려나갔다.

일단은 다리도 풀어줄 겸 천천히 뛰기로 했다. 당면 목표는 하야마를 따라가는 거니까.

하지만 나란히 서 있던 녀석들 중 대부분은 처음부터 끝까지 클라이맥스인 최대 속력으로 질주했다.

그 이유는 지금 팡팡 터져 나오는 저 플래시 세례겠지. 졸업 앨범 때문인지 뭣 때문인지는 몰라도, 아무튼 우리 학교 마라톤 대회에는 카메라맨이 동행한다.

그 사진에 찍히기 위해, 맨 처음 수십 미터 구간만 전력 질주하는 바보들이 줄을 잇는다. 어차피 목적은 그거 아냐. 이렇게 함으로써「중간까지는 내가 1등이었다고!」라고 으스대려는 거 아냐. 하여튼 남자란 정말이지 바보라니까.

그런 놈들은 대개 이 초반 러시에 목숨을 거는 관계로 금방 녹초가 되어 버린다.

고로 승부는 다음 구간, 즉 공원을 빠져나가 인도로 진입하는 곳부터다.

속속 1위 쟁탈전에서 탈락해가는 초반 러시 팀을 가뿐히 피하며, 서서히 선두를 달리는 하야마와 거리를 좁혔다.

토츠카의 말에 따르면 저번 대회에서 하야마는 처음부터 끝까지 1위를 지켰다고 한다. 이번에도 출발할 때부터 선두에 선 것으로 보아 추월을 허용하지 않을 속셈이겠지.

그렇게 선두 그룹에 껴서 잠시간 달렸을 때.

가장 앞에서 달리는 하야마를 제외하면 줄줄이 소시지 상태지만, 그래도 명색이 1위 집단답게 모두 말없이 앞만 보고 기계적으로 다리를 움직였다. 상위 입상이 거의 확정된 이들이 이런 극 초반부터 페이스를 흐트러뜨릴 가능성은 거의 없다.

하지만 이 중에 한 명, 스파이가 있다. 누구~게?

바로 저랍니다! 이 퀴즈 너무 쉬운 거 아냐?

언제 어디서나 겉돌기 일쑤인 나는 이 1위 집단에서도 당연히 겉도는 존재. 순위는커녕 완주마저도 안중에 없었다.

그렇기에 그들과는 전혀 다른 방식으로 싸울 수 있다.

"하야마."

달리면서 이름을 부르자 다른 주자들이 깜짝 놀라서 나를 돌아봤다. 하야마 본인도 어지간히 의외였는지 나를 힐끔 확인했다.

아주 잠깐 페이스가 흐트러진 사이에 나는 다리를 날래게 움직여 하야마 옆에 나란히 섰다.

"하던 얘기 마저 하자."

말을 걸면서 턱으로 저 멀리 앞쪽을 가리켰다. 그리고 기어를 바꾸듯 케이던스를 높였다.

따라와. 나는 입꼬리만 히죽 올려 웃어 보였다. 그러자 하야마가 어이가 없는지 평소보다 훨씬 낮아진 목소리로 웃었다.

"……들어나 볼까."

그러면서 하야마가 속도를 높였다. 대번에 나를 따라잡는가 싶더니 그대로 추월했다. 점점 선두 그룹과 차이가 벌어지기 시작했다. 다른 주자는 뜬금없이 페이스를 올리는 하야마를 어리둥절하게 바라볼 뿐, 따라붙으려고 애쓰는 사람은 없었다.

이거면 됐다. 지금은 나와 하야마 둘이서 달리는 상황을 만들 수 있으면 그걸로 족하다.

나는 앞장서서 달리는 하야마의 등을 노려보았다.

무대는 마련되었다.

이제부터는 나의, 나와 그만의 대화가 시작된다.

×　×　×

바다에서 불어오는 바람에 뺨이 꽁꽁 얼어붙었다. 몸 안쪽에서 솟아오르는 열기가 냉기에 맞닿자 피부가 아려왔다.

운동화 밑창이 아스팔트를 때릴 때마다, 몸속 깊숙이 충격이 전해져 왔다.

웅웅 귓가를 울리는 것이 바람 소리인지 아니면 내 몸이 삐걱대는 소리인지, 좀처럼 판단이 서지 않았다. 그 두 소리가 서서히 하나로 뒤엉키며 후끈한 열기로 변해, 입을 통해 밖으로 빠져나갈 뿐이다.

뜨거운 숨결을 토해내자, 바다 내음이 코를 찔렀다.

해변을 따라 심어놓은 나무들은 방사림일까. 출발 지점에는 소나무가 많았지만 그 풍경은 어느덧 멀리 흘러가 버렸고, 지금은 이파리를 다 떨어낸, 백골처럼 앙상한 나무들이 눈에 띄었다. 머리로 일일이 생각하지 않아도 다리는 저절로 나아간다. 마치 자동으로 끊임없이 혈액을 공급하는 심장 같다. 맥

박과 뜀박질이 누가 더 빠르냐를 겨루는 느낌이었다.

달리는 사이, 이런저런 생각들이 산발적으로 떠올랐다 사라지고 떠올랐다 사라졌다.

자전거 통학을 해서 다행이다. 그거라도 안 했으면 운동부도 아닌 나는 진작 나가떨어졌을 테지. 오래달리기 그 자체는 딱히 싫지 않다. 오히려 다른 구기 종목보다는 잘하는 편이다. 오직 한 사람, 나 자신만으로 완결되는 경기이기 때문이겠지. 남에게 피해를 줄 일도 없고, 명확한 목표가 설정되어 있다. 나머지는 그저 멍하니 시시한 생각이나 해가며 기계적으로 다리를 놀리기만 하면 그만이다.

그러나 오늘의 마라톤은 조금 상황이 달랐다.

평소보다 훨씬 더 힘겨웠다.

수업 때보다 페이스를 끌어올렸으니까. 추위가 한결 심해진데다 바람도 부니까. 어젯밤에 이것저것 생각하느라 약간 잠을 설쳤으니까.

그런 이유들도 분명 작용했을 테지.

하지만 가장 큰 이유는 내 바로 옆에 하야마 하야토가 있기 때문이다.

하야마는 과연 축구부 연습으로 단련된 몸답게, 별로 지친 기색도 없이 순조롭게 레이스를 이어나갔다. 상체에는 불필요한 움직임이 없고 하반신은 안정된, 세련됐다고 해도 무방한 폼이었다. 작년 우승자라는 말도 납득이 갔다.

반면에 나는 얼굴이 벌겋게 돼서 페이스 조절 따위 도외시

하고 달리는데도 하야마를 따라가는 것조차 벅찼다. 내가 조금 뒤처지자 하야마는 압박이라도 가할 셈인지 보란 듯이 속도를 늦췄다. 그렇게 일진일퇴를 반복하는 사이, 퍼지기 직전인 나를 못 봐주겠는지 하야마가 먼저 입을 뗐다.

"이만큼 떨어졌으면 충분하겠지."

"그래……."

확실히 이쯤이 적당한 타이밍이다. 거친 숨을 연거푸 몰아쉰 뒤 나는 말을 이었다.

"그 소문 말인데, 끝내려면 오늘이 기회야. 전교생이 모였으니까."

"문제 안 생긴다고 했지? 그래도 협력하라는 말이라면, 설명해서 날 설득해 봐."

하야마는 호흡조차 흐트러지지 않은 채 말했다. 반면에 나는 숨이 턱까지 차서 띄엄띄엄 대꾸했다.

"문제가 왜 없어. 나한테는 큰 문제라고."

그렇게만 말하고 나는 발을 내디디는 속도를 아주 약간 높였다. 묵직한 허벅지를 의식적으로 높이 치켜들며, 딱 몇 발짝만 하야마를 앞질렀다. 그리고 고개만 돌려 하야마를 보았다.

"내가 싫거든."

그러자 하야마치고는 드물게 얼빠진 표정을 지으며 순간적으로 발을 헛디뎠다. 하지만 금세 자세를 바로잡고, 다시 나와 나란히 달리기 시작했다.

"……별일이네. 네가 그런 소리를 다 하고."

상쾌하고 즐거운 웃음을 지으며, 빨리 더 이야기해 보라는 듯이 내 옆에 붙었다.

"그렇게 무책임하게 아무 말이나 내뱉는 녀석들이 있다는 게 마음에 안 들어. 떼 지어 다니면서 잘난 척, 센 척하는 것도 열받아."

그 소문이 나돌기 시작한 뒤로 쭉 목구멍에 걸려 있던 말을 토했다. 이런 이유라면 하루 종일도 떠들 수 있을 것 같았다.

하지만 나를 시험하는 듯한 하야마의 눈빛은 여전히 수그러들 줄 몰랐다. 그럴 테지, 네가 듣고 싶은 건 이런 일반론으로 포장한 말이 아닐 거다. 그 정도는 나도 안다.

"……무엇보다 그런 소문을 의식하는 내가 역겨워서 참을 수 없어. 고백이니 뭐니, 듣는 것만으로도 속이 뒤집혀. 그걸 싫다고 생각하는 내 치졸함이, 저열함이 토 나오게 싫어."

목이 칼칼해서 중간중간 목소리가 갈라졌지만, 가까스로 말을 이어 목보다 더 안쪽, 가슴 깊은 곳에 맺혀 있던 응어리를 쥐어짜 냈다.

"예를 들자면…… 기껏 같이 외출했는데, 다른 인간이랑 쇼핑하러 가는 모습을 가만히 보고만 있는 기분에 가깝겠지."

나는 한쪽 입꼬리를 올려 비아냥거리듯 웃었다.

"그래……."

하야마는 내게서 눈을 떼고 앞을 봤다. 곁눈으로 본 옆얼굴은 어딘지 모르게 괴로워 보였다. 하야마가 그 표정 그대로 입을 열었다.

"……히키가야. 그 말을 전하기만 하면 되는 거 아니야? 내 협력을 구할 필요도 없어. 너는…… 너는 그런 식으로 고생할 필요가 없잖아."

네가 그렇게 말할 줄 알았다.

그만 쓴웃음이 나오고 말았다.

생각해 보면 하야마 하야토는 항상 이랬다. 언제나 올바르고, 모든 사람의 기대를 짊어지고, 그 바람에 부응하고 마는 인간이었다.

그런데도 어떤 한 부분에서만, 산뜻한 성인군자답지 않은 어두운 집착이 엿보인다. 때로는 몹시 사악하고 추악한 면마저 보인다.

하야마가 나에게 묻는 말은 누구나 입에 담는 일반론이 아니며, 누군가를 비판할 입바른 말도 아니며, 내가 주워섬기는 망언도 아니다.

하야마가 듣고 싶은 말은, 나의 말이 아니다.

내 말을 통해 보이는, 누군가의 말이다.

나는 차오르는 숨을 억지로 가라앉혔다. 가슴이 터질 것 같았지만, 고통을 참고 입꼬리를 일그러뜨리며 웃었다.

"그런 대답, 하야마답네."

말한 순간, 옆에서 달리는 하야마가 어깨를 움찔하며 멈춰 섰다. 그리고 등골이 오싹할 만큼 싸늘한 시선을 보내왔다.

나는 헉헉거리면서 무릎을 짚었다. 최대한 숨을 들이쉬고 뱉은 뒤, 얼굴을 타고 흐르는 땀을 훔치며 애써 여유로운 척했다.

"일반적인 상식으로 보면 네가 맞겠지. 하지만 그것뿐이야.
……뭐든 실수 없이 해내는 인간은 시시하거든."

언제였더라. 그 사람이 하야마 하야토에게 말했던 것처럼
미소를 섞어 가며 말했다.

"뭐 하자는 거야?"

하야마는 노골적인 분노를 품은 눈으로 나를 노려보고 짜
증이 묻어나는 목소리로 말했다. 평소의 차분한 이미지와는
판이한 위압적인 태도였다.

나는 어깨를 살짝 움츠려 보였다.

"전하면 된다고? 그러는 너는? 말만 전하면 그걸로 땡이
냐? 그 정도로 풀릴 감정이야? 말 한마디에 눌러 담는다고
납득이 돼?"

그리고 대미를 장식하기 위해 초대형 지뢰를 있는 힘껏 밟
았다.

"……너는 그렇게 평범하고, 재미없는 인간이야?"

유키노시타 하루노라면 분명히 그렇게 말하리라. 하야마가
지키려는 올바름 앞에 다른 척도를 들이밀며 그를 현혹할 것
이다.

게다가 본인이 가장 듣기 싫은 말을 일부러 고르는 것이 유
키노시타 하루노의 방식이다. 그 방식 앞에서 몇 번이나 말문
이 막힌 나이기에 쉽게 흉내 낼 수 있었다.

하야마는 앞머리를 쓸어 넘기듯 이마를 훔치며 바다 쪽을

바라봤다. 그리고 쓸쓸하게 힘없이 중얼거렸다.

"너는 듣기 싫은 말을 골라서 하는구나……."

"그냥 앙갚음이야."

나는 가능한 한 냉담하게, 그렇지만 상쾌한 미소 따위 지을 줄 모르기에 대신 빈정거리는 미소를 지었다.

당하면 갚아준다. 그것 또한 반보성의 원리. 복수는 나의 것.

나의 가장 아픈 곳을 건드렸다. 너도 이 고통 한번 겪어봐라.

"좋은 말로 끝낼 수 있을 만큼 단순하지가 않아. 그러니까 추하고 비참한 줄 알면서도 발악할 수밖에 없는 거라고. ……뭐, 네가 이해할 거라고는 기대도 안 한다만."

"그래, 이해 못 해. 그래도 공감은 가. ……남의 일 같지가 않네."

하야마는 한심해서인지 포기해서인지 훗, 하며 한숨 쉬었다.

우리는 환경도 처지도 상황도 전부 다르지만, 이 갑갑한 감정만은 공유할 수 있었다.

"걔도, 그럴지도 모르지……."

"엉?"

말의 의도를 이해하지 못하고 되물으려 했을 때, 뒤에서 탁탁 경쾌한 발소리가 들려왔다.

고개를 돌리자, 2위 집단에 섞여 있던 녀석들 중 몇 명이 이쪽으로 다가오는 게 보였다. 아무래도 우리가 멈춘 것을 보고 기회라고 여겨 승부에 나선 모양이다.

나는 추월당해도 아무런 문제가 없지만, 하야마에게는 2연패라는 기록이 걸려 있다. 내 사정에 맞춰 무작정 붙잡아 둘 수도 없는 노릇이다.

서둘러 이야기를 마무리하려고 나는 하야마를 돌아봤다.

"이제 어떡할래? 내가 이야기했으니까 협력해 주는 거 맞지?"

"그런 말은 안 했어."

"시시비비 가르다가 힘만 빠지겠네. 좋아, 이 얘긴 때려치우자. 앞으로의 계획을 세우는 게 건설적이야."

"그건 그래. 여기서 너랑 이야기하는 건 너무 비건설적이야."

당면 방침을 정했는지, 하야마는 몸 상태를 확인하는 것처럼 어깨를 가볍게 돌렸다.

"방법이 없진 않아. 물론 그러려면 내가 우승해야 하지만."

"아, 그러냐. ……근데 이길 순 있냐?"

여기까지 오버페이스로 달렸고 멈춰 버리기도 하여 내 다리는 이미 납덩이를 달아놓기라도 한 것처럼 생각대로 움직이지 않았지만, 하야마는 아닌가 보다.

"문제없어."

하야마는 돌아보지도 않고 말했다. 가볍게 스트레칭이라도 하듯 손을 탁탁 털더니, 씨익 웃었다.

"이길 거야. ……이미, 하기로 각오했으니까."

"뭘 각오까지……."

너무 거창한 말을 쓴 탓에 부담스러워하는데 하야마가 나를 힐끔 봤다.

"너는 어떡할래?"

굳이 물어야겠냐. 보면 알잖아. 그렇게 대답하는 대신 숨을 더 크게 몰아쉬었다.

"……먼저 가라."

"그래? 그럼 그렇게 할게."

딱히 아쉬운 기색도 없이 하야마는 어깨를 으쓱했다.

"시상식, 기대해줘."

절대적인 자신감이 담긴 웃음을 짓고 하야마는 달려갔다.

보폭은 피치에서 스트라이드로 변해간다.

뒤따라갈 힘조차 남지 않은 나는 그저 그 뒷모습을 바라보는 수밖에 없었다.

빌어먹을, 너무 멋지잖아. 저런 모습을 보면 나까지 어울리지 않게 뛰어야 한다는 생각이 든다.

승패든 순위든, 지금 그런 건 아무래도 상관없다.

그저 무작정 달리고 싶다. 그렇게 생각하며 다리를 앞으로 뻗다가 오른발이 왼쪽 장딴지를 걷어차고 말았다.

나는 뒤엉키는 다리를 주체하지 못하고 그 자리에 털썩 고꾸라졌다. 그리고 그대로 땅에 벌러덩 드러누워 하늘을 올려다보았다.

"……역시 하야마처럼은 못 하겠네."

탁 트인 맑고 푸른 겨울 하늘에, 내 하얀 입김이 녹아들었다.

×　×　×

내가 나자빠지거나 말거나, 마라톤 대회는 원래 예정대로 착착 진행되어 갔다.

넘어진 후 한동안 그대로 널브러져 있다가 토츠카의 도움으로 일어나긴 했지만, 그렇다고 더 이상 신세를 질 수도 없는 노릇이라 먼저 보낸 다음, 혼자 아픈 다리를 끌며 가까스로 골인했다.

간신히 꼴등은 면했지만, 라스트 스퍼트 때는 최하위 그룹에 속했기에 골인하기 직전에만 죽을힘을 다했다. 결승점을 통과하는 순간, 무심코 "이제 골인해도 되지……?"라고 중얼거렸을 정도다. 참고로 그 말에 반응을 보여준 사람은 막판에 함께 뛴 자이모쿠자뿐이었다.

경기를 마치자 무릎이 부들부들 떨리는 게, 이거야말로 진정한 니코니코니…….[#27]

털썩 드러누워 몸 상태를 점검해 보니 참혹함의 극치였다.

무릎과 정강이는 까졌지, 반바지는 흙투성이에다 엉덩이는 땅기지, 옆구리는 하염없이 쑤셔오지……. 그야말로 멀쩡한 데를 찾기가 더 힘들 지경이었다. 나란 놈은 안 그래도 깨는데 아직도 더 깨질 데가 있구나, 하는 깨달음을 얻었을 정도였다(깬다).

도중에 『파이팅♡ 파이팅♡』[#28] 하고 나 자신에게 용기를 불

#27 진정한 니코니코니 니코니코니를 니코니코(にこにこ, 생글생글)+니(nee, 무릎)으로 해석한 것. 지쳐서 다리가 후들대는 상태를 일본에서는 「무릎이 웃는다」라고 표현함.
#28 파이팅♡ 파이팅♡ 19금 만화가 이도 라이프와 관련된 인터넷 드립. 착한 미소녀가 파이팅을 외치며 다정하게 용기를 불어넣어 주는 장면이 많은 데서 유래.

어넣지 않았더라면 내 라이프는 제로가 됐을 게 분명하다.

물론 내가 골인하기를 기다리는 사람이 있을 리도 만무하다.

정확히는 골인 지점 근처에는 형식적으로 배치해 둔 체육 교사만 한 명 있을 뿐, 다른 사람들은 죄다 공원 광장에 집결한 상태였다.

그쪽으로 상황을 살피러 가보니, 한창 시상식이 거행되는 중이었다.

고작 교내 마라톤 대회라 원래 시상식 같은 건 안 하는데, 행사 사회를 잇시키가 맡은 걸로 보아 아무래도 학생회의 긴급 기획인 모양이다. 생각보다 유능한 녀석이다. 잇시키 이로하, 무서운 아이……

"자아, 그럼~! 결과 발표도 마쳤으니! 우승자의 소감을 들어보도록 하겠습니다~!"

학생회 비품으로 추정되는 마이크를 움켜쥔 잇시키가 신바람을 내며 외쳤다. 그때마다 스피커를 조절하는 부회장의 모습이 안쓰럽다.

한 바퀴 둘러보니, 아무래도 학년과 성별의 구분 없이 많은 학생이 이 광장에 모여 있는 모양이었다. 그 속에는 유이가하마와 미우라, 에비나 양, 그리고 토베와 토츠카 등, 우리 반 녀석들도 당당하게 한 자리씩 꿰차고 있었다.

먼발치에서 지켜보는데, 잇시키가 우승자를 호명했다.

"우승자 하야마 하야토 선배님, 단상으로 올라오세요~!"

이름을 불리자, 월계관을 쓴 하야마가 단상 위로 올라섰다.

그러자 객석이 후끈하게 달아올랐다. 그나저나 저 녀석, 정말로 우승해 버린 거냐…….

"하야마 선배님, 축하드려요! 전 당연히 선배님이 우승하실 줄 알았다니까요!"

"고마워."

잇시키의 사심 가득한 축하 인사에 하야마가 온화한 미소를 지으며 대답했다.

"그럼 수상 소감 한마디 부탁드릴게요~."

마이크가 하야마 손으로 넘어가자, 박수와 휘파람, 그리고 HA·YA·TO를 연호하는 소리가 들불처럼 일어났다. 토베가 넣어대는 웃샤니 오예니 아자자자! 니 하는 추임새가 무진장 귀에 거슬렸다.

그 환호에 쑥스러운 듯 웃으며 손을 흔들어 보인 하야마가 입을 열었다.

"중간에 잠시 위기를 맞기도 했지만, 좋은 라이벌과 여러분의 성원에 힘입어 끝까지 무사히 달릴 수 있었습니다. 감사합니다."

매끄럽게 말을 끝마치자 우레와 같은 박수가 쏟아졌다.

사회자인 잇시키도 와~ 짝짝짝, 하고 분위기를 띄우며 질문 코너로 넘어갔다.

"이 기쁨을 누구와 함께 나누고 싶으신가요~?"

그러면서 잇시키는 생글생글 웃으며 저요 저, 하고 자기를 가리켰다. 그 장난스러운 행동이 관객의 웃음을 자아낸다.

"글쎄요······. 그럼 우선은, 이로하."

잇시키가 판을 깔자 하야마가 의도대로 받아줬다. 잇시키도 단상에서 꺅꺅거리며 쑥스러운 몸짓을 보여주고 청중은 박수갈채를 보냈다.

하야마는 그 호응이 가라앉기를 기다린 뒤, 잠시 뜸을 들였다. 그리고 관객들 속에 있는 미우라를 발견하고 손을 크게 흔들었다.

"그리고 특히 응원해준 유미코. 둘 다 고마워."

그러자 더 큰 환호성이 터져 나왔다. 오오오카가 삑삑 손가락으로 휘파람을 불자, 야마토가 성대한 박수를 보냈다. 당사자인 미우라는 어땠느냐 하면, 이름을 불렸을 때는 놀라움에 몸을 굳혔지만, 차츰 쑥스러운 기색으로 몸을 꼬거나 얼굴을 붉히며 고개를 수그렸다. 그런 미우라의 어깨를 에비나 양이 다정하게 토닥이며 싱글싱글 미소 지었다.

하야마의 따스한 눈길과 두 사람의 반응에 객석이 술렁였다. 옳거니, 종지부를 찍겠다는 게 이런 뜻이었나. 관중 앞에서 보란 듯이 어필하기. 우승해야 가능한 방법이라더니, 확실히 그렇기는 하다.

감탄하면서 바라보는데 하야마가 천연덕스럽게 덧붙였다.

"아참, 한 명 더. 이 자리에는 없지만, 하루노 누나에게도 감사를 전합니다."

그 말에 관중이 낮게 웅성거렸다.

그 소리 중 하나는 나였다. 너 제정신이냐? 난데없이 무슨 애길 꺼내는 거야……? 시상식 운운하던 진짜 이유는 이건가…….

사전에 힌트를 얻었던 나조차 아연실색할 정도였다. 사회자인 잇시키는 예상 밖의 코멘트에 눈만 깜빡거리며 굳어 있었다. 잠시 시간이 멈춘 것 같은 단상 위로 부회장이 재빠르게 등장했다.

"그, 그럼 마지막으로 소감 한 말씀 부탁드립니다!"

부회장 혼신의 커버 플레이 덕분에 다시 우승자 수상 소감이 이어졌다.

"앞으로는 당분간 동아리 활동에 집중하여, 우리의 마지막 대회를 목표로 최선을 다하겠습니다. ……그리고 축구부는 오늘 형편없는 성적을 낸 사람이 많으므로, 가차 없이 굴릴 예정이니 각오하도록."

하야마가 싱긋 독기 어린 미소를 지으며 토베가 있는 쪽을 돌아보자, 토베가 흐엑 비명을 지르며 벌러덩 쓰러졌다.

"뜨어, 하야토오~! 너무하잖아~! 그럴 거면 미리 말해달라고~!"

마이크에 못지않은 생목으로 토베가 울부짖자, 모두가 드왓하하하 웃음을 터뜨렸다. 그 웃음은 서서히 퍼져나가 조금 전의 놀라움과 당혹감은 다소 옅어진 듯했다.

단상에 선 잇시키도 퍼뜩 정신을 차리고 인터뷰를 끝맺으려고 했다.

"마, 말씀 잘 들었습니다~. 지금까지 우승자의 수상 소감을 들어보았습니다~. 자아, 박수~. ……2등 이하는 그냥 생략해도 되죠~?"

커다란 박수 소리에 섞여, 잇시키가 부회장을 향해 건넨 한마디가 마이크에 똑똑히 잡혔다. 뭐 하는 거야, 저 녀석……

잇시키가 자신의 실언을 무마하려고 애쓰는 사이, 단상에서 내려온 하야마는 미우라 일행과 담소를 나누기 시작했다. 하지만 그 자리에 있는 모든 사람의 머리 위에는 물음표가 떠 있었다. 그야 그럴 테지……. 하루노가 대체 누구인가 싶을 거다……. 학생 대부분은 하루노와 면식이 없을 테니까.

거기까지 지켜본 나는 공원 광장을 뒤로했다.

광장을 나서려던 찰나, 마찬가지로 해산하던 사람들과 마주쳤다. 그들은 두런두런 일상적인 수다를 떠는 중이었다.

"하루노 누나가 누구야?", "하야마랑 미우라, 역시 사이좋구나."라는 이야기를 나누며 걸어가는 그 모습을 곁눈질하다가, 나는 휘청거리는 다리를 끌고 보건실로 향했다.

"아야야……."

적당한 연석에 걸터앉아서 체육복을 들춰보자 찰과상이 나 있었다. 상처에서는 피가 배어 나와 보기만 해도 따끔거리는 기분이었다. 씻을 때 물이 들어가면 꽤나 쓰라리겠다.

와 아프겠다, 라고 남 일처럼 말하며 콕콕 찔러보고는, 끄아 따가워, 라고 당연한 소리를 늘어놓는데 누가 후다닥 이쪽으로 달려왔다. 소란스러운 발소리 덕분에 그게 누구인지는 금방 알아차렸다.

"힛키~!"

"어, 그래."

총총거리며 달려온 유이가하마는 숨이 조금 가빠 보였다. 유이가하마가 숨을 크게 후 뱉고 손에 든 구급상자를 휙 들어 보였다.

"하야토한테 들었어, 힛키가 다쳤을지두 모른다구……."

"뭐? 그 녀석이 그걸 어떻게 알아?"

"어…… 같이 달린 거 아냐? 하야토가 그랬는데."

유이가하마가 의아한 표정으로 고개를 갸웃거렸다.

물론 하야마와 함께 달리기는 했지만, 그건 초반에 잠깐뿐이었다. 무엇보다 자빠진 건 하야마와 헤어진 뒤였다. 하야마가 그걸 어떻게 알고…… 헉! 설마 하야토는 초능력자?! 우그으.

그렇게 바보 같은 생각을 하는데, 유이가하마가 쭈그리고 앉아 구급상자를 벌컥 열더니 몇몇 의료품을 꺼냈다.

"자, 힛키, 다리 내밀어."

그러고는 땅을 탁탁 쳤다.

"아니, 이 정도는 내가 알아서……."

반사적으로 사양하려는데 앞에서 쭈그린 유이가하마가 볼을 불퉁하게 부풀렸다. 무릎을 두 팔로 끌어안고 눈을 가볍게 치켜뜨니 더 이상 말이 나오지 않았다. 협상의 여지는 없어 보인다.

이렇게 단호하게 나오면 나는 다리를 내놓을 수밖에 없다. ……그야 뭐, 실제로 아픈 건 사실이라서 소독약 정도는 발라두고 싶었다.

"……그럼 미안하지만 부탁 좀 하마."

"응!"

유이가하마는 뭐가 그리도 좋은지 힘차게 고개를 끄덕이고 콧노래까지 흥얼거리면서 치료 도구를 꺼냈다. 소독액에 붕대, 연고, 파스. 거기에 더해 밴드에이드, 컷밴, 사비오까지……. 아니, 잠깐만, 그거 전부 반창고잖아. 그리고 파스랑 연고는 어디에 쓸 생각이시죠?

내가 불안을 느끼는 사이, 유이가하마는 우선 소독액을 집었다. 그리고 손을 서서히 들고 왠지 흡 기합을 넣었다.

"에잇."

힘 빠지는 소리와 함께 소독액이 문대포처럼 푸확 분출되어 상처를 직통으로 때렸다.

"아악! 쓰읍! 따가따가따가! 잠깐, 너무 막 뿌리는 거 아냐?"

"웅?"

내가 타임을 외치자 유이가하마는 고개를 갸웃거렸다. 야야, 고개 갸웃거리고 싶은 사람은 나거든? 왜 이런 와일드한 서바이벌식 치료법을 당연하게 생각하냐고. 뭐야, 너 야전 의무병이야? 블랙잭 선생이야?

"아, 미안. 따가워?"

"어, 많이……."

미안해서 고개 숙이고 경단머리를 긁적이는 유이가하마 앞에서 나는 상처를 후후 불었다. 그 행동에 별 의미는 없지만, 왠지 이러면 따가움이 가시는 기분이 든다. 우우, 그래도 역시 아파……. 내가 눈물을 머금는데 유이가하마가 시무룩하게 시선을 땅으로 떨어뜨렸다.

"미, 미안. 살살 할게."

"뭘 또 미안할 것까지야……. 치료해주는 것만 해도 고맙지……."

내 말에 유이가하마는 고개를 들고 에헤헤 미소 지었다. 그리고 이번에는 핀셋으로 탈지면을 집고 행여 큰일이라도 날세라 상처에 조심조심 가져다 댔다.

유이가하마의 서툰 손놀림이 상처를 톡톡 건드릴 때마다, 강아지가 장난스럽게 무는 듯한 통증이 퍼졌다. 다리뿐 아니라 몸속 어딘가에도 간질간질한 느낌이 퍼지는 기분이었다.

그 감각을 가급적 의식하지 않으려고 상처에서 눈을 돌렸다.

시선이 향한 곳은 정면. 쭈그려 앉은 유이가하마의 머리였다. 표정은 자못 진지했다. 입을 앙다물고 똑바로 상처만 주시하며 열심히 붕대를 감기 시작했다.

이런 일이 익숙하지 않은지, 붕대를 한 바퀴 감을 때마다 경단머리가 위아래로 흔들렸고, 샴푸와 코롱 향기가 바람을 타고 코를 간지럽혔다.

특별한 말을 나누지도 않고 가만히 그녀의 행동을 지켜봤다. 붕대를 감는 동안 경쾌하게 노래하는 벚꽃색 입술. 무엇이 그리도 즐거운지 초롱초롱 빛나는 커다란 눈망울. 하지만 문득 속눈썹이 불안하게 깜빡거리고, 애교 있게 곡선을 그리는 눈썹이 팔자로 변했다. 이윽고 가느다란 손가락이 식은땀을 감추듯, 한 다발 내려온 연분홍색 머리카락을 예쁜 귀에 살며시 걸었다.

대화가 없어도 시시각각 변하는 표정만 보면 지겨울 새가 없었다.

유이가하마는 혼나는 강아지처럼 자신 없는 눈으로 나를 올려다봤다. 무슨 잘못이라도 저질렀나 싶어 다리에 감긴 붕대를 보자, 거기에는 어설픈 매듭이 있었다. 어떻게 묶었는지 한눈에 알 수 없는 뫼비우스의 띠는 삐딱하고 후줄근했다.

"아, 아하하……. 미안, 나 이런 거 잘 못하나 봐……."

왠지 그럴 것 같았습니다. 얘는 요리도 못하니까……. 유이가하마도 보다 보면 신기해. 세세한 배려를 할 줄 아는데 때때로 이상할 만큼 덤벙댄단 말이지.

"미, 미안. 유키농이라면 더 잘해 줄 텐데. 유키농, 도중에 기권하고 보건실에 가서……."

유이가하마는 학교 쪽을 걱정스럽게 돌아봤다. 역시 유키노시타, 변함없는 저질 체력이다.

"……그래? 그래도 이것만 하면 충분해. ……고맙다."

나는 붕대를 톡톡 치며 말했다. 삐뚤고, 서툴고, 엉망이 된 상처. 이건 이것대로 나에게 어울리는 훈장이다.

하지만 유이가하마는 결과물이 만족스럽지 못한지, 그 대신에 일어나서 내게 손을 내밀었다.

"그럼…… 자."

살며시 어깨에 닿은 손이 내 팔을 잡고 일으켜 세우려고 했다. 갑자기 몸이 가까이 붙어, 나는 무심코 펄쩍 뛰다시피 일어나고 말았다.

"아니, 부축까지 할 필요는 없다니까…… 혼자서도 잘만 걸어……."

"그래두 다쳤는데……."

그러면서 유이가하마는 아직 내 체육복을 잡고 있었다.

"됐어. 땀도 났고 더럽기도 하고."

심지어 지금도 땀이 줄줄 샐 것 같다. 거리를 좁힐 때는 사전에 공지해주면 좋으련만…… 말만 하면 그만큼 떨어질 수 있으니까.

하지만 유이가하마는 떨어진 만큼 또다시 거리를 좁혀온다.

"그런 거 별루 신경 안 쓰는데……."

"내가 신경 쓰인다고…… 게다가 대단한 상처도 아니잖아. 그러니까 됐어."

붙잡혔던 체육복 옷자락을 살며시, 최대한 조심스럽게 떼어놓았다. 그러자 유이가하마는 입술을 삐죽이고 미간을 좁혔다. 그리고 한쪽 손에 든 구급상자를 좌우로 붕붕 흔들기 시작했다.

"에잇."

그런 힘 빠지는 소리와 함께, 진자처럼 흔들리던 구급상자가 내 상처를 가격했다.

"악…… 아……."

한순간 호흡이 멎고, 터져 나온 숨과 함께 고통스러운 신음이 새어 나오자 유이가하마는 빙그레 웃으며 억지로 내 팔을 잡고 자기 어깨에 둘렀다.

"아픈 거 맞네, 뭘."

"안 아프겠냐? 뭐야, 지금 왜 쳤어?"

유이가하마는 내 질문은 귓등으로 흘리고 나를 질질 끌며 걸어갔다. 이 폭력성으로 미루어 보아 지금은 순순히 말을 들을 수밖에 없을지도 모를지도 모르지 않을까. ……더 맞기 싫으니까 아무튼 그렇다고 치자.

얌전히 팔을 끄는 대로 학교로 향했다.

그러는 길에 우리 앞으로 미우라와 잇시키 사이에 낀 하야마가 지나갔다.

하야마의 눈이 잠깐 우리를 향했다. 그 순간, 하야마는 미소를 지으며 가볍게 고개를 끄덕였다.

그 눈빛은 뭐야? 뭘 따스하게 지켜보고 앉았어. 나는 턱을 까딱여 빨리 가라고 무언의 압박을 줬다. 하야마는 쓴웃음을 참는 것처럼 짧은 숨소리를 흘렸다.

주변의 시선은 사람들의 구심점인 하야마에게 몰려 있었다. 하지만 가끔 나와 유이가하마에게도 호기심 어린 눈길이 쏟아졌다.

그 때문에 묘하게 마음이 불안하고 호흡이 안정되지 않았다. 맥박은 마라톤을 뛸 때보다 훨씬 빠르고 심장 뛰는 소리가 밖으로 들릴 것처럼 커졌다.

"있잖아, 힛키."

그렇게 말을 거는 소리에 심장이 튀어나올 것처럼 크게 뛰었다.

바로 옆에 있는 유이가하마의 얼굴은 보지 않고, 날숨만으로 대답하자 유이가하마는 나직하게 말했다.

"그 소문 있지……. 나두 어떻게 해결할 수 없을지 고민했어……. 이러면…… 다들 하야토랑 관련된 소문에서 관심을 잃지 않을까, 하고."

"……그럴지도 모르지만, 다른 소문이 나잖아?"

상기되는 목소리를 억누르며 말하자 유이가하마가 고개를 저었다.

"나두 돼."

"되긴 뭐가 돼. ……부상자를 친절하게 대하는 건 좋지만, 이런 건 때와 장소를 가려."

"딱히, 그런 친절은 아닌데……."

망설이며 말한 유이가하마는 살짝 고개를 돌려 나를 봤다.

잘못하면 볼이 닿을 만큼, 새어 나온 숨결이 섞일 만큼 가까운 거리. 촉촉한 눈동자는 소리 없이 아래로 내려가고, 볼은 붉게 물든다.

매번 기대하고, 항상 착각하고, 언제부터인가 희망을 품지 않기로 했다.

그러니까 언제까지고, 착한 여자애는 질색이다.

—착하지 않은 여자애는, 싫지 않지만.

바다 내음을 씻어 내듯 세찬 바람이 불고 지나갔다.

바다에서 불어오던 바람은 어느덧 바다로 빠져나가고 있었다.

1월 말의 찬 공기가 달아오른 얼굴을 식혀줬다.

마라톤 대회가 끝나고 돌발적으로 기획된 시상식을 마지막까지 지켜본 나와 유이가하마는 공원에서 학교로 돌아가고 있었다.

평소의 나라면 하야마의 완승으로 막을 내린 시상식 따위에 관심을 두지 않고, 누구에게도 간섭받지 않은 채 홀로 후딱 돌아가 버렸을 것이다. 당연히 이상한 감상에 젖지도 않았으리라.

하지만 그러지 못했다.

바보같이 넘어져 다치는 바람에 유이가하마에게 치료받고, 급기야 어깨를 부축받는 지경에 이르렀다.

학교로 이어진 길을 둘이 몸을 밀착해 걸었다.

옆을 돌아보기가 민망하여 내 눈은 계속 허공을 헤맸다. 생각보다 묵직한 구급상자는 이제 내 손에 들려 있었다. 그 검은 플라스틱 손잡이를 고쳐 쥐다가 문득 가로수가 눈에 들어왔다.

가지만 앙상한 나무는 보기만 해도 추웠다.

땀에 젖은 체육복은 체온을 빼앗아 간다.

세찬 겨울바람이 얼굴을 스치자 새빨개졌을 귀가 얼얼하게 아파 왔다.

혀끝으로 핥은 입술은 건조한 바람을 쐬어 바싹 말라 있었다.

한겨울의 공기는 오감으로 추위를 전달한다.

그런데도 누구도 닿을 수 없는, 볼 수조차 없는 곳은 서서히 열을 띠기 시작했다.

맛도 느껴지지 않는 침을 꿀꺽 삼키고, 얼굴 바로 옆에서 감도는 달콤한 향기에 코가 실룩 반응했다.

어색한 침묵이 이어졌다.

귀에 들리는 것은 난처한 숨소리뿐. 그게 나의 숨소리인지 그녀의 숨소리인지는 확신이 서지 않았다. 그 숨소리가 서로 겹치자 우리는 얼결에 얼굴을 마주 보고 말았다.

"아하하……."

눈이 맞은 어색함을 무마하려는지 유이가하마는 배시시 웃었다. 할 수만 있다면 나도 웃어넘기고 싶었다. 하지만 안타깝게도 내게는 그런 재주가 없다. 이상하네…… 웃는 건 누구나 할 수 있는걸, 이라는 대사를 어디서 들었는데…….

그래서 아무 말이라도 꺼내 이 어색함을 잊어보려고 무거운 입을 열었다.

"……근데 말이야."

의미 따위 없는 중얼거림에 유이가하마가 움찔하며 표정을 고쳤다. 내 팔을 잡는 힘이 살짝 강해지고, 뒷말을 기다리는 분위기에서는 긴장감이 느껴졌다.

옷 너머로 전해지는 체온.

그것을 또렷하게 느끼자 말하려던 내용이 머리에서 새하얗

게 지워졌다.

"……오늘 춥네."

그래서 당장 머리에 떠오른 생각만 말했다. 그것 역시 의미 없는 중얼거림이기는 하지만.

"으. 응……. 그치."

너무 공허한 말이라서 대답이 궁했는지, 유이가하마의 맞장구도 영 신통치 않았다.

다만, 체육복 자락을 움켜쥔 주먹은 긴장이 풀렸는지 미약하게나마 느슨해졌다.

대화는 그것으로 끊기고 말았다.

또다시 찾아든 침묵.

귀에 들리는 건 무음이 아닌 무언.

희미한 숨소리에 어떤 감정이 담겼는지는 확실치 않았다. 그것을 똑바로 분간하기에는 내 몸속에서 쿵쿵거리는 소리가 너무 컸다.

그 맥동이 유이가하마에게 들릴세라 불안해하는데, 갑자기 북풍이 몰아닥쳤다.

목과 소매로 파고드는 찬 공기에 반사적으로 몸이 움츠러들었다.

"으, 추워……."

불만 가득한 혼잣말이 나오고 말았다. 그러자 유이가하마도 고개를 호들갑스럽게 끄덕이며 동의했다.

"그러게. 흐아~! 바람이 너무 차!"

유이가하마는 부르르 떨더니 티 나지 않게 반걸음 정도 차
도 쪽으로…… 내 쪽으로 붙었다.

"야야, 사람을 바람막이로 쓰지 마."

"그래두 추운걸……."

그러면서 나를 올려다보는 표정은 슈퍼마켓 앞에 묶인 강아
지와 어딘가 비슷한 구석이 있었다. 그런 표정을 지으면 나도
거리를 벌리기 미안해서 울며 겨자 먹기로 참을 수밖에 없다.

"……뭐, 춥긴 하니까."

"맞아, 추우니까."

사뭇 진지한 척 수긍하자 유이가하마는 살포시 미소 지었다.

정말로, 오늘은 날이 춥다.

아마 기온은 어제와 크게 다르지 않겠지만.

그래도 유별나게 춥다.

추위를 타는 건 아마 온기를 알았기 때문일 것이다.

……뭐, 춥긴 하니까.

이렇게 걸어도, 어쩔 수 없지.

×　×　×

어깨를 맞대고 걸은 거리는 얼마 되지 않는다.

공원에서 학교까지는 도보로 고작 몇 분 거리다.

그런데 그 길이 너무나도 멀게 느껴졌다.

마라톤을 뛴 직후라서 의외로 몸이 피곤했는지도 모른다.

아니면 대회 도중에 넘어져서 다쳤기 때문일까. 간단한 치료는 받았으나, 아직 따끔한 통증은 남아 있었다. 그 상처가 덧나지 않게 조심하느라 엉거주춤 다리를 끄는 모양새였다.

그 탓에 우리의 발걸음은 느렸다.

그래도 그게 전부는 아니겠지.

아마 남에게 기대어 걷는 데 익숙하지 않다는 게 가장 큰 이유일 것이다.

그리고 그건 받쳐주는 쪽도 마찬가지 같았다. 유이가하마의 걸음걸이도 어딘지 모르게 불안했다.

가는 길에 학교로 돌아가는 학생들이 드문드문 보였고 종종 우리를 돌아보는 시선이 느껴졌다.

당연했다.

평소의 나는 사람의 이목을 거의 사지 않는다. 특히 이렇게 야외에서 걸을 때는 남의 관심을 끌 요인이 없다.

생각해 보면 거리를 걷는 사람은 누구나 혼자인 경우가 많아서 일일이 「저 사람, 친구 없나 봐! 기타 잘 치겠네!」 같은 생각을 하지는 않는다.

수많은 개인의 행렬은 일상생활에서 흔히 보는 풍경이다. 설령 누군가가 눈에 들어와도 주의를 기울이지 않으면 특정한 개인으로 인식조차 하지 못한다.

단, 그 개인에게 「학교」나 「교복」 따위의 기호가 붙으면 사정이 달라진다.

중학생이나 고등학생은 무리 지어 다닌다는 전제 조건이 있기 때문에 학교 행사나 교실에서 외따로 지내면 특이하게 비친다.

학교와 교실이라는 좁은 공간, 폐쇄적인 공동체. 그 집단 속에서 혼자 있으니까 외톨이는 외톨이로 규정되는 것이다. 사회의식, 고정관념, 전제 조건에서 벗어나면 외톨이라는 기호도 성립할 수 없다.

우리는 사바나에서 무리와 떨어진 가젤을 볼 때 불안을 느낀다. 가젤이 무리 생활을 하며 육식동물의 먹잇감이라는 사실을 알기 때문이다. 그런 지식이 없다면 가젤이 홀로 다니는 모습을 봐도 「아! 가젤이다! 아니면 임팔라인가?」 정도로밖에 생각하지 않겠지. 참고로 가젤과 임팔라는 엉덩이 무늬로 구분할 수 있다. 오늘의 토막상식이었습니다.

아무튼 요약하자면, 사람은 자기가 아는 상식이나 이치에서 벗어난 광경을 보면 어색함을 느낀다는 이야기다.

현재 상황으로 비유하면 나와 유이가하마가 어깨를 맞대고 함께 걷는 모습이 그렇다.

가뜩이나 유이가하마 유이는 사람의 눈길을 끈다.

그 연분홍빛 도는 갈색 머리도, 앳되면서도 이목구비가 뚜렷한 귀여운 외모도, 쾌활하고 붙임성 좋은 웃음도, 남들이 부러워하는 균형 잡힌 몸매도. 더 나아가서는 하야마와 미우라처럼 화려한 인물들과 일상적으로 교류하는 인간관계도 이 학교라는 공동체에서는 지명도 상승의 큰 요인이다.

그런 유이가하마 옆에 낯선 남자가 있으면 호기심에 돌아보고 두세 번쯤 힐끔거릴 만도 하다.

하물며 하야마 아무개 씨와 사귀어 미우라 아무개 양과 삼각관계를 이루네 마네 소문이 나도는 현재, 유이가하마에게 호감이나 악감정을 가진 사람이 일정 수 존재한다는 건 명명백백한 사실이다.

따라서 호기심 어린 시선이 모이기 쉬운 상태며, 하필 그때 나와 걷고 있는 것이다.

이 상황을 보고도 아직 하야마와 유이가하마의 관계를 의심하는 사람은 없을 것이다. 하야마 하야토와 그 주변 관계를 둘러싼 루머를 종식시킨다는 내 목적은 머지않아 이루어지지 않을까 싶다.

하지만.

또 새로운 문제가 대두할 예감이 든다.

어쩌면 다른 학교 남자로 알려진 나와 유이가하마를 엮어서 수군대는 인간이 나올지도 모른다. 불꽃 축제에서 마주친 사가미 미나미가 그랬던 것처럼.

그렇지만 그건 불꽃 축제라는, 남녀의 밀회로 오해받기 안성맞춤인 이벤트에서 발각된 탓이다. 이런 학교 행사, 그것도 부상자 간호라는 명분이 있다면 유이가하마가 엉뚱한 오해를 사진 않겠지. ……안 사겠지? 이젠 나도 모르겠엉, 힝힝…….

그렇게 다소 혼란에 빠진 채 휘청휘청 걷는 꼴은 흡사 좀비 같았다.

썩은 동태 눈알도 문제지만, 논리적인 사고가 되지 않아

「아⋯⋯」라는 번뇌의 신음과 「아아─!」라는 후회의 외침이 마음속에서 되풀이되었다. 여차하면 그대로 「아아아─! 아아아아─! 아─이야─이야─!」라고 빅 이너프를 불러버릴 수준.

번민하는 사이에도 다리는 저절로 움직였다.

공원에서 꽤 멀어져 학교 정문으로 이어지는 마지막 직선 구간에 들어섰다. 이제는 횡단보도를 건너면 학교에 도착한다. 눈에 들어오는 학생들도 점점 늘어났다.

학교가 보이자 내 걸음이 무의식적으로 빨라진 느낌이었다.

옆에서 걷는 유이가하마는 이상하다는 듯 나를 쳐다보지만, 특별히 묻거나 따지지 않고 내 걸음에 속도를 맞춰주었다. 그러다 고개를 살짝 갸웃거리더니 뭔가 깨달은 것처럼 작게 앗 소리를 냈다.

그리고 남몰래 내 그림자에 숨듯이 반보 다가와 입가에 손을 대고 속삭였다.

"⋯⋯쪼끔 부끄럽지?"

아하하 쑥스러운 웃음을 더하니 나는 말문이 막혔다.

아니, 어쩌면 막힌 건 가슴인지도 모른다. 그 귀여운 한마디에 멀쩡하던 심장이 『나 홀로 집에』의 맥컬리 컬킨처럼 비명을 질렀다.

온갖 말로 포장하고, 논리로 벽을 치고, 열심히 머리를 굴려본들, 결국 내가 신경 쓰는 점은 방금 유이가하마가 했던 말로 축약되고 만다.

부끄러운 건 분명 사실이다. 낯간지럽다고 바꿔 말해도 무방하다. 애초에 남의 시선에 예민해서 더 신경이 쓰일 뿐인지도 모른다.

그래도 더 중대한 이유가 있다.

나와 함께 있는 탓에 유이가하마가 불쾌한 경험을 하지 않을까. 그런 불안을 씻을 수 없었다.

고작 나 정도의 영향력으로 유이가하마가 반감을 살 리는 없다.

유이가하마는 내가 생각하는 것보다도 훨씬 강직하다.

그러지 않고서는 소문을 해결하려고 이런 수단을 취할 리 없다. 그러니까 내 우려는 틀림없이 기우에 불과하다.

하지만 그렇게 머리로는 이해해도, 마음은 받아들이지 못하고 있었다.

그런 사고방식 자체가 자의식 과잉이자 자기과신. 애초에 히키가야 하치만의 교우 관계 따위에 관심을 가지는 사람은 아무도 없으며, 내가 누구와 함께 있건 신경 쓰지 않는다.

나 한 명의 일이라면 그렇게 결론짓고 불필요한 시선과 정보를 차단해 버리면 그만이다.

하지만 그렇게 무시하지 못하고 신경 쓰는 이유는 그녀가 나와 깊은 관계가 있다고 믿기 때문에. 그 점에 안심감을 느끼는 나 자신이 너무 혐오스럽다. 유이가하마에게 불쾌한 경험이 될 수도 있건만, 그걸 알면서도 무시하려고 한 내 썩어빠진 정신상태가 한심하고 불쌍하다.

결국 사람과 사람의 관계를 의식하기 시작한 순간부터, 나는 남의 시선과 생각을 신경 쓰게 되었다.

마치 언젠가의 누군가처럼.

곁에 있는 유이가하마를 힐끔 보고 한번 헛기침했다.

어느샌가 우리는 학교 현관 부근까지 와 있었다.

여기서부터는 건물 안으로 들어가야 한다. 어깨를 부축해 걷는 모습은 야외보다 훨씬 시선을 끌 것이다. 부축은 여기까지면 충분하다.

"……저기, 이제 진짜 괜찮다만."

"응."

그렇게 대답하고 고개도 끄덕이지만, 유이가하마의 손은 떨어지지 않았다.

그렇다고 내가 그 손을 뿌리칠 수도 없었다.

괜찮을까, 라는 의문을 입 밖으로 내지 않고 신발을 갈아신었다. 그러는 동안에도 유이가하마는 나를 지탱하려고 어깨를 살며시 잡아주고 있었다.

다리가 아닌 다른 상처가 따끔 아파 왔다.

유이가하마도 나를 지탱하며 신발을 갈아 신었고, 우리는 현관을 벗어나 아무도 없는 특별관 복도를 걸었다.

이대로 교실까지 가려는 걸까. 그렇게 생각한 순간, 유이가하마가 내 소맷자락을 꾹꾹 당겼다.

"그거, 돌려주러 가야 해."

그러면서 가리킨 것은 내가 든 구급상자였다.

"아참…… 내가 갈게."

묵직한 목제 구급상자를 고쳐 쥐고 특별관 쪽으로 걸음을 옮기려고 했다. 그러자 왠지 유이가하마도 따라왔다.

"나두 갈래. 유키농두 아마 보건실에 있을 거야."

"아, 그래? 그럼 가는 김에 이것도 가져갈래?"

겨우 구급상자를 돌려놓자고 두 명이나 갈 필요는 없다. 철저하게 효율을 따지는 사축의 사고방식으로 그런 소리를 했다.

"……으, 응. 그, 그러지 뭐……."

유이가하마가 믿기지 않는다는 반응을 보여줬다. 뻣뻣한 억지웃음을 짓고 굉장히 마지못해 대답한다.

"……장난이야. 내가 반납해야지."

"농담이면, 다행이구."

불만스러운 어조로 내 팔을 꾹 당겼다.

맞는 말씀이다.

빌렸으면 돌려줘야 한다.

물건뿐 아니라 말이나 마음, 온기도.

굳이 반보성의 원리라는 어려운 용어를 들먹일 필요도 없다.

언젠가 반드시 은혜를 갚자.

아니면, 업보를 갚을 날이 올 것이다.

×　×　×

사람이 거의 없는 학교는 방금 있었던 공원보다 훨씬 차가운 느낌을 줬다.

아직 많은 학생이 마라톤 대회장에 있거나 각자 자유 시간을 보내고 있을 것이다.

우리는 인기척 없는 복도를 천천히 걸었다.

특별관 창틀이 세찬 바람에 달각달각 흔들렸다. 그 소리만 들어도 추워지건만, 복도에는 외풍이 드는지 바닥에서 올라온 냉기가 발치를 휘감았다.

"너무 오래 기다리게 한 거 아닌가 몰라……."

옆에서 걷는 유이가하마가 불안해하며 나를 재촉하려는 듯 걷는 속도를 살짝 높였다. 부축받는 나도 자연스럽게 걸음을 맞췄다.

아직 유키노시타가 보건실에 남아 있을지 애매한 시간이긴 했다.

유이가하마라면 충견처럼 자리를 지키겠지만, 유키노시타의 경우는 어떨까……. 아니지, 전교생을 내보내고 난방이 모두 꺼진 교실로 가기보다는 양지를 찾는 고양이처럼 따뜻한 보건실에 머물러 있을지도 모른다.

우리는 보건실에 도착하여 노크했다.

"들어오세요."

귀에 익은 목소리가 들렸다.

아직 기다리고 있었나. 문을 열자 예상대로 안에 유키노시타가 있었다. 유키노시타는 체육복도 갈아입지 않은 채 의자에 앉아서 어리둥절하게 나를 보았다.

"히키가야?"

"그래, 나다."

내 뒤로 사람이 보였는지, 유키노시타는 문틈을 엿보려는 것처럼 고개를 기울였다.

그러자 내 팔을 잡던 손이 냉큼 떨어졌다.

"야헬롱~! 유키농!"

"유이가하마도, 같이 있었구나……."

그 목소리에 다소 놀라움이 섞였다. 자세히 보니 유키노시타는 멍한 얼굴로 우리를 보고 있었다.

투명한 청금석 같은 눈에 나와 유이가하마의 모습이 비쳤다. 우리를 바라보는 유키노시타의 입은 놀랄 만큼 앳되게 보였고, 소리 없는 숨을 내쉬었다.

"늦어서 미안!"

그런 유키노시타의 표정을 어떻게 해석했는지, 유이가하마는 큰 소리로 외치며 보건실에 들어가 바로 유키노시타와 마주앉았다.

금방 정신을 차린 유키노시타는 고개를 살며시 젓고 유이가하마에게 미소 지었다.

"괜찮아."

그 말투는 평소와 다를 바 없이 또박또박하고 막힘이 없었다.

두 사람의 대화를 들으며 나는 구급상자 두는 곳을 찾았다. 보건실 안을 우왕좌왕하는데 벽 쪽 약장에 마침 적당한 빈자리가 보였다. 아마 원래 여기서 꺼낸 것이겠지.

약장 문을 열고 구급상자를 들어서 밀어 넣는데, 다리에 난 상처에 찌르는 듯한 통증이 퍼졌다. 흐기잇! 작은 비명이 새어 나와 유키노시타가 의아하게 돌아봤다.

"히키가야…… 다쳤니?"

내 다리를 본 유키노시타가 보기만 해도 아프다는 듯 눈살을 찌푸렸다.

"어, 실수로 좀."

차마 다리가 꼬여서 넘어졌다고는 말 못한다. 쪽팔리니까. 게다가 또 뭐랄까, 그런 소리를 하면 꼭 가정폭력 피해자가 둘러대는 것처럼 들리잖아. 「아니야! 이건 정말 그냥 넘어져서 다친 거라니까!」처럼. 가정폭력 피해자로 오인당해 괜한 걱정을 끼칠 수는 없는 노릇이다.

나는 무심하게 대답하며 약장의 문을 탁 닫았다.

돌아보자 유키노시타가 근심 어린 눈빛으로 내 다리를 보고 있었다.

"그거 직접 묶었니?"

"아, 그건 아니고……."

조금 모양이 좋지 못한 붕대 매듭을 보면서 뭐라고 설명해야 할지 망설이는데, 유이가하마가 아하하 하며 조금 과장되게 웃었다.

"여, 역시 다시 묶는 게 낫겠다! 난 손재주가 별루라서, 이런 거 예쁘게 못 하겠더라구……."

자신감 없이 경단머리를 만지작거리는 모습을 보고 유키노시타는 잔잔하게 미소 지으며 고개를 가로저었다. 그리고 자상하게 말했다.

"아니. 이거면 충분해."

"다친 사람은 나거든?"

왜 남의 상처를 보고 마음대로 판단하시죠? 너 그거, 우리 집 근처 의사 선생님 앞에서 말했으면 날벼락 떨어졌을 거야. 증상을 묻길래 「감기 같은데요……」라고 말했다가 「그건 제가 듣고 판단할게요. 애초에 감기라는 병은 없어요. 아시겠어요?」라면서 엄청나게 혼났다니까.

그렇지만 실제로 대수롭지 않은 상처였다. 갑자기 다리를 펴거나 굽히지 않으면 아프지도 않다. 그러니까 의자에 앉을 때는 조심조심…….

근처에 있던 원형 의자를 당겨 신중하게 앉았다. 그런 나를 기다려준 것처럼 유키노시타는 천천히 입을 열었다.

"하야마랑 같이 달린 것 같던데…… 뭔가 진전이 있었니?"

"……문제는 얼추 해결됐을 거야."

하야마 하야토의 우승과 돌발적인 시상식. 거기서 하야마가 밝힌 우승 소감으로 하야마 하야토와 관련된 소문은 대강 정리됐다고 생각한다.

그런 요지를 간추려 설명했다.

가끔 유이가하마가 열심히 손짓을 섞어 설명을 보충했다. 거기에 유키노시타는 적절히 고개를 끄덕여 맞장구쳤다.

하지만 하야마가 하루노의 이름을 꺼낸 이야기를 들었을 때만, 그 고개를 멈추고 복잡한 표정으로 관자놀이를 눌렀다.

마음은 이해한다. 이런 이야기에 가족 이름이 나오는 게 딱히 기분 좋은 일이 아니지…….

사건의 전말을 대략적으로 이야기한 나는 한 차례 큰 한숨을 쉬었다.

"……당장 극적인 효과는 없겠지만, 차선책으로는 어느 정도 효과가 있지 않겠냐."

달리 정확하게 설명할 방도가 떠오르지 않아 그런 미묘한 대답을 하자, 유키노시타는 잠시 입에 손을 대고 뭔가 생각하다가 그 손을 조용히 내렸다.

"그래……. 완전히 사라지지는 않겠지만, 나는 그만하면 충분해. 고마워."

"감사는 하야마한테 해. 나는 아무것도 안 했어."

"그럴게. 그래도 너한테도, 일단은."

유키노시타가 조용히 미소 지었다.

그렇게 말한다면 나도 일단은 감사를 받아주자.

하지만 겸손도 뭣도 아니라 나는 정말로 아무것도 하지 않았다. 하야마와 실속 없는 대화를 나누고 꼴사납게 나자빠졌을 뿐. 요약하면 그게 다다.

눈에 보이는 형태로 행동한 사람은 하야마…… 그리고 유이가하마다. 유이가하마의 행동이 주위에 어떤 인상을 줬을지는 아직 알 수 없지만, 적어도 하야마 하야토와 관련된 소문에서 유이가하마의 입장은 명확해졌을 것이다.

그게 그녀에게 좋은 일인지 나쁜 일인지는 차치하고서라도.

그런 일말의 불안을 품은 탓일까, 내 눈은 무의식중에 유이가하마에게로 향했다. 그러자 유이가하마는 은근슬쩍 눈을 피하고 경단머리를 만지다가 딱 한순간, 촉촉한 눈으로 나를 돌아봤다.

그 눈빛 교환 때문에 학교로 오던 길이 떠올라서 낯간지러운 기분이 다시 살아났다.

잠깐의 침묵이 흐르고, 히터 팬이 도는 소리와 가습기의 낮은 가동음이 실내에 울렸다.

말 없는 정적 속에서 나직한 숨결이 후 새어 나왔다.

"이걸로 해결됐다고 봐도 될까? ……유이가하마는, 어떠니?"

유키노시타가 걱정스러운 눈길을 보내자 유이가하마는 두 주먹을 불끈 쥐고 몸을 앞으로 내밀었다.

"나, 나두 아무 문제 없어! 무슨 얘기를 듣더라두 그다지 신경 안 써!"

"그다지, 라면 조금은 쓴다는 거구나……."

"앗, 아니, 그게 아니구! 전혀 신경 안 써!"

근심이 남은 표정인 유키노시타에게 유이가하마가 허둥지둥 손을 흔들며 정정했다. 그리고 목청을 확인하듯 숨을 살짝 들이쉬고 손을 다소곳이 무릎에 올렸다.

"그게…… 나두, 내 나름대로 진지하게 생각했으니까…… 그러니까 괜찮아."

유이가하마는 똑바로 유키노시타를 보며 그렇게 말했다. 미숙한 설명과 더듬거리는 말이지만, 그렇기에 눈곱만큼의 허식도 없는 정직함이 느껴졌다.

해변으로 저무는 석양이 하얀 보건실을 서서히 주홍빛으로 물들였다. 은은한 햇빛에 비친 유이가하마의 진지한 표정에, 유키노시타는 눈이 부신 듯했다.

"그러니…… 그렇다면 다행이고."

유키노시타는 표정을 풀고 아련하다는 생각마저 드는 미소를 머금었다. 보는 이의 가슴을 옥죄는 듯한 아름다운 미소에 나와 유이가하마는 한순간 숨을 삼켰다.

"그만 나갈까?"

유키노시타는 소리도 내지 않고 의자에서 일어났다. 유이가하마도 고개를 끄덕이며 뒤따라 일어났다.

"응. 뒤풀이 준비두 해야 하구."

"뒤풀이……."

맞다, 나는 아직 할 일이 있었지…… 죽도록 뛰고 다치기까지 했는데 드링커라는 격무에 시달려야 하나…….

앞일을 생각하자 엉덩이가 천근만근 무거웠다. 후우, 진짜 일하러 가기 싫다…….

고개를 무겁게 떨구고 바닥을 보는데 시야로 뽀얀 손이 들어왔다.

퍼뜩 고개를 들자 유이가하마가 손을 내밀고 있었다. 그녀가 슬쩍 눈을 피하고 쑥스럽게 중얼거렸다.

"그, 다리…… 안 좋으니까……."

"아픈 사람한테 일 시키지 말았으면 좋겠다만……."

민망함을 숨기려고 장난스럽게 대꾸한 나는 으쌰 소리를 내며 힘차게 일어났다. 일어선 김에 관성에 맡겨 팔을 크게 젓고, 가슴 앞으로 조그맣게 주먹을 모았다.

　좋아…… 오늘 하루도 힘내자오.

그러니까 아직은—

주문표가 나오는 작은 출력기가 줄줄이 종이를 뱉어냈다.

한 잔 만들면 석 잔이 들어오고, 두 잔을 만들면 다섯 잔이 들어온다. 머릿속에서는 쭉 스이젠지 키요코[#29] 노래가 무한 재생되고 있었다.

빌린 유니폼은 땀투성이였고, 와이셔츠에는 토마토 주스와 그레나딘 시럽이 튀어 어디서 사람 하나 담그고 온 것처럼 엉망이었다.

하지만 더러워진 옷을 입어도 내 마음은 비단처럼 빛났다. 지금 내 머릿속 스이젠지 키요코도 그런 감정을 실어 노래하고 있었다. 일하기 싫다고 투덜대면서도 묵묵히 일하는 사이에 뇌는 쾌락 호르몬에 절여진 상태. 도파민이 도파팟 쏟아지고 아드레날린은 아도돗 쏟아졌다. 어느새 머릿속 플레이 리스트는 미즈모리 아도[#30]로 바뀌어 있었다. 내 머릿속에 노인

#29 스이젠지 키요코 1960년대부터 활동하는 엔카 가수.
#30 미즈모리 아도 1960년대에 가수로 데뷔한 멀티 엔터테이너.

정 들어섰냐.

오리모토 카오리가 알바하는 가게를 빌린 뒤풀이는 대성황이라고 말해도 과언이 아니었다.

학생들은 쉴 새 없이 찾아왔다. 총인원은 수십 명에 달하지 않을까. 하야마 그룹을 시작으로 토츠카 일행, 심지어 어찌된 영문인지 자이모쿠자까지 있었다.

뒤풀이가 시작되고 한 시간여.

처음에는 신기하던 목테일에도 익숙해졌는지, 아니면 테이블마다 이야기가 무르익은 까닭인지, 점차 주문이 줄어드는 추세였다. 한때는 벽걸이 선반에서 바닥까지 내려왔던 주문표도 이제는 두세 장밖에 남지 않았다.

겨우 한숨 돌리겠구만…… . 그렇게 안심하는데 오리모토가 시끄러운 발소리를 내며 다가왔다.

"히키가야, 교대. 휴식해도 돼."

"오, 그래도 되냐?"

"응. 주문받은 음식은 전부 나갔으니까."

오리모토가 홀을 힐끔 봤다. 덩달아 돌아보니 조금 전까지 부엌에 있던 점장님이 홀에 서서 잠깐의 여유를 즐기고 있었다. 확실히 휴식하기에는 좋은 타이밍이다.

"오케이. 아차, 그 세 개는 아직 안 만든 거야."

드링커 포지션을 넘긴 나는 오리모토와 지나치면서 아직 처리하지 못한 주문표를 가리켜 업무를 인계했다. 오리모토는 알아들었다며 고개를 끄덕여 보였다.

"응, 오케이. 아, 유키노시타도 쉬어도 돼~."

오리모토는 홀로 머리만 빼꼼 내밀어 유키노시타에게 말을 걸었다. 곧 홀 건너편에서 녹초가 된 유키노시타가 휘청휘청 비틀비틀 걸어왔다.

"수고했다."

나는 위로의 말과 함께 홍차가 담긴 대형 머그컵을 건넸다.

"고마워……. 지쳤어……. 생각보다, 훨씬 고돼……."

유키노시타는 양손으로 컵을 감싸서 한 모금 마시고 작고 귀엽게 푸하 숨을 뱉었다. 평소와 비교해 다소 예절에 어긋나는 행동이 지금은 묘하게 어울렸다.

"다이닝 카페에서 단체 손님을 받으면 이게 보통일걸? 어지간한 술집 체인점은 더 심해."

이 자리에는 알코올이 없으니까 손님이 예의 바르고 토사물을 치우지 않아도 된다. 호객하러 나가라는 지시에 한겨울 역전에서 두 시간 동안 손님을 끌지 않아도 되고, 『여기 한 잔 가격에 양은 더블로!』라는 더블피스 주정뱅이 아재의 농담에 맞춰주며 억지웃음을 지을 필요도 없다.

내가 그렇게 비극적인 술집 알바썰을 풀자, 한평생 그런 곳과는 연이 없었을 유키노시타가 할 말을 잃고 몸서리쳤다. 한편, 근처에서 듣던 오리모토는 "그거 인정!"이라며 배를 부여잡고 깔깔 웃었다.

유키노시타는 피로에 전 얼굴로 한숨을 푹 쉬었다.

"너한테 노동에 관한 가르침을 받는 게 석연치 않지만……

그래도 네가 일에 익숙해서 다행이야. 도중에 제공 속도를 늦춰준 덕분에 주문을 따라갈 수 있었어."

"그걸 또 눈치채네."

식당에서 일해 본 적도 없을 텐데 역시 유키노시타는 전체 상황을 귀신같이 파악한다. 내가 오오 감탄하자 유키노시타는 겸손 섞인 쓴웃음을 지었다.

"그만큼 차이가 나면 아무리 나라도 알아차려. 첫 잔을 내는 속도는 이상할 만큼 빨랐잖아. 그거, 사전에 만들어 둔 거니?"

"유명한 것 위주로 재료만 미리 모아뒀지. 제조법이 겹치는 것도 끼리끼리."

"그런 방법이…… . 그걸 먼저 설명해 주지 그랬니. 그랬으면 주문을 유도해서 효율적으로 처리했을지도 모르는데……."

유키노시타는 턱을 손으로 잡고 생각에 빠졌다. 눈은 초롱초롱 빛났고 입은 즐겁게 웃고 있었다.

내가 말하기도 좀 그렇지만, 이 녀석도 심각한 워커홀릭이구만…….

"히키가야랑 유키노시타도 뒤풀이에 참가하고 싶으면 가 봐. 여긴 괜찮으니까."

오리모토는 우리에게 음료를 만들어주고 홀을 가리켰다. 나와 유키노시타는 서로를 돌아보고 말없이 합의하며 음료를 받아들었다. 그리고 오리모토에게 고맙다는 말을 전한 뒤 테이블로 갔다.

하지만 막상 뒤풀이에 끼고 싶어도 우리가 있을 곳은 마땅치 않았다. 나와 유키노시타는 이런 시끌벅적한 분위기를 그다지 선호하지 않는다.

홀을 둘러보니 주역인 하야마는 항상 사람에게 둘러싸여 바빠 보였고, 토베와 바보 삼형제도 웨이웨이 시끄럽게 떠들어댔다.

미우라, 에비나 양, 잇시키는 구석진 곳에 자리를 잡고 수군수군 무슨 이야기를 나누고 있었다. 아마 하루노에 관한 정보 교환이라도 하고 있겠지. 쟁반을 끌어안고 테이블 옆에 선 유이가하마가 종종 말을 보태는 듯했다. 나랑은 상관없지만, 이로하스는 아직 일하는 중 아니었니? 왜 앉아서 놀고 있을까?

창가 자리에서는 토츠카가 테니스부원으로 보이는 그룹과 신나게 노는 중이었고, 자이모쿠자도 흐뭇한 얼굴로 그 자리에 껴 있었다. 그나마 저 테이블이 나와 친분이 있지만, 이미 분위기가 무르익은 자리에 뒤늦게 낄 마음은 들지 않았다.

부회장과 서기는 하하호호 깨를 쏟으며 노동에 힘쓰고 있었다. 야, 일이 우습냐?

그밖에 아는 사이라고 부를 사람은 없었고, 우리는 별생각 없이 바 카운터로 갔다. 이럴 때는 벽 쪽에 붙는 게 안정적이다.

"수고했어."

유키노시타는 위로의 말과 함께 내 앞으로 샴페인 잔을 내밀었다. 그걸 보고 나도 잔을 들었다.

"어, 그래. 너도 수고했어."

"그럼……."

유키노시타는 가볍게 미소 짓고 샴페인 잔을 빙글 돌렸다. 목테일 미모사가 잔잔하게 물결치고 은은한 오렌지 향이 피어올랐다.

　「그럼」 뒤로 이어지는 말은 없었다. 소리를 내지 않고, 목소리에 싣지 않고, 귀에 들리지 않게 가슴속으로만 꺼낸 말. 나도 똑같이 입을 열지 않고 셜리 템플을 같은 높이로 들어 잔을 부딪쳤다.

　소란스러운 실내에서 얇은 유리잔이 조용히 울렸다.

　막힘도 왜곡도 없는, 순수한 소리.

　서로 한 모금 마시고 숨을 후 내쉰다. 유키노시타가 놀란 얼굴로 입가에 손을 댔다.

　"맛있어……."

　"그게 노동의 맛이지."

　꼰대에 빙의해서 거들먹거리자 유키노시타가 쿡 웃었다.

　"어울리지 않는 소리를 하는구나. ……그래도 나쁘진 않아."

　그 말에 나는 수긍했다.

　그래, 나쁘지 않다.

　설마 유키노시타와 이렇게 잔을 부딪칠 날이 오다니……. 노동은 고역일 뿐이라고 생각했는데, 이 분위기를 맛볼 수 있다면 그리 나쁘지 않다는 생각이 들었다.

　언젠가, 일을 마치고 이런 식으로.

　……주제에도 없이 그런 미래를 그려볼 만큼, 나쁘지 않다.

　우리는 잠시 그대로 말없이 잔을 기울이고 홀을 바라봤다.

그 시선을 알아차렸는지, 여기저기 돌아다니던 하야마가 우리 쪽으로 찾아왔다. 주역은 인사하러 다니는 것도 일이야…….

"힘들었지? 고마워, 뒤풀이 스태프를 맡아줘서."

하야마의 감사에 유키노시타는 별일 아니라는 양 고개를 젓고, 나는 동의하는 뜻으로 고개를 끄덕였다.

우승 축하한다고 인사치레라도 해야 하나 생각하는데, 하야마가 머리를 꾸벅 숙였다.

"미안. 이상한 소문도 그렇고…… 여러모로 피해를 줘서."

갑작스러운 사과에 유키노시타는 곤혹스러워 말문이 막혔다. 하지만 그것도 잠깐뿐, 곧 친근하게 미소 지었다.

"피해라고 할 정도는 아니야."

유키노시타의 웃음을 본 하야마도 부드러운 미소로 고개를 끄덕이고 조용히 감사를 전했다. 내가 알 리 없는 과거의 이야기는 그 이상 나오지 않았다.

대신 유키노시타는 미래를 이야기했다. 그것도 상당히 큰 한숨을 섞어서.

"그보다 언니 이름을 꺼내는 바람에 훨씬 피해를 보겠어. 앞으로는 더 거리를 둬주면 고맙겠어."

뺨에 손을 대고 청순가련하게 싱긋이 웃는 유키노시타. 거기에 하야마는 하얀 이를 반짝 빛내며 상큼하게 스마일.

"그렇게 안 되도록 노력은 할게."

"큰 기대는 안 하지만, 제발 그렇게 해줘."

우후후후, 아하하하. 두 사람의 속 보이는 웃음이 이중주로 울렸다. 무섭다 무서워, 이 두 사람의 방긋방긋한 웃음……. 말에 뼈밖에 없어…….

보다 못한 내가 눈을 돌리자 구석 테이블석에서 유이가하마와 잇시키가 손바닥을 위아래로 파닥여 손짓하는 게 보였다. 유이가하마는 입에 두 손을 대고 "유키농~."이라며 조심스럽게 이름을 부르고 있었다.

"유키노시타. 너 부른다."

턱으로 유이가하마를 가리켰다. 유키노시타는 그쪽을 보고 으으 하며 살짝 가기 싫은 표정을 지었다. 유이가하마 뒤에서 팔짱을 낀 미우라가 보였기 때문이겠지. 아마 하루노에 관해 캐물을 속셈일 것이다.

유키노시타는 체념의 한숨을 쉬고 내게 마지못해 웃어 보였다.

"잠깐 다녀올게. 나중에 봐."

나는 알겠다고 고갯짓하고 터벅터벅 걸어가는 유키노시타를 바라봤다.

바 카운터에는 나와 하야마만 남았다.

서로 아무 말도 꺼내지 않고 침묵의 시간이 흐르는데, 불현듯 얼음이 달그락 소리를 냈다. 눈을 돌리자 하야마가 잔을 돌리고 있었다. 하야마는 그 잔을 내게 내밀었다.

"일단은."

"그래."

그 말만 나누고, 눈조차 마주치지 않은 채 잔을 거칠게 깡 부딪쳤다.

하야마는 잔에 든 음료로 입술만 적시고 냉담하게 피식 웃음을 터뜨렸다.

"거리를 두라고?"

"되겠냐. 그 사람, 집착이 어지간해야 말이지."

"그러게. 뭐, 네 탓도 있겠지만."

"하지 마, 거기에 날 왜 엮어? 남자의 질투는 추하다고."

"하, 말은 잘해……."

거기서 하야마의 말이 끊겼다. 갑자기 조용해지면 나도 반응하기 곤란하다. 어쩜 좋아, 나 때문에 하야마 화났나 봐……. 나는 불안함을 못 이기고 옆자리를 곁눈질했다.

하야마는 의아하게 눈을 찌푸리고 있었다. 하지만 그 눈이 보는 것은 내가 아니었다. 가게 입구, 문에 붙은 유리창을 미심쩍게 살펴보는 중이었다.

뭐가 있나 싶어 나도 눈에 힘을 주자 창 너머로 뱅 헤어 같은 것이 얼핏얼핏 보였다. 게다가 더 자세히 보니 그 머리카락이 짜증스럽게 위아래로 오르락내리락했다.

혹시 타마나와인가……?

확신이 안 서서 타마나와 감별사인 오리모토를 찾았지만, 지금은 드링커로 일하는 중이었다. 하는 수 없지, 알아본 내가 가는 수밖에…….

나는 하야마에게 가보겠다고 신호를 보내고 가게 입구로 향했다.

천천히 문을 열자 딸랑딸랑 종이 울렸다.

그 소리에 화들짝 놀란 타마나와가 나를 멀뚱멀뚱 쳐다봤다. 하지만 나온 사람이 나라는 것을 깨닫고는 못마땅하게 앞머리를 푸 불어 올렸다. 미안하네요, 나라서.

"저기, 오늘 가게 대절했는데……."

"그, 그래……? 내가 인스타 공지를 놓쳤나……."

타마나와는 폰을 재빨리 확인했다. 화면을 훔쳐보자 이 가게 공식 계정은 외양을 중시하는지, 감성 넘치는 카페 메뉴와 쾌활해 보이는 예쁜 여성 종업원 사진을 주로 게시해 뒀다. 거기 곱슬곱슬 펌헤어 미소녀 점원 사진에 「좋아요」가 찍혀 있군요…….

"아, 회장."

호랑이도 제 말 하면 온다더니. 내 뒤에서 누구에게나 스스럼없고 익숙해지면 막 대해주는 미소녀 점원이 말을 걸었다. 돌아보니 오리모토가 털털하게 손을 흔들며 이쪽으로 다가오는 중이었다.

"미안. 오늘 우리 가게 대절 중이야."

"아냐, 괜찮아. 노매드 워커면서 알아보지 않은 나의 미스지."

타마나와는 하하 웃었다. ……근데 이 사람 워커야? 의문을 담아 오리모토를 슬쩍 봤다. 내 눈빛에 오리모토는 어깨를 으쓱이고 「몰라, 그런가 보지. 잘은 몰라도」 같은 반응을 돌려줬다. 어허, 이 녀석 관심이 없구만……. 그래도 이 담백하게 막 대하는 느낌 좋단 말이지…….

우리의 눈빛 교환을 어떻게 해석했는지 몰라도, 타마나와는 들으란 듯이 헛기침했다.

"그럼 내일 다시……."

타마나와가 인사를 하려는데 오리모토가 손뼉을 짝 쳤다.

"아, 그래도 테이크아웃은 될걸? 잘은 몰라도."

"그, 그래? 그러면 여기에……."

타마나와 회장님이 가방에서 꺼낸 것은 텀블러였다. 카페에서 쓰는 개인 컵인가? 겉면부터 지구를 사랑한다는 느낌이 물씬 난다.

오리모토는 오케이라고 가볍게 답하고, 텀블러를 받아 가게 안으로 돌아갔다.

그리하여, 가게 앞에 나와 타마나와 회장님이 남겨지고 말았다…….

망했네……. 나도 같이 들어갈걸. 크으, 타이밍 놓쳤다. 내심 낭패라고 생각하는데, 타마나와도 어색하기는 마찬가지인지 연거푸 헛기침했다.

그러다 침묵을 견디지 못한 것처럼 나에게 말을 건넸다.

"너는 오리모토랑 사이가 좋은가 봐."

"아니, 좋지는 않은데……."

부정적으로 대답했더니 타마나와는 눈살을 찌푸리고 나를 미심쩍게 바라봤다. 잠시 그렇게 나를 관찰하던 타마나와는 혼자 무슨 결심을 한 것처럼 진지하게 입을 열었다.

"……상담하고 싶은 일이."

그렇게 말을 꺼내자마자 오리모토가 후다닥 돌아왔다. 타마나와는 황급히 입을 다물고, 대신 가슴 포켓에서 카드 케이스를 꺼내 종이 한 장을 쑥 뽑았다.

"여기로 연락해 줄래?"

타마나와는 나에게만 들리도록 귓속말하고 퍼뜩 떨어졌다. 그리고 오리모토에게 싱긋이 웃으며 다가가 뭐라고 이야기를 주고받았다.

건네받은 카드를 들여다보자 타마나와의 이름과 주소, 메일 등 신상 정보가 적혀 있었다. 쉽게 말해 명함이다.

불길한 예감이 드는 그것을 나는 몰래 엉덩이 호주머니에 쑤셔 넣었다.

좋아, 못 본 셈 치고 일하러 갈까!

× × ×

파티가 끝난 뒷자리에는 허허한 적막감이 있다.

대성황을 이룬 뒤풀이도 왠지 토베가 마무리 멘트를 맡으며 무사히 막을 내렸다.

학생들이 떠나고 가게에 남은 사람은 우리 봉사부와 학생회, 그리고 오리모토와 점장님뿐이었다. 이제 남은 일은 뒷정리와 쓰레기 배출 정도다.

나는 메인으로 담당하던 드링커 쪽 청소를 마치고 콧노래를 흥얼거리며 롱 패딩을 걸쳤다. 퇴근 후의 즐거움을 손에 쥔 나는 서둘러 가게 뒷문으로 향했다.

소리가 나지 않게 조심조심 문을 열고 밖으로 나오자 겨울의 밤하늘이 펼쳐져 있었다.

그 하늘을 향해 나는 크게 기지개를 켰다.

으아─! 끝났다─! 해냈다─! 난 자유다─!

카이힌 마쿠하리의 하늘로 소리 없는 아우성을 내지르는 내 모습은 흡사 쇼생크 탈출처럼 보이겠지.

가게 뒤편은 조용했고 골목을 지나는 사람도 없었다. 위층 임대 점포와 연결된 공용 외부 계단을 보자 한쪽 구석에 재떨이가 놓여 있었다.

이곳이 흡연자 종업원의 휴식 장소인가 보다. 마음은 이해한다. 일을 마치고 별을 보면서 피우는 담배는 각별하겠지.

나도 그 기분을 맛보려고 계단 첫 단의 한복판에 털썩 주저앉았다.

담배는 없지만, 대신 드링크바에서 빌려온 잔이 있다. 잔에 든 액체는 내가 독자 개발한 목테일이다.

일을 마치고 혼자 한가로이 술잔을 기울인다. 이 얼마나 편안하고 호사스러운 시간인가.

어디 한번 맛을 볼까……

잔을 기울이려던 순간, 뒷문이 철컥 열리고 유이가하마가 쓰레기봉투를 낑낑대며 들고나왔다.

유이가하마는 영차 힘을 줘서 쓰레기장에 봉투를 던졌다. 그리고 파르르 떨면서 위팔을 문질렀다. 이 밤중에 웃옷도 안 걸치고 나왔으니 추울 만도 하지.

내가 훗 웃음을 흘리자 그 소리를 들은 유이가하마가 휙 돌아서서 나를 발견했다.

"힛키, 농땡이 치네?"

장난스러운 말투에 나는 한껏 진지한 표정으로 받아쳤다.

"설마. 흡연 장소를 청소하러 왔을 뿐이야. 끝나면 금방 가마."

"대놓구 앉아 있으면서 뭘. 변명이 너무 구차해."

유이가하마는 가당치도 않은 소리 말라며 손을 휘휘 젓고는 계단 앞으로 뚜벅뚜벅 걸어왔다.

"응."

"엉?"

유이가하마는 내 정면에 멀뚱멀뚱 서 있었다. 그리고 불만스럽게 입술을 삐죽이더니 짧게 말했다.

"자리."

"아, 네……."

나는 시키는 대로 엉덩이를 들고 구석으로 붙었다. 자리가 나자 유이가하마는 거기로 들어와 앉았다.

"나 절반만."

그리고 내 패딩을 꾹꾹 당겼다. 야야, 옷 찢어져…….

"무슨 절반이야. 그냥 입어."

"됐으니까 절반만."

패딩을 벗으려다가 유이가하마에게 붙잡혔다. 결국 오른쪽 팔만 빼자 유이가하마가 옷을 당겨 비집고 들어왔다.

"따뜻하다……."

.

유이가하마는 흰 숨을 하아 뱉었다.

소매로 팔은 넣지 않은 채 오른쪽 어깨만 걸치고, 왼쪽 어깨는 내 팔에 바짝 붙여 내게서 열을 빼앗아 갔다.

아니, 뭐 상관은 없는데……. 사실 상관있지만, 추워 보이니까 그러려니 하는데…… 그래도 이거 너무 부끄럽지 않냐. 창피함이 치사량을 넘었다고요…….

부끄러워서 얼굴을 돌리자 손에 들었던 잔이 찰랑 물결쳤다.

"뭐 마셔?"

"내가 독자적으로 개발한 목테일, 깔루아 MAX."

유이가하마는 큰 관심 없이 맞장구치고 잔으로 얼굴을 가져와 킁킁 냄새를 맡았다. 그러고는 고개를 갸웃했다.

"어디서 맡아본 냄새 같아."

유이가하마가 눈을 초롱초롱 빛냈다. 거기에 깃든 지적 호기심이 「마셔보면 안다!」라고 말하는 듯했다. 아직 입 대기 전이니까 괜찮겠지……. 나는 속으로 변명하면서 잔을 내밀었다.

유이가하마는 고맙다고 말하며 한 모금 마셨다.

"맛있을, 지두? 이 냄새, 뭐더라."

"메이플 시럽. MAX 커피에 넣으면 향이 더해지고 MAX 커피 본연의 우유 맛이 더욱 살아나지. 깔루아 밀크를 벤치마킹한 목테일이야."

자화자찬이지만, 꽤 완성도가 높다고 생각한다. 걸작이라는 자부심에 말을 많이 했더니 유이가하마가 히죽이 미소 지었다.

"힛키, 이런 거랑 어울리네."

"그렇지?"

나는 패딩을 활짝 펼쳐 카페 유니폼을 어필했다. 잘난 척 웃으며 말하자 유이가하마는 웃지도, 무시하지도 않고 평범하게 고개를 끄덕끄덕했다.

이게 썰렁한 반응보다 더 창피한데…… . 나만 당할 순 없지. 은근슬쩍 칭찬해서 난처하게 해주마.

"……내가 어울려 봤자 너 정도는 아니지."

"그래?"

고개를 끄덕이자 유이가하마는 기쁜 기색으로 자기 유니폼을 봤다.

"이 유니폼, 괜찮지? 진짜루 알바할까 봐."

"괜찮지 않겠냐?"

실제로 오늘 일해 보니까 이 가게는 알바하기 좋은 부류에 속한다. 점장님도 착하고, 아는 사람도 있고, 친구도 근처에 살고, 손님층도 매너 있어 보인다. 총평하자면 유이가하마에게 이상적인 일터다.

내가 가벼운 마음으로 동조하자 유이가하마는 예상 밖의 말을 꺼냈다.

"그러면 같이하자. 나랑 힛키랑 유키농이랑."

"세 명만?"

누구 빠뜨린 사람 없나요? 그 애, 잊은 거 아니지? 에두른 질문에 유이가하마는 슬그머니 눈길을 돌렸다.

"이로하는 오늘 일을 별루 안 해서……."

"채용 기준 빡빡하네……."

만약의 경우를 얘기할 뿐인데 제법 엄격하시네요……. 내가 기겁하는데 유이가하마는 더욱 상상의 나래를 펼치며 끙끙 머리를 싸맸다.

"아~ 그치만 유키농이 손님으로 오는 시츄에이션두 포기하기 아까운데……. 창가 자리에서 책 읽다가 가끔 나를 발견하구 손 흔들어주는 거, 너무 좋아……."

"이거 완전 오타쿠의 망상이네……."

"그래두 역시 유키농이라면 점장이겠지? 내가 홀 맡고, 힛키가 부엌이랑 음료 담당."

"내 부담이 너무 크지 않냐?"

"재능 있다구 보는데."

유이가하마는 깔루아 MAX를 홀짝 마시고 고개를 끄덕였다. 나도 깔루아 MAX는 회심의 역작이라고 생각했던 터라 그 칭찬은 조금 기뻤다.

"그거 전부 마셔도 돼."

나는 후후 웃으며 부드럽게 말했다. 하지만 유이가하마는 고개를 도리도리 저었다.

"전부는 됐어."

"야, 반응이 너무 솔직하잖아……. 방금 한 칭찬까지 못 믿겠다고."

"아니, 그런 뜻이 아니라."

손사래를 친 유이가하마는 상체를 앞으로 수그려 몸을 감추는 것처럼 자기 팔을 꽉 끌어안았다.

"그럴 사정이 있어."

"그, 그러냐……."

"응. 그래."

그리고 잔을 나에게 꾹꾹꽉꽉 떠밀었다.

"그러니까 힛키 마셔. 자, 마셔마셔."

"야야, 하지 마……. 내 페이스대로 마실게……."

술이든 뭐든 개인의 스타일이 있다. 술 강요는 폭력이란 거 몰라? 논알코올도 알코올이야, 알코올. 물론 마시긴 하겠지만. 마셔도 된다면 마시겠지만.

속으로 빠르게 나불댄 나는 깔루아 MAX를 찔끔 마셨다.

"……맛있네."

내가 만들어 놓고 새삼스럽게 감동하고 말았다. 그 모습에 유이가하마가 황당해하며 웃었다.

"근데 힛키, MAX 커피 너무 마시는 거 아니야?"

"MAX 커피 아니야. 깔루아 MAX지."

"그게 그거잖아. MAX 커피 너무 좋아한다……."

이번에는 정말로 으으 진저리 치며 고개를 살짝 옆으로 뺐다.

하지만 아무리 빼도 점점 빠져드는 건 어쩔 도리가 없다. 이유를 물어도 답은 나도 모른다.

그래도 답을 말하라고 한다면.

"어쩌겠냐. 좋아하게 된 걸."

그렇게 부질없는 말밖에 할 수 없었다.

유이가하마는 어리둥절하게 눈을 깜빡거렸다. 그리고 역시나 황당하다는 듯, 못 말린다고 포기한 듯 미소 지었다.

"그렇구나. 좋아하게 된 건, 별수 없지."

유이가하마는 불과 몇 센티미터 왼쪽으로 이동했다. 그만큼 몸과 몸이 닿는 면적이 늘어나고, 나누는 열량이 늘어났다.

우리는 그저 목테일에 관해서 이야기했다.

거기에 다른 속뜻이 있는지는 알 수 없다.

이건 그런 이야기다.

미숙한 마음도, 미지의 거리도, 미만의 관계도.

분명히 지금만 용납되고, 지금만 인정할 수 있다.

언젠가는 변하리란 것을 알기에.

그러니까.

아직은, 가짜의 이야기라도 상관없다.

《계속》

 안녕하세요, 와타리 와타루입니다.

 오늘은 특이하게도, 도쿄 칸다 히토츠바시 진보초에 위치한 쇼가쿠칸 8층 와타리 와타루 부스에서 후기를 쓰고 있습니다. 차이가 느껴지십니까? 와타리 와타루 부스가 5층에서 8층으로 이사했습니다. 에도 시대의 감옥에서는 죄수들이 앉는 자리의 높이로 서로의 서열을 나타냈다고 하죠. 그거랑 같은 시스템이라고 생각합니다. 지금까지는 단순한 수감자였지만, 지금은 감방의 방장인 셈이죠. 또 새로운 칭호가 늘었군……. 지금까지 많은 칭호, 혹은 직함, 직책, 역할을 받으며 살아왔습니다. 대강 생각나는 대로 나열해 볼게요. 회사원, 라이트노벨 작가, 각본가, 게임 시나리오 라이터, 프로듀서, 마스터, 트레이너, 제독, 선생, 닥터, 지배인, 죄수(쇼가쿠칸 수감 중, 무기징역), 그 외에도 기타 등등……. 이 인간, 하루 종일 게임만 하나.

 하지만 죄수에게도 아주 가~끔 임시 석방이 허락되듯, 저도 그 직함에서 해방될 때가 있습니다. 그럴 때면 세계가 다른 모습으로 보이기도 하죠. 예를 들어「새벽의 진보쵸는 이 얼마나 아름다운가……. 이것이 진정한 자유…… 이것이 진정한 귀가……」 같은 식으로요.

아마 누구에게나 그런 순간은 찾아올 겁니다. 그에게도, 그녀에게도, 그들에게도.

이상으로 『역시 내 청춘 러브코메디는 잘못됐다. 결』 2권이었습니다.

여기서부터는 감사 인사로 넘어가겠습니다.

퐁칸⑧ 신. 신. 영어로는 갓. 수고하셨습니다. 이번에도 갓일러였어요. 역내청은 항상 새로운 기획이 움직이고 있어서 정말로 많은 도움을 받고 있습니다. 올해도 일이 많을 거 같네요……. 앞으로도 잘 부탁드립니다. 감사합니다.

호시노 담당 편집자님. 크하하! 이젠 뭐 껌이죠. 크하하! 라는 말밖에 안 나올 만큼 이번에도 크하하였습니다. 다음에는 정말로 여유를 두고 끝내겠습니다. 이번엔 거짓이 아니라구요. 수고하셨습니다. 그리고 감사합니다. 크하하!

미디어믹스 관계자 여러분. 애니메이션이나 만화 등 많은 매체로 신세 지고 있습니다. 올해가 애니 10주년이므로 다시 여러 곳에 신세를 지겠군요. 이렇게 기념비적인 해를 축하할 수 있는 것도 여러분의 노고와 헌신 덕분입니다. 정말로 감사합니다. 앞으로도 계속 잘 부탁드리겠습니다.

그리고 독자 여러분. 언제나 응원해주셔서 감사합니다. 「역내청 결」을 계속 써갈 수 있는 이유는 여러분의 따뜻한 성원이 있었기 때문입니다. 그 성원에 부응하기 위해, 제 기력과 체력이 다할 때까지 최선을 다하겠습니다. 앞으로도 함께해

주신다면 기쁘겠습니다. 그대가 있기에 내가 있다!

그러면 이번에는 여기서 글을 마치겠습니다. 다음 역내청에서 다시 만나요!

1월 모일, 깔루아 MAX를 시험하며.

와타리 와타루

역시 내 청춘 러브코메디는 잘못됐다. 결 2

초판 1쇄 발행 2024년 2월 10일

지은이_ 와타리 와타루
일러스트_ 퐁칸⑧
옮긴이_ 김장준
일본판 오리지널 디자인_ numata rina

발행인_ 최원영
편집장_ 김승신
편집진행_ 권세라 · 최혁수 · 김경민 · 최정민
편집디자인_ 양우연
관리 · 영업_ 김민원

펴낸곳_ (주)디앤씨미디어
등록_ 2002년 4월 25일 제20-260호
주소_ 서울시 구로구 디지털로 26길 111 JnK디지털타워 503호
전화_ 02-333-2513(대표)
팩시밀리_ 02-333-2514
이메일_ lnovellove@naver.com
ㄴ노벨 공식 카페_ http://cafe.naver.com/lnovel11

YAHARI ORE NO SEISHUN LOVE COME WA MACHIGATTEIRU. KETSU Vol.2
by Wataru WATARI
ⓒ 2021 Wataru WATARI
Illustrated by PONKAN⑧
All rights reserved.
Original Japanese edition published by SHOGAKUKAN.
Korean translation rights in Korea arranged with SHOGAKUKAN
through Shinwon Agency Co.

ISBN 979-11-278-6953-3 04830
ISBN 979-11-278-6370-8 (세트)

값 8,500원